표현의 기술

표현의 기술

초판 1쇄 발행 2016년 6월 8일
초판 19쇄 발행 2020년 2월 27일

글 유시민
만화 정훈이

펴낸이 이상순 **주간** 서인찬 **편집장** 박윤주 **제작이사** 이상광
기획편집 박월, 김한솔, 최은정, 이주미, 이세원 **디자인** 유영준, 이민정 **표지사진** 김두하
마케팅 홍보 이병구, 신희용, 김경민 **경영지원** 고은정

펴낸곳 (주)도서출판 아름다운사람들
주소 (10881) 경기도 파주시 회동길 103
대표전화 (031) 8074-0082 **팩스** (031) 955-1083
이메일 books777@naver.com
홈페이지 www.books114.net

생각의길은 (주)도서출판 아름다운사람들의 인문 브랜드입니다.

표현의 기술

글 유시민 ＼ 만화 정훈이

표현의 기술은 마음에서 나옵니다

글쟁이 유시민과 그림쟁이 정훈이가 함께 만들었습니다. 머리
말도 함께 써야 하는데 장르가 달라서 유시민이 먼저 글로, 뒤이어
정훈이가 그림으로 인사드립니다.

저는 지난해 《유시민의 글쓰기 특강》을 내고 강연을 많이 다녔
습니다. 다음(DAUM) 뉴스펀딩 페이지와 서점 홈페이지에 상담실
을 열어 독자들과 고민을 나누기도 했고요. 글을 잘 쓰기 위해 고
민하고 노력하는 분이 정말 많다는 사실을 알게 되었고, 전혀 생
각하지 못했던 것을 깨달았습니다.

건축디자인 하는 분들의 모임에 초대를 받은 일이 있었습니다.
다른 강연에서처럼 글을 쓰는 목적, 글 쓰는 능력을 기르는 훈련

법, 글 쓰면서 부딪치는 어려움을 이겨 내는 방법에 대해서 이야기를 나누었지요. 그런데 강의와 질의응답이 모두 끝난 뒤 어떤 젊은이가 다가와 인사를 하면서 이렇게 말하는 겁니다. "감사합니다. 디자인을 하면서 제가 부딪치는 문제하고 똑같았어요. 제 고민을 해결하는 데 도움이 많이 되었습니다."

그 말이 이 책을 만드는 계기가 되었습니다. 글쓰기는 결국 내면을 표현하는 일입니다. 집을 설계하고 노래 만들고 그림을 그리는 행위가 그런 것처럼 말이죠. 어떤 형식으로든 생각과 감정을 표현하려면 그에 필요한 기술을 익혀야 합니다. 그래서 표현의 기술에 관해 더 속 깊은 이야기를 하고 싶어서 강연에서 나온 질문과 온라인 상담실에서 주고받았던 말을 정리하고 내용을 보탰습니다.

온오프라인에서 고민을 나누었던 모든 분들께 감사드립니다. 그분들이 함께 책을 만들었습니다. 그런데도 여러 질문을 묶어 요점을 추리다 보니 질문자 아이디를 다 소개하지는 못했습니다. 질문자를 새삼 소개하기가 적절치 않은 경우도 있었습니다. 너그러운 양해를 청합니다. 말하기, 토론하기, 안티 대응하기에 관해 특강을 요청하신 분들에게도 이 책으로 대신 답변 드립니다.

저는 글 쓰는 사람으로서 부딪치는 문제와 느끼는 감정을 되도록 솔직하게 말씀드리려고 노력했습니다. 그러다 보니 어떤 대목은 조금 날카로워지기도 했습니다. 하지만 그런 솔직한 감정 표현과 날카로운 논전(論戰)이 없다면 쓰는 저도 읽는 독자도 재미가 적을 겁니다. 까칠한 감정과 모난 논리를 음식의 풍미를 더하는 양념으로 여겨 주시면 고맙겠습니다.

우리 두 사람은 오래 알고 지냈지만 함께 무엇인가 해 보는 건 처음입니다. 정훈이의 만화가 글을 꾸미는 삽화로 들어온 게 아님을 독자들은 금방 아시게 될 겁니다. 유시민의 글과 정훈이의 만화가 각자 콧대가 높지만 잘 어울리는 벗이 되기를 바라면서 책을 만들었는데 결과가 그리 나쁘지는 않은 듯합니다. 장르는 다르지만 표현의 기술은 본질적으로 같다는 것을 새삼 확인하게 됩니다. 만화가는 자서전을 이렇게 만드는구나, 덤으로 신기한 구경도 했습니다. 11장에서 직접 확인하시기 바랍니다.

표현의 기술은 자유롭고 자신 있게 내면을 표현하려는 마음에서 나온다고 믿으며, 달콤 쌉쌀한 글쓰기의 맛을 즐기려는 독자들께 힘찬 응원을 보내며…

2016년 6월
유시민

십수 년 전 〈한겨레〉에 '내 인생을 바꾼 책 한 권'
이라는 주제의 칼럼을 의뢰받고
유시민의 〈거꾸로 읽는 세계사〉로 글을 썼습니다.

음모론을 파헤치며 인류의 숨겨진 비밀을 찾아서
만화를 그리겠다는 스무 살 청년에게
현대사에 숨겨진 비밀이 있다는 것을
일깨워준 책이었으니까요.

2002 월드컵이 열리던 해. 국민경선으로 뽑은
자기 당 후보를 흔드는 정치판의 작태를 보다못해
심판을 보다가 그라운드에 뛰어들어 선수복을 입은
한 시사평론가에 열광했는데

"헉!"

'어럽쇼?' 그분이 제 인생에
영향을 준 책의 저자더군요.

그 인연으로 맺어진 유시민 작가님께서

같이 책 만들자~
정훈이의 〈표현의 기술〉
이 있을 거 아냐.

'브라보!'
"내 인생을 바꾼 책의 저자와
함께 책을 만들다니!"
이 얼마나 멋진 일인가요~

ll장에 저의 성장기를 담았습니다.
만화가 정훈이의 〈표현의 기술〉은
대부분 이 무렵 행해진 것이니까요.
인생극장이라고 생각하시고
즐거운 관람을 해주셨으면 합니다.

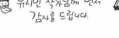
늘 인생의 등불이 되어주신
유시민 작가님께 먼저
감사를 드립니다.

책을 기획한 말총머리와 연쥬니,
제작하는데 애써주신
편집장님과 디자이너 유영준 님 등
편집실 모든 분들께도 감사드립니다.

사학과 출신 아니랄까봐
사초를 쓰는 심정으로
매일 빠짐없이 가계부를 쓰면서
만화가에게 수많은 아이디어를 던져주는
영원한 동지이자 사랑하는 아내 정화에게
특별한 고마움을 전합니다~♡

2016년 6월
정훈이

007

그럼 이야기를 시작합니다.
유 작가님 큐~ 🎬

차례

책을 내면서 표현의 기술은 마음에서 나옵니다   004

제1장   왜 쓰는가   010

제2장   제가 진보냐고요?   038

제3장   악플을 어찌할꼬   064

제4장   누가 내 말을 듣는단 말인가   086

제5장   내가 누구인지 말할 수 있는 자는 누구인가   104

제6장   베스트셀러는 특별한 게 있다   128

제7장   감정이입? 어쩌란 말인가   150

제8장   뭐가 표절이라는 거야?   170

제9장   비평은 누가 비평하지?   202

제10장   세상에, 나도 글을 써야 한다니!   228

제11장   정훈이의 '표현의 기술'   254

       － 나는 어쩌다가 만화가가 되었나

제1장

왜 쓰는가

저는 글 쓰는 사람입니다. 글 쓰는 사람으로서 제가 왜, 무엇을 위해 글을 쓰는지, 그 이야기부터 시작해 볼까 합니다. 여러 작가들의 말을 들어 보면 글 쓰는 이유는 사람마다 다릅니다. 알 만한 작가 한 분을 먼저 소개할까요? 소설가 김훈입니다. '베스트셀러 작가'이니, 다들 아실 겁니다. 《칼의 노래》나 《남한산성》 같은 소설은 큰 문학상을 받았고 아주 많은 독자가 읽었으며 평가도 무척 좋았습니다.

김훈 씨는 어떤 잡지 인터뷰에서 "문학이 인간을 구원하고, 문학이 인간의 영혼을 인도한다고 하는, 이런 개소리를 하는 놈은 다 죽어야 된다"라고 말한 적이 있습니다. 놀라지 마십시오. 웃으면서 욕을 하는 소설가, 평온한 얼굴과 느릿한 어조로 과격한 말을 하는 작가들이 그리 드물지는 않습니다. 철없던 시절에 저도 인터뷰를 한 적이 있는 잡지인데, 별로 내키지 않아서 그 이름은 거론하지 않겠습니다.

그런데 문학에 대해서 이런 말을 하는 분이 왜 소설을 쓰는 걸까요? 자기 자신을 표현하기 위해서라고 합니다. 소박하죠? 그저 자기 자신을 표현하려고 글을 쓰는 작가한테는 문학이 인간을 구원한다든가 영혼을 인도한다는 말이 '개소리'로 들리는 겁니다. 《라면을 끓이며》라는 에세이를 낸 직후 JTBC 〈뉴스룸〉에 나왔을 때도 손석희 앵커한테 그렇게 대답하더군요. "나는 여론 형성을 목적으로 하는 글쓰기를 하지 않습니다. 단지 나를 표현하려고 글을 씁니다."

그 말을 듣는 순간 곧바로 의문이 떠올랐습니다. 은근히 반감(反感)도 생겼고요. "흠, 세상에는 여론 형성을 목적으로 글을 쓰는 사람도 있단 말인데, 맞아! 내가 바로 그런 사람이지. 그렇지만, 다른 사람의 생각에 영향을 주려고 글을 쓰면 뭐 어때? 그러면 안 되나? 목적이 무엇이든, 글쓰기는 다 나를 표현하는 것 아닌가? 내 생각이나 감정을 표현하지 않고 어떻게 여론에 영향을 준단 말이야? 또 단순히 나를 표현하려고 쓴 글이라고 해도, 많은 사람들이 그걸 읽고 생각이 달라지면 결과적으로 여론 형성에 영향을 주는 것 아닌가? 여론 형성을 위한 글쓰기와 자기표현을 위한 글쓰기가 뭐 그렇게 칼로 두부모 자르듯 나눌 수 있는 건가? 아무리 자신을 잘 표현했다고 해도 아무도 읽어 주지 않는다면 그게 도대체 무슨 재미람!"

바로 그때, 마치 제가 구시렁대는 것을 듣기라도 한 듯, 김훈 씨가 한마디 덧붙이더군요. "많은 사람들이 이해해 주면 좋기는 하죠." 그렇습니다. 이게 맞는 말이지요. "나는 그저 나를 표현하려고 글을 쓴다. 그런데 남들이 많이 읽고 이해하고 좋아해 준다. 그런 것을 목표로 삼지는 않았지만 나도 좋긴 하다." 김훈다운, 솔직하고 자존심 넘치는 대답입니다. 작가 김훈은 대단한 행운아입니다. 그저 자기 자신을 표현하고 싶어서 글을 쓸 뿐인데도 많은 사람들이 읽고 이해하고 좋아해 준 덕분에 남들이 부러워하는 문학상과 탁탁한 인세 수입과 높은 명성을 얻었으니 말입니다. 이런 경우를 옛말로 금상첨화(錦上添花)라고 하죠.

저는 김훈과 다릅니다. 물론 저도 글로 제 자신을 표현하지요. 하지만 나를 표현하는 것 그 자체가 목적은 아닙니다. 제 글쓰기의 목적은 언제나 '여론 형성'이었습니다. 내 생각과 감정을 남들이 이해하고 공감해 주기를, 그래서 사람들과 함께 무엇인가 옳은 일을 하게 되기를 바라면서 글을 썼다는 뜻입니다. 과거에도 그랬고 지금도 그러하며 앞으로도 그럴 겁니다. 똑같이 글 쓰는 사람인데도 많이 다르죠? 하지만 제 글쓰기에 무슨 잘못이 있다고는 생각하지 않습니다. 작가 김훈에게 무슨 잘못이 있다는 말 역시 아닙니다. 우리는 같은 글쟁이지만 글을 쓰는 이유가 다른 겁니다. 다르다고 해서 반드시 어느 한쪽이 틀린 건 아니죠.

그렇다고 해서 제가 뭐 유별난 사람이라는 건 아닙니다. 저와 비슷한 작가도 많습니다. 한 사람 소개해 볼까요? 잘난 체한다는 오해는 하지 마시기 바랍니다. 제가 그 사람처럼 글을 잘 쓴다는 게 아니라, 단지 글을 쓰는 목적이 비슷하다는 겁니다. 저하고는 비교할 수 없이 훌륭한 글을 쓴 작가, 조지 오웰(George Orwell, 1903-1950)입니다. 제일 유명한 작품은 《동물농장》이라고 하는 게 맞을 겁니다. 정의와 평등을 향한 갈망과 열정으로 불타올랐던 사회주의 혁명운동이 어떻게 해서 인간의 존엄성과 문명을 파괴하는 참극으로 끝나게 되었는지 적나라하게 보여 준, 20세기 혁명의 시대를 증언하는 문학의 기념비 같은 소설이지요. 오웰에 대해서 더 깊이 알고 싶다면 《조지 오웰: 지식인에 관한 한 보고서》(고세훈 지음, 한길사, 2012)를 참고하시기 바랍니다. 영국 작가에 대해서 한국 사람이 이렇게 흥미롭고 품격 있는 평전을 썼다는 사실에 저는 크게 놀랐습니다.

세상에는 아이러니가 많은데, 오웰의 인생도 그렇습니다. 《동물농장》만 읽은 독자라면 오웰이 투철한 반공주의자였다고 생각할지도 모르겠습니다. 스탈린 시대 소련의 정치체제를 냉정하게 비판했으니까요. 하지만 오웰은 반공주의자가 아니라 사회주의자, 그것도 열렬한 사회주의자였습니다. 그는 자본주의와 제국주의가 인간의 자유와 사회의 정의를 파괴한다고 믿었고, 모든 유형의 집단주의와 전체주의를 악으로 규정했습니다. 파시즘에 반대하는 국제의용군의 일원이 되어 스페인내전에 뛰어들었던 것도 이런 신념 때문이었고요.

오웰이 처음부터 그런 사람이었던 건 아닙니다. 젊은 시절에는 식민지 버마에서 공무원으로 일하면서 제국주의 종주국 영국의 이익을 지키는 일에 복무했어요. 그런데 제국주의가 어떤 방식으로 얼마나 잔혹하게 인간성을 파괴하는지 깨닫게 되자 분연히 사표를 내고 런던 뒷골목으로 숨어들어 가 글을 쓰기 시작했습니다. 그는 작가로서 성공하려 하지 않았습니다. 인간에 대한 수탈과 억압이 판치는 세상에서 세속적인 성공을 거두는 것은 훌륭한 일이 아니라고 생각했거든요. 신심으로 충만한 종교 지도자 같지 않나요? 종교인 중에도 진심으로 이렇게 살아가는 이는 드물 겁니다. 오웰은 자신이 노동자계급 출신이 아니라는 사실 때문에 심한 콤플렉스를 느끼기도 했습니다. 그런데 그런 열혈 사회주의자가 인류 역사 최초의 사회주의국가였으며 전 세계 사회주의자들이 '새로운 조국'으로 여겼던 소련의 정치체제를 가차 없이 비판한 소설로 지구촌에 널리 이름을 떨쳤으니, 이만한 아이러니도 흔치는 않을 겁니다.

오웰은 소설도 썼지만 정치 문제를 다룬 평론과 르포르타주도 많이 썼습니다. 《위건 부두로 가는 길》(이한중 옮김, 한겨레출판, 2010)이 대표적인 작품이죠. 세계 대공황 시기에 대량실업으로 무너진 탄광지역의 실태를 취재한 르포르타주입니다. 이 르포를 보면 오웰은 역사와 인간 존재의 심연(深淵)을 탐사하는 잠수부 같습니다. 저는 《위건 부두로 가는 길》을 읽는 내내 마치 물 밑에 들어간 것처럼 숨쉬기가 힘들었어요. 그걸 쓰는 동안 오웰 자신도 그랬을 겁니다.

작가라고 해서 다 똑같은 작가는 아닙니다. 저는 그렇게 숨 막히는 글을 써 보지 않았고 쓸 능력도 없습니다. 오웰과 달리, 저는 부유(浮遊)했기 때문이지요. 강바닥으로 내려가 존재의 밑바닥을 더듬은 게 아니라 찰랑이는 수면을 떠다니면서 바람결에 들은 걸 끄적였다는 말입니다. 괜한 자학이 아닙니다. 웃자고 하는 '셀프디스'도 아니고요. 오웰의 글과 제 글은, 냉정하게 평가하면 그 정도로 차이가 납니다. 그렇다고 해서 부유가 꼭 잠수만 못하다는 건 아닙니다. 인생에는 잠수해야 볼 수 있는 것도 있지만 떠다녀야 들을 수 있는 것도 있으니까요.

조지 오웰이 워낙 흥미로운 인물이다 보니 이야기가 엉뚱한 곳으로 갔네요. 본론으로 돌아가겠습니다. 오웰은 자전 에세이도 썼는데, 제목이 바로 '나는 왜 쓰는가'였습니다. 예전에 그리스 산토리니에 갔을 때 그 섬에 하나뿐이라는 서점에 들렀습니다. 여행자들이 '이아'라는 마을의 골목에 만들어 놓은 서점이었죠. 흰색 담장에 파란색 지붕과 둥근 종탑이 있는, 어떤 음료수 광고 덕분에 우리나라에도 널리 알려진 바로 그 마을입니다. 원래는 사진만 찍고 나오려 했는데 서점 안에 고양이 밥값 기부를 부탁하는 쪽지가 여기저기 붙어 있는 것을 보니 그냥 나오기가 민망하더군요. 돌아가는 비행기에서 볼 만한 책이라도 구할까 하고 서가를 살펴보다가 흥미로운 제목이 붙은 문고판 책을 무려 25유로라는 터무니없는 가격에 구입했습니다. 제목이 《Why I Write?》였어요. 그리 두껍지 않아서 금방 읽을 수 있지만 굳이 영문으로 볼 필요는 없습니다. 《나는 왜 쓰는가》(이한중 옮김, 한겨레출판, 2010)라는 번역본이 나와 있으니 글쓰기에 관심이 있는 분은 가볍게 일독해 보시기 바랍니다.

이 책에서 오웰은 글 쓰는 이유를 네 가지로 나누었는데요, 뜻은 그대로 전하되 표현은 제 취향에 맞게 바꾸어 보겠습니다. 첫째는 자기 자신을 돋보이게 하려는 욕망입니다. 과학자나 정치인들과 마찬가지로 작가도 똑똑하다는 말을 듣고 싶어 합니다. 죽은 뒤에도 사람들이 잘난 인물로 오래 기억해 주기를 바라고요. 둘째는 의미와 아름다움을 추구하는 '미학적 열정'입니다. 자신이 보고 느낀 세상의 아름다움을 글로 표현하고 싶어 하며, 의미와 가치가 있다고 생각하는 경험을 글에 담아 타인과 나누려고 한다는 것이죠. 셋째는 역사에 무엇인가 남기려는 충동입니다. 자기가 발견한 사실과 진실을 기록해 후세에 남기려고 하는 욕구는 영원한 것에 대한 갈망과 관계가 있습니다. 넷째는 정치적인 목적입니다. 여기서 정치적인 목적이란 '세상을 더 좋게 바꾸는 문제에 대한 사람들의 생각에 영향을 주려는 의도'입니다.

넷 가운데 어느 것이 가장 중요한지는 사람마다 다릅니다. 같은 사람도 처지가 바뀌면 우선순위가 달라질 수 있고요. 여러분은 글을 쓰십니까? 왜 쓰시나요? 입사지원 서류에 들어가는 자기소개서나 직장의 업무보고서 같은, 사회 생활을 하려면 쓸 수밖에 없는 글은 나중에 따로 이야기하겠습니다. 여기서 말하는 것은 누가 강제하지 않는데도 글을 쓰는 이유인데, 따져 보면 결국 이 네 가지라는 것이죠. 그런데 궁금하지 않습니까? 사람들이 이런 이유로 글을 쓴다는 것을 오웰은 어떻게 알았을까요? 작가들한테 설문지를 돌리지도 않았고 남이 만든 연구보고서를 인용하지도 않았으니 오웰 스스로 생각해 낸 것이라고 봐야겠지요?

사람 하는 일이 차이가 큰 것 같지만, 사실 알고 보면 또 거기서 거기인지도 모릅니다. 글쓰기라고 해서 동기나 목적이 사람 따라 뭐 그리 크게 다르겠습니까? 글의 밀도와 깊이는 차이가 크지만, '정치적 목적'이 가장 강력한 동기라는 점에서 제 글쓰기는 오웰의 글쓰기와 비슷합니다. 이렇게 말하고 보니 왠지 뿌듯하네요. 이런 감정을 '팬심'이라고 한다죠? 그렇습니다. 저는 작가 오웰의 팬입니다. 그가 그랬던 것처럼 저도 세상을 더 좋게 바꾸는 문제에 대한 사람들의 생각에 영향을 주려고 글쓰기를 시작했고, 지금도 그런 목적으로 글을 씁니다.

이미 짐작하셨겠지만, '정치적 글쓰기'라는 말에서 '정치'는 넓은 뜻입니다. 좁게 보면 정치는 '국가권력을 차지하고 행사하려는 활동'이지요. 대놓고 말하면 권력다툼입니다. 권력투쟁에는 수단과 방법의 한계가 없으며, 글쓰기도 물론 거기에 포함됩니다. 레닌이나 마오쩌둥 같은 사회주의 혁명가들은 글이 때로 권력투쟁의 강력한 무기가 된다는 것을 누구보다 잘 알고 본때 있게 써먹었죠. 하지만 오웰은 정치가나 혁명가가 아니라 작가였어요. 그에게 정치는 현실의 권력을 차지하기 위한 권력투쟁이 아니라 세상을 더 좋게 바꾸는 문제에 대해서 사람들과 이야기하는 것이었죠. 현실을 바꾸는 것은 사람의 행동이고 행동을 일으키는 것은 결국 사람의 생각이니까, 대중의 생각을 변화시키는 글쓰기도 넓은 의미에서는 '정치'가 될 수 있습니다. 오웰이 《동물농장》과 《1984》를 쓴 목적도 바로 그런 것이었을 겁니다. 전체주의사상의 위험성과 전체주의체제의 비인간성을 폭로하고 비판하는 것 말입니다.

'정치'라는 말을 이렇게 넓게 해석한다면, 모든 작가는 저마다 나름의 '정치적 편향(political bias)'이 있다는 오웰의 주장을 굳이 반박할 필요는 없을 겁니다. 제가 뚜렷한 '정치적 편향'을 가진 글쟁이라는 것도 말할 필요가 없고요. 하지만 저는 글쓰기가 자기표현임을 한순간도 잊지 않습니다. 당연한 일이지요. 세상을 더 좋게 바꾸는 문제에 대해 글을 쓰려면 자기 나름의 생각이 있어야 하고, 그 생각을 정확하고 그럴듯하게 표현하는 능력이 있어야 합니다. 여론 형성을 위한 글쓰기와 자기표현을 위한 글쓰기는 사실 동전의 앞뒤처럼 들러붙어 있어요. 그걸 구태여 왜 분리하려고 하는지 저는 이해하지 못합니다. 김훈 씨가 '여론 형성을 위한 글쓰기'를 해 본 적이 별로 없어서 오해를 하는 것인지도 모르겠네요.

여론 형성에 아무런 관심이 없는 사람이 오로지 자기를 표현할

목적으로 글을 썼다고 합시다. 작가는 그런 목적으로 썼다고 해도, 독자들이 아름다운 문장에 끌려 그 글을 읽고 내용에도 공감하면 어떤 문제에 대한 생각이 달라질 수 있습니다. 예컨대 소설 《남한산성》이나 《칼의 노래》에서 김훈 씨는 병자호란과 임진왜란 시기 조선왕조의 중요한 인물과 사건에 대한 자신의 생각과 감정을 특유의 문장으로 표현했습니다. 이 소설에서 그의 표현이 인간과 역사에 대한 독자들의 생각과 태도에 영향을 주었다는 것은 부인할 수 없는 사실입니다. 작가가 원했든 원하지 않았든 상관없이 말입니다.

오로지 자기를 표현하려고 글을 쓰는 사람한테 글쓰기는 예술행위입니다. 예술은 그 자체가 목적입니다. 반면 여론 형성을 목적으로 한 글쓰기는 예술과 직접 관계가 없는 의사소통 행위입니다. 글쓰기 자체가 목적이 아니며 글은 예술작품이 아니지요. 남들이 이해하지 못하는 글은 아무리 작가 자신을 잘 표현했다고 해도 의사소통을 하고 교감을 이루는 도구로는 별 쓸모가 없습니다. 그렇지만 의사소통의 도구라고 해서 예술성이 필요 없다는 건 아닙니다. 여론 형성을 목적으로 쓰는 글도 아름답게 쓰면 사람들이 더 잘 이해하고 더 깊게 공감해 줍니다. 그래서 조지 오웰이 '정치적 글쓰기'를 예술로 만들려고 애썼던 것이지요. 누가 감히 《동물농장》

과《1984》를 가리켜 예술작품이 아니라고 말할 수 있겠습니까?

어떻습니까? 글을 왜 쓰는지, 대답이 되었나요? 혹시 무언가 빠뜨린 것 같지는 않습니까? 저는 하나 빠뜨렸다고 생각합니다. 작가들이 입에 올리지 않으려고 하는 문제, 바로 돈벌이에 관한 겁니다. "나는 돈을 벌려고 글을 쓴다." 이렇게 내놓고 말하는 작가를 만난다면 뭐라고 하시겠습니까? 작가는 그러면 안 된다고 요? 가치와 품격을 중시하고 황금 보기를 돌덩이 보듯 해야 한다고요? 문학과 예술은 가난을 먹고 피어나는 꽃이라고요? 아주 틀린 말은 아닐 겁니다. 하지만 작가도 돈을 벌어야 한다는 것은 분명한 사실입니다. 작가도 집세를 내야 하고 자녀를 양육해야 하며 부모를 봉양해야 하고 자신의 노후대책을 세워야 합니다. 혼자 이슬만 마시며 글을 쓸 수는 없는 것이죠.

조지 오웰처럼 '정치적 글쓰기'를 하는 작가들은 돈을 벌 목적으로 글을 쓰지 않습니다. 돈이 생기기를 바라긴 하지만 그것을 주된 목적으로 삼는 경우는 드물어요. 위대한 예술작품을 남기려고 하는 작가는 더 그렇겠죠. 그렇지만 모든 작가들이 언제 어디서나 그랬던 것은 아닙니다. 위대한 작가들도 때로는 돈 때문에 글을 썼습니다. 도스토예프스키는 도박 빚을 갚으려고 쓰지도 않은 소설 판권을 미리 팔아 버린 적이 있었죠. 푸시킨은 어떤가요?

방탕한 아내의 뒤치다꺼리를 하느라 돈을 벌어야 했어요. 열여섯 나이에 시인 푸시킨의 눈에 콩깍지를 씌웠던 아름다운 여인, 나탈리아 곤차로바였지요. 이 운명의 여인으로 인해 위대한 시인은 여자 뒤꽁무니나 쫓아다니던 프랑스 '허접남'과 결투를 벌인 끝에 결국 목숨을 잃었습니다.

드문 일이지만 돈을 벌려고 글을 쓴다고 밝힌 작가도 있습니다. 도박을 해서, 방탕한 배우자를 만나서 그런 게 아닙니다. 평범하게 살아가는 데도 돈이 들기 때문입니다. 다른 직업 없이 글만 쓰는 '전업 작가'는 글을 써서 생활비를 벌어야 합니다. 소설가 고종석 씨를 아시죠? 섬세하고 깔끔한 문장을 구사하는 작가입니다. 그가 몇 해 전 다소 뜬금없어 보이는 절필선언을 했습니다. 무슨 특별한 계기가 있었는지는 모르겠지만, 글이 세상을 바꾸는 데 별 소용이 없다고 생각해서 그랬다고 하더군요. 저는 그가 주로 미학적 열정 때문에, 김훈 씨처럼 자기를 표현하는 데 초점을 두고 글을 쓰는 예술가라고 생각했는데 꼭 그런 건 아니었나 봅니다. 어쨌든 펜을 놓은 이후 텔레비전을 보고 책을 읽고 술을 마시고 트위터에 짧은 글 올리는 것으로 소일했다고 하더군요.

그랬던 그가 어느 날 절필 중단을 선언했습니다. 글쓰기를 재개하면서 글을 연재할 〈경향신문〉과 인터뷰를 했는데, 거기서 이유를 명확하게 밝혔더군요. 집 쌀독이 비어서, 그 쌀독을 채우려고 글을 쓴다고 말입니다. 어떤가요? 쌀독을 채우기 위해서 글을 쓰는 작가라니! 왠지 서글픈가요? 〈경향신문〉에 연재한 칼럼 〈편지〉를 보니, 그 자신도 쌀독을 채우려고 글 쓰는 것을 민망하고 구차하게 여기는 듯 말하더군요.

하지만 제 생각은 다릅니다. 돈을 벌려고 글 쓰는 게 뭐 어때서요? 그게 왜 민망하고 구차한 일이라는 거죠? 저는 글을 써서 돈을 버는 것을 자연스럽고 떳떳한 일로 여깁니다. 작가라고 뭐 특별한 사람인가요? 일을 해서 쌀독을 채우는 것은 만인의 의무입니다. 금수저를 물고 태어난 재벌가 아들딸들이 부모 재산 덕분에 이 의무를 면제받기도 하는데, 그거야말로 민망하고 구차한 일 아닌가요? 어떤 직업을 가졌든, 자기 노력으로 쌀독을 채우는 것은 당당하게 인생을 사는 방법이라고 저는 믿습니다.

돈을 벌 목적으로 글을 쓰는 게 좋다는 말이 아닙니다. 글쓰기는 근본적으로 미학적 열정을 표현하는 일이며 세상을 더 좋게 바꾸는 데 힘을 보태는 행위입니다. 다만, 그런 일을 잘 해서 돈을 버는 것을 자연스럽게 받아들이자는 겁니다. 어떤 작가가 글을 써서 돈을 벌었다면 그것은 세상 사람들이 그 글의 가치를 인정했다는 뜻입니다. 글로 소통하고 공감을 이루는 데 성공했다는 것이죠.

다른 직업도 다 마찬가지입니다. 어떤 사람이 하는 일이 누군가를 만족시켰을 때, 돈이 생깁니다. 작가라고 해서 무슨 특권계급은 아니에요. 만약 부당한 특권을 누리는 계급이라면 저는 굳이 전업 작가가 되지 않았을 지도 모릅니다.

글을 쓰는 것 말고는 쌀독을 채울 방법이 없는 사람을 '전업 작가'라고 합니다. 전업 작가는 새해 아침 눈을 뜰 때 올해 얼마를 벌게 될지 알지 못합니다. 그래서 '베스트셀러' 책을 내면 참 좋습니다. 쌀독이 그득해지고, 그러면 책을 끼고 방바닥을 뒹굴며 지내도 되는 시간이 길어져서 그만큼 더 행복하니까요. 그뿐만이 아닙니다. 책이 베스트셀러가 되었다는 것은 많은 사람들이 글을 읽고 공감했다는 것을 의미합니다. 글쓰기의 원래 목적을 이루는 데 어느 정도 성공한 것이죠.

제게는 '미학적 열정'과 '정치적 목적'이 중요합니다. 생각과 감정을 멋지게 표현하려면 언제나 미학적 열정을 품고 있어야 합니다. 세상을 더 좋게 바꾸는 문제에 대한 사람들의 생각에 제가 원하는 변화를 주려면 되도록 아름다운 글을 써야 하니까요. 다른 것은 별 의미가 없습니다. 남들 입에 오르내리는 건 그리 즐거운 일이 아닙니다. 정치를 하던 시절에 질리도록 겪었는데, 욕설과 악플(악성댓글)을 견디는 게 쉽지는 않더라고요. 죽은 후에 오래 기억

되고 싶지도 않습니다. 역사에 뭘 남기고 싶다는 욕망도 없고요. 그렇게 하려고 버둥거린다고 해서 되는 일이 아니라 생각하거든요. 저는 그저, 살아 숨 쉬는 동안 열정을 쏟아서 멋진 글을 쓰고, 그 글을 통해서 다른 사람들과 넓고 깊게 교감하고 싶을 뿐입니다. 그것만으로도 충분히 의미 있는 인생이라고 생각합니다.

저는 자유롭게, 그리고 정직하게 글을 쓰고 싶습니다. 그러려면 경제적으로 타인에게 의존하지 말아야 합니다. 누군가에게 의존하면 비굴해지거든요. 쌀독을 채우기 위해서 누군가의 심기를 살피고, 그렇게 해서 마음 내키지 않는 글을 써야 한다면 작가로 살아간다는 것이 서글퍼질 겁니다. 예컨대 후한 보수를 받고 존경하기는커녕 좋아하지도 않는 권력자와 부자의 자서전을 써 주는 일 같은 것 말입니다. 존경하고 좋아하는 사람이라면야 권력자와 부자라도 기꺼이 대필하겠지만요.

저는 새로 책을 낼 때마다 쌀독이 가득 차는 것을 상상하곤 합니다. 몇 년 동안은 책을 쓰지 않고 읽기만 해도 되는, 아직 한 번도 겪어 보지 못한 행복이 찾아들기를 기대합니다. 해마다 에세이를 한 권씩 쓴다는 건 쉽지 않은 일이고, 또 그렇게 해서 내면의 바닥을 드러내게 될까 봐서 겁이 나기도 합니다. 어쨌든 그런 상상을 하면서 혼자 히죽거리는 저를 누가 본다면 이렇게 말할 겁니

다. 저 친구, 돈독이 단단히 올랐어!

얼마 전까지 서울에서 멀리 떨어진 작은 도시의 공공도서관 초청강연을 다녔습니다. 오가는 데 시간이 많이 들기 때문에 강연 요청을 다 받아들이지는 못했습니다. 강연 수입이 생기거나 책이 더 팔려서 다닌 게 아닙니다. 고마워서, 그 고마움을 표현하고 싶어서 다녔습니다. 유명한 저자들은 너무 바빠서 인구가 적고 서울에서 멀리 떨어진 작은 도시에는 잘 가지 않습니다. 그래서 그런 곳의 공공도서관에서는 저자 강연회를 열기가 어렵다고 합니다.

시골 공공도서관에 가면 기분이 좋습니다. 그 동네에서 책을 좋아하는 분들은 대부분 공공도서관을 이용합니다. 그런 분들 덕분에 작가들이 경제적 독립을 유지하면서 소신껏 글을 쓸 수 있죠. 그분들은 그분들 대로 제가 먼 길 왔다고 해서 좋아하고 고마워합니다. 제 책의 어떤 문장을 보고 생각이 바뀌었거나 공감을 느꼈다고 말하는 독자를 만나면 컴퓨터 자판을 장시간 두들긴 탓에 책을 한 권 쓸 때마다 악화되곤 하는 오른팔의 건초염 통증이 사라지는 착각이 잠시 들기도 합니다. 자본주의 경제체제에 많은 결함이 있다는 걸 알면서도 제가 시장경제를 좋아하는 것이 바로 그 때문일지도 모르죠. 자유를 귀중하게 여기고 자유주의를 좋아하는 것도 그렇고요.

살면서 제법 많은 글을 썼습니다. 제 이름으로 낸 책이 열댓 권은 됩니다. 공저한 것과 번역서를 합치면 더 많고요. 앞서 말씀드린 것처럼, 저는 오로지 '정치적 목적' 때문에 글쓰기를 시작했습니다. 스물두 살 때였죠. 무식하면 용감하다고, 인간과 역사와 우주에 관해서 아는 게 적었기에 겁 없이 무턱대고 시작했던 겁니다. 그때부터 지금까지 제가 정치적 목적 없이 쓴 책은 단 한 권도 없었습니다.

여기에 뭐 잘못된 게 있을까요? 어떤 블로거는 제 책에 대해서 이렇게 말했더군요. "정치인이 쓴 책이라 믿을 수 없다." "정치적인 책이니 비판적으로 읽어야 한다." 여러분도 그렇게 생각하시나요? 저는 그렇게 말하는 분들한테 물어보고 싶어요. "그렇다면 정치인이 아닌 사람의 책은 다 믿어도 된다는 말인가요?" "정치 이야기가 없는 책은 무비판적으로 읽어도 괜찮다는 겁니까?"

그렇죠. 이건 말이 안 되는 주장입니다. 누가 쓴 책이든, 무엇에 관한 책이든 비판적으로 읽는 게 기본입니다. 정치인만 그런 게 아니라 기업인, 교수, 평론가도 거짓말을 하거나 틀린 주장을 하니까요. 책은 모두 사람이 쓴 겁니다. 가방끈이 얼마나 길든, 하는 일이 뭐든, 사람은 다 비슷한 결함을 지니고 있습니다. 잘 속이고, 쉽게 속아 넘어가고, 편견과 고정관념에 빠지고, 감정과 충동에 휘둘리고, 믿고 싶은 것만 믿으려고 하는 동물. 우리는 모두 그런 불완전한 존재로서 책을 읽고 글을 씁니다. 그래서 누가 쓴 어떤 책이든 다 비판적으로 읽어야 한다는 겁니다.

사람들은 정치와 정치인을 특별하게 불신합니다. 그럴 만한 이유가 있긴 합니다만, 정치는 다른 어떤 것보다 중요하고 가치 있는 활동인데 그토록 큰 불신을 받으니 안타까운 일이죠. 이런 현실에서 정치와 글쓰기는 분리해야 하고, 정치적 목적으로 쓴 글은 가치가 적다고 믿는 사람이 많은 것은 당연한 일인지도 모르겠습니다. 그런데 저는 여전히 다르게 생각합니다. 정치적 목적을 가지고 글을 쓰면 어때? 그게 무슨 문제람! 정치적 목적이 있다고 해서 글쓰기의 다른 목적을 해치는 것도 아니지 않아? 오히려 바람직한 것 아닌가? 정치적 목적을 잘 이루려면 미학적 열정을 담아 아름답고 멋진 글을 써야 하니까 말이야! 이렇게 생각합니다.

정치와 예술은 서로 배척하지 않습니다. 오히려 서로를 원합니다. 적어도 글쓰기에서는 분명히 그렇습니다. 작가는 세상사를 있는 그대로 보면서 사실에 근거를 두고 진리와 진심을 담으려고 노력해야 합니다. 그렇게 쓴 글이라야 많은 독자의 마음을 움직이고 오래 남을 수 있습니다. 작가 오웰의 소망은 '정치적 글쓰기를 예술로 만드는 것'이었다고 합니다. 저도 같은 소망을 지녔지만 아직 오웰만큼 성공하지는 못했습니다. 하지만 그 소망을 아주 버리지는 않을 겁니다.

오웰과 비교하면 저는 아주 평범한 속물입니다. 세속적 성공을 인간적 실패로 여기지 않습니다. 정치적 목적과 예술적 성취, 둘 다를 이루고 싶어 합니다. 그런 글을 쓰면 상업적 성공은 저절로 따라옵니다. 조지 오웰이 성자(聖者)처럼 살았다고 해서 좋아하는 게 아닙니다. 그런 사람이 아니었다고 해도 저는 오웰의 열혈 팬이 되었을 겁니다. 정치적 글쓰기를 예술로 만든 사람이니까요.

왜 글을 쓰는지에 대한 이야기를 마무리하면서 소설가 김훈 씨와 같은 생각을 가진 분들에게 한 말씀 드리겠습니다. 나를 표현하는 글쓰기와 여론 형성을 목적으로 한 글쓰기를 선명하게 나눌 수 있을까요? 나를 표현하는 것과 세상을 더 좋게 바꾸는 것 사이에 울타리를 세우지 않았으면 좋겠습니다. 훌륭한 생각과 감정을 아름답게 표현한 글은 저절로 정치적 영향력을 행사하게 됩니다. 정치적 목적을 잘 이루려면 아름답게 글을 써야 합니다. 저는 그 둘을 굳이 나누려는 태도 자체가 특정한 정치적 편향의 표현일 수도 있다고 생각합니다. 글을 쓸 때는 오로지, 하고 싶은 말을 정확하고 실감나게 문자로 표현하는 것만이 중요한 게 아닐까요? 무엇에 관한 어떤 내용을 무슨 목적으로 쓰든, 모두 다!

나는
왜
그리는가?

네평 남짓한 토굴 같은 방에 은거하며 20여 년째 만화를 그리는 성훈이 선생.

내 얘기를 남 얘기하듯 그리려니 민망허더.

대부분의 시간을 삼라만상, 우주의 온갖 사물과 현상을 연구하다가

마감이 임박해서야 비로소 붓을 드는데…

오늘 뭐가 잡히려나

여보, 식사 하시어요.

벌써 밥때가 되었소?

그는 왜 그리는가?

왜 그리긴. 먹고 살자고 하는 거지.

재주가 이것뿐인데

033

만화를 그리는 다른 이유는?

다른 이유?

뭐 있겠어?

♬ 그냥 나랑 유머 코드가 맞는 사람들이

정훈이 만화부터

내 만화를 보면서 낄낄거리면

그걸로 된 거지 뭐

큰거 안바래 '낄낄' '키득키득' 딱 두 개.

내 만화 재미없다고 욕하던 인간이

도대체 이게 뭐가 재밌다는 거야? 뭐 내용인지 하나도 모르겠어.

...

다음날 큰 깨달음을 얻고 회개하면 보람있는 거고

아재, 아침에 생각해 보니까 너무 웃긴 거야! ㅋㅋ

그럼 됐다.

답답한 세상. 정치적으로도 코드 맞는 사람들끼리 나랏님 욕도 하면서 낄낄거리면 또 그만이고~

후룹-

어느 날, 유명한 의사 선생님한테 뜻밖의 연락을 받았지.

아주대 중증 외상센터 이국종 교수님?

내 만화 〈트러블 삼국지〉를 구할 수 없냐고 문의하셨어.

오잉!?

사연인즉, 교수님은 극심한 고통을 겪는 중증 외상 환자들에게

선생님!! 너무 아파요~

만화책을 치료 보조재로 활용했는데

허허허… 하… 아…

잠시라도 고통을 잊을 수 있다면

내 만화인 〈트러블 삼국지〉도 그중 하나였어.

TROUBLE 三國志

책이 많이 상했군.

너덜너덜해져서 새로 구하려 해도 절판이 되어 살 수가 없어.

내가 수술을 할 수 있으면~ 좋겠다.

...

결국 교수님은 내게 요청을 하셨던 거야.

책 좀 구할 수 있겠냐고

나 역시 소장본 말고는 보내드릴 형편이 안됐어.

3, 4권은 아예 없네?

손님 올 때마다 하나씩 사라지더니 남은 게 없네.

중고서점에서 겨우 세트를 구해서 보내드렸지.

책임은 제가 질 테니

필요하면 그걸로 미리 사본을 만들어놓으세요.

낄낄거림으로 잠시나마 고통을 잊게 해줄 수 있다면 이 얼마나 보람 있는 일이겠어.

그날이 만화가 되고~ 가장 보람찬 하루였을걸?

제2장

제가 진보냐고요?

사람은 무엇을 글로 쓸까요? 왜 쓰는지는 여러 가지로 대답할 수 있지만 무엇을 쓰는지는 답이 정해져 있습니다. 우리는 내면에 지닌 생각과 감정을 글로 씁니다. 당연한 말이죠? 글쓰기는 이미 가지고 있는 것을 문자로 표현하는 작업입니다. 내게 없는 것을 만들어 쓰지는 못합니다. 이렇게 본다면 '글짓기'가 아니라 '글쓰기'가 더 적절한 표현이지요. 에세이, 르포, 논문, 보고서, 리뷰, 설명서, 공지문, 안내문, 자기소개서까지 어떤 장르든, 글은 '지어내는' 게 아니라 '쓰는' 겁니다.

무엇인가 지어내야 할 때가 있긴 합니다. 소설가는 현실에 없는 인물을 창조하고 사건과 이야기를 꾸며 냅니다. 하지만 그런 경우에도 작가가 실제로 표현하고 싶은 것은 내면에 있는 생각과 감정입니다. 인물과 사건은 그 생각과 감정을 표현하는 도구 또는 형식이고요. 그래서 결국 글에는 쓴 사람의 내면이 묻어납니다. 글을 보면 글쓴이가 어떤 사람인지, 어떤 생각과 감정이 그 사람을 이끄는지 어느 정도 알 수 있다는 말이지요. 다른 직업이라면 몰라도 작가만큼은, 그가 어떤 사람인지 알려고 관상을 볼 필요가 없습니다. 얼굴보다 글이 그 사람에 대한 정보를 더 많이 전해 주거든요.

소설《토지》《장길산》《태백산맥》에서 우리는 인간 박경리, 황석영, 조정래를 느낄 수 있습니다. 우리 민족의 역사에 대해서, 사회에 대해서, 인간의 사악함과 훌륭함에 대해서 그들이 어떻게 생각하는지 알 수 있어요. 그와 마찬가지로 소설《강안남자》와《즐거운 사라》에서는 작가 이원호와 마광수의 인간과 삶과 세상에 대한 생각과 감정, 그들의 내면을 채우고 있는 욕망을 읽을 수 있습니다. 작가한테는 굳이 그대가 어떤 사람이냐고 묻지 않아도 됩니다.

물론 100퍼센트 확실한 건 아닙니다. 제 경험입니다만, 글에서 본 작가와 실제로 본 작가의 모습이 아주 다른 경우도 더러 있습니다. 대부분은 그렇지 않지만요. 한때 힘찬 저항시로 이름을 날렸던 어떤 시인이 실생활에서는 상식으로 이해하기 어려울 만큼 권위주의적으로 행동하더군요. 섬세하고 나긋한 서정시를 썼던 작가가 알고 보니 권력에 병적으로 집착하는 속물인 경우도 있었습니다. 어떤 작가는 평소에는 그렇지 않은데 유독 글을 쓸 때만 경건해지기도 했고, 환경이 바뀌면 행동 양식도 금세 따라 변하는 사람도 있었죠. 하지만 어쩌겠습니까? 심리학자들은 사람에게 복수의 '페르소나(인격)'가 있다고 하더군요. 감정이 크게 흔들리면 이성이 힘을 쓰지 못한다고도 하고요. 인간이 원래 그런 존재랍니다. 그러니 자신이든 타인이든, 사람에 대해서 지나친 신뢰를 보내지는 않는 게 현명하겠지요.

어쨌든 글은 쓴 사람을 보여 줍니다. 얼마나 많은 것을 얼마나 깊이 알고 있으며, 어떤 것에 대해서 어떤 감정을 느끼는지 드러내는 겁니다. 그런데도 사람들은 글을 보면 알 수 있는 것까지 작가한테 직접 확인하려고 합니다. 어떤 주제로 강연을 하든, 이렇게 묻는 분이 꼭 있습니다. "선생님은 진보인가요?" 다음(DAUM) 뉴스 펀딩 페이지에 열었던 글쓰기 고민상담소 게시판에도 비슷한 질문이 올라오곤 했어요. "진보적 입장에서 메르스 사태를 어떻게 보십니까?" "당신은 진보적 입장을 어떻게 글쓰기에 반영하나요?" "진보주의자로서 어떤 삶의 원칙을 가지고 있나요?" 혹시 여러분도 이런 질문을 받으십니까? 만약 아무도 묻지 않는다면 스스로 한번 물어보시기 바랍니다. 자기 자신을 이해하는 데 도움이 될 겁니다. 개성 있는 글을 쓰는 데도 보탬이 되고요.

이런 질문을 받으면 저는 내가 어떤 사람인지 생각해 봅니다. 그래야 대답할 수 있기 때문이죠. 심리학자들은 이것을 '자아정체성'이라고 하더군요. 그렇습니다. 글 쓰는 사람은 자신이 누구인지 알아야 합니다. 그래야 자기답게 글을 쓸 수 있습니다. 내가 어떤 사람인지 모르면 무엇이 내 것이고 뭐가 남의 것인지 구별하지 못하고 틀에 박힌, 진부한, 상투적인 글을 쓰게 됩니다. 그래서 저는 늘 이렇게 생각하면서 글을 씁니다. "내 생각과 감정을 나다운 시각과 색깔로 써야 한다. 내 목소리를 내야 한다. 진부하고 상투적인 생각과 표현에서 멀어져야 한다."

저는 20년 전부터 '리버럴', '진보 리버럴' 또는 '사회자유주의자(social liberal)'를 자처해 왔습니다. 그랬더니 진중권 교수는 '진보자유주의'나 '사회자유주의'라는 말이 '형용모순'이라고 비판하더군요. '네모난 동그라미'나 '선량한 악당'처럼 공존하거나 화합할 수 없는 개념을 하나로 연결했다는 겁니다. '진보'는 '자유주의'와 결합할 수 없고, '사회적'이란 개념도 '자유주의'와는 공존할 수 없다는 말인데, 사실 좀 서운했습니다. 모르는 사이도 아닌데 이렇게 한마디로 깔아뭉개다니! 오래전 일인데 이제 와서 그러느냐고, 뒤끝 있는 남자라는 지적을 받더라도 한번 물어 봐야겠어요. 지금도

우리나라는 말 좀 하면 좌파로 몰기 때문에

너 좌파잖아!

진보   보수

이념 스펙트럼상에 진보가 몰려 있다.

진보   보수

그래서 설 자리가 없는 극좌가

진보   보수

종종 극우로 간다.

진보   보수

그렇게 생각하는지 말입니다.

　말과 글은 사람의 세계관과 철학을 드러냅니다. '사회자유주의자'는 저의 세계관과 인생철학을 나타내고, '네모난 동그라미'라는 비판은 그 말을 했을 때 진중권 교수의 세계관과 철학을 보여 줍니다. 글을 쓰면 제 모습이 더 잘 보입니다. 일부러 들여다보지 않아도 저절로 그렇게 됩니다. 주된 효과인지 부작용인지는 모르겠지만, 어쨌든 글쓰기는 자기 성찰을 동반하는 것이죠. 글에 나타난 내 모습이 싫으면 마음에 들 때까지 반복해서 글을 고칩니다. 글만 고치는 게 아니라 제 자신을 고치는 작업이지요. 어떤 모습이 싫으냐고요? 무엇인가에 묶인, 틀에 박힌, 뻣뻣하게 굳은 모습입니다. 저는 그게 제일 싫어요.

　글 쓰는 사람은 관념에 속박당하기 쉽습니다. 정치권력의 감시와 통제 때문에 하고 싶은 말을 제대로 하지 못했던 시대가 있었습니다. 돈 가진 사람들 비위를 맞추느라 마음에도 없는 소리를 늘어놓는 사람은 지금도 많습니다. 그러나 권력과 돈만 속박인 것은 아닙니다. 우리들 각자가 지닌 생각도 때로 속박이 됩니다. 살아가려면 세상을 이해해야 하고, 세상을 이해하려면 생각의 틀이 있어야 합니다. 인간과 사회와 역사를 이해하고 설명하기 위해서 쓰는 생각의 틀을 '주의(-主義)' 또는 '이즘(-ism)'이라고 하겠습니다.

여러분은 어떤 '이즘'으로 세상을 보시는지요?

　여러 '이즘'을 알아보았습니다. 국가주의, 자유주의, 민족주의, 사회주의, 공산주의, 보수주의, 제국주의, 이슬람주의, 여성주의, 생태주의, 다원주의, 인종주의, 무정부주의, 심지어 주체사상까지 말입니다. 어떤 '이즘'은 마음에 들었지만 어떤 '이즘'은 불편하더군요. 끔찍하고 무서운 '이즘'도 있었습니다. 저는 자유주의, 다원주의, 생태주의, 여성주의가 마음에 들었습니다. 저는 이런 이즘으로 세상과 인간을 살피면 이해가 잘 되었고, 이런 '이즘'에 바탕을 두고 인간관계를 맺고 의사결정을 하면 마음이 편했습니다. 그렇지만 어떤 '이즘'의 지배를 받고 싶진 않습니다.

　세상에는 욕망의 노예가 된 사람만 있는 게 아니라 '이즘'의 노예가 된 사람도 많습니다. 그런 사람들은 자신이 무슨 '주의자'이니까 모든 문제를 그런 '주의자'답게, 그 '주의'의 원칙에 따라서 생각하고 판단하려 하며, 심지어는 남한테도 그렇게 하라고 요구합니다. "그렇게 할 거면 '○○주의자'라고 하지 마!" "여기 동의하지 않는다면 너는 '○○주의자'라고 할 수 없어!" 하는 식으로 말이죠. 이것은 '이즘'에 속박된 사람이 보이는 태도입니다.

　'자유주의'나 '사회자유주의'는 저의 세계관과 살아가는 방식을 표현하는 말입니다. 하지만 저는 그런 '이즘'의 주인이지 노예나

도구는 아닙니다. 그게 그거 아니냐고요? 아닙니다. 그렇지 않습니다. '이즘'의 주인이 되는 것과 도구가 되는 것은 근본적으로 다릅니다. 어떤 '주의'를 받아들여 사용하면서도 거기 속박당하지 않으려면 어떻게 해야 할까요? 제가 찾은 방법은 직관을 믿는 것입니다. 어떤 '주의'의 원칙이나 교조보다 마음이 내는 소리에 먼저 귀를 기울이는 것이지요.

사람은 이념, 종교, 과학에 의지하지 않고서도 시비(是非)와 선악(善惡)과 미추(美醜)를 구별할 수 있습니다. 너무나 자연스러운 일이어서 이 능력이 어디에서 왔는지 의문조차 품지 않지요. 그러나 철학자들은 달랐습니다. 당연해 보이는 것조차 의심해 보는 습관이 철학자의 직업병이거든요. 일찍이 맹자와 임마누엘 칸트는 인간이 도덕적 미학적 직관을 가지고 태어난다고 주장했습니다.

저는 주로 논리적인 에세이를 씁니다. 그런데도 논리적 추론보다 도덕적 직관에 더 크게 의지합니다. 그럴 리가! 놀라실지 모르지만 사실입니다. 논리적 추론 없이 곧바로 판단하는 능력을 직관(直觀, intuition)이라고 하지요. "좋아! 멋져!" "싫어! 찜찜해!" 도덕적 미학적 직관은 이런 느낌으로 자기의 존재를 알립니다. 저는 일단 느끼고, 그 다음 왜 그런 느낌이 드는지 이유를 찾습니다. 먼저 논리적으로 추론한 다음 그에 합당한 감정을 느끼는 게 아닙니다.

그래서 때로 아무리 생각해도 이유를 모르겠는데 그냥 좋거나 싫은 경우가 있지요. 저의 추론 능력이 직관적 판단력을 따라가지 못해서 그런 겁니다. 도덕적 미학적 직관은 누구에게나 있다고 합니다. 안타깝게도 스스로 억압해서 없애 버리는 사람이 많지만요.

《맹자》에 나오는 '유자입정(孺子入井)' 이야기, 한 번쯤은 들어 보셨을 겁니다. 어린 아이가 우물에 빠지려 하는 것을 본다면 여러분은 어떻게 하시겠습니까? 얼른 뛰어가서 구하겠지요. 왜요? 아이 부모한테 사례금을 받으려고? 아이를 구하지 않았다는 비난을 피하려고? 동네 사람들한테 칭찬을 듣고 싶어서? 아닙니다. 아무 생각 없이 그냥 막 뛰어가서 구하는 겁니다. 생각은 그 다음에 합니다. 이것이 바로 측은지심(惻隱之心), 즉 '긍휼히 여기는 마음'이라는 본능입니다. 사람은 누구나 어리고 약한 것에 대해 연민의 정을 느끼게 되어 있다는 것이죠.

인간은 측은지심 말고도 여러 직관적 능력을 가지고 있습니다. 수오지심(羞惡之心), 무엇인가 잘못을 저지른 것을 알면 부끄러워합니다. 사양지심(辭讓之心), 좋은 일의 공을 남한테 돌리고 몸을 낮추려 합니다. 시비지심(是非之心), 옳고 그름을 가려 옳은 일을 합니다. 맹자는 이런 마음을 4단(四端)이라고 하면서, 인의예지(仁義禮智)라는 문명의 규범이 모두 여기에서 나온다고 주장했습니다. 문명의 규범이 도덕을 만드는 게 아니라 인간이 원래 지니고 있는 도덕적 본능이 문명의 규범으로 드러난다는 것이죠.

맹자는 이런 것이 인간의 본성이라고 주장했지만, 어디까지나 관찰과 추론을 통해 얻은 결론이었을 뿐 과학적 증거는 없었습니다. 그런데 현대의 뇌 연구자들은 맹자의 주장이 옳다는 것을 과학으로 증명해 보였습니다. '측은지심'은 대뇌피질 전체에 퍼져 있는 '거울신경세포(mirror neuron) 시스템'이 만들어 냅니다. 이것은 기나긴 진화의 과정에서 호모 사피엔스라는 종이 획득한 생물학적 본성이며 우리의 뇌가 수행하는 신경생리학적 기능이라는 것이죠. 다른 말로는 '우리 본성의 선한 천사'라고도 합니다. 더 자세히 알고 싶다면 《우리 본성의 선한 천사: 인간은 폭력성과 어떻게 싸워 왔는가?》(스티븐 핑커 지음, 김명남 옮김, 사이언스북스, 2014)를 참고하시기 바랍니다. 벽돌만큼 두껍고 값도 그만큼 많이 나가는 책이라 일독을 권하기가 망설여지긴 하지만, 도전해 보면 배움의 기쁨을 넉넉하게 맛볼 것입니다.

철학자 임마누엘 칸트도 비슷한 주장을 했습니다. 칸트는 《순수이성비판》이라는 책에서 두 가지 도덕법을 밝혔는데, 다들 아시는 정언명령 1번과 2번입니다. 정언명령 1번은 "스스로 세운 준칙에 따라 행동하되 그 준칙이 보편적 법칙이 될 수 있도록 하라"는 것이고, 2번은 "자기 자신이든 타인이든 사람을 수단으로 삼지 말고 언제나 목적으로 대하라"는 것입니다. 이렇게 살아야 행복하게 살 자격을 얻는다는 주장입니다. 그저 욕망을 충족하는 데만 매달려 사는 사람은 중력에 끌려 바닥으로 떨어지는 당구공이나 마찬가지라고 했습니다. 행복을 누리려면 욕구의 노예가 되지 말고 삶의 주인이 되라는 조언이지요.

정언명령은 '이성을 사용하는 규칙'입니다. 칸트는 이 규칙을 인식하는 것은 이성 그 자체의 기능이라고 주장했습니다. 특별히 배우거나 경험하지 않아도 누구나 도덕법을 알 수 있다는 뜻입니다. 맹자가 말한 것과 같은 이야기죠. 저절로 알게 된다는 것은 곧 타고난 본성이라는 말이니까요. 유전학도 뇌 과학도 없었던 시대에 이런 것을 어떻게 생각해 냈는지 신기하죠? 맹자와 칸트는 마땅히 인류의 문명사에 이름이 남아야 할 인물입니다.

그런데 세상에는 시비와 선악과 미추를 구별하지 못하는 사람이 많습니다. 악한 사람, 추한 사람, 어리석은 사람도 많아요. 악하지 않은 사람이 악한 행동을 하기도 하고, 어리석지 않은 사람이 어리석은 행동을 하기도 합니다. 사람들이 미학적 도덕적 직관 또는 '우리 본성의 선한 천사'를 영구히 또는 한시적으로 잃어버린다는 것이죠. 왜 그렇게 될까요? 욕망과 감정과 충동에 휘둘리기 때문입니다. 욕망과 감정과 충동은 선한 것만 있는 게 아니라 나쁜 것, 고약한 것도 많습니다. 탐욕, 두려움, 시기심과 같은 부정적 욕망과 감정, 충동이 '우리 본성의 선한 천사'를 압도하면 도덕적 미학적 직관은 힘을 쓰지 못합니다.

글 쓰는 사람을 위협하는 것이 욕망만은 아닙니다. 훌륭한 이상을 추구하는 종교와 사상도 조심해야 합니다. 이념과 종교의 교조가 도덕적 미학적 직관을 질식시키기도 하거든요. 헤아리기 어려울 만큼 많은 역사 사례가 있습니다. 중세 교회가 자행한 마녀사냥과 십자군전쟁, 유럽인들의 북아메리카 원주민 대학살, 히틀러의 홀로코스트, 스탈린의 독재와 대숙청, 크메르루즈의 킬링필드, 북한의 우상숭배와 3대 세습, 소위 이슬람국가(IS)의 민간인 참수와 같은 어리석음과 죄악의 배후에는 그것을 정당화한 지식인의 말과 글이 있었습니다. 그들이 말과 글로 만든 이념과 종교의 도그마가 '우리 본성의 선한 천사'를 목 졸라 죽였기 때문에 그런 비극이 벌어진 겁니다.

이념은 세상을 바라보는 데 유용한 인식의 틀이지만, 사람의 생각을 속박하는 족쇄가 될 수 있습니다. 글 쓰는 사람이 미학적 열정을 자유롭게 발현하려면 어떤 도그마에도 예속되지 말아야 합니다. 그렇게 믿기 때문에 저는 어떤 '주의'가 아니라 '옳은 것'과

'선한 것', 그리고 '아름다운 것'을 알아볼 수 있는 직관의 힘에 의지합니다. 나쁜 감정과 고약한 충동에 휘둘리지 않으려고 애씁니다. 그래야만 '우리 본성의 선한 천사'와 도덕적 미학적 직관이 날개를 펼 수 있기 때문이죠. 늘 잘 되는 건 아닙니다. 실패할 때가 많아요. 그렇지만 힘껏 용을 쓰면 어느 정도는 할 수 있습니다. 무엇이든 사람이 하는 일에는 한계가 있기 마련이니까, 저는 그 정도로 만족합니다.

너무 추상적인가요? 현실 문제를 가지고 구체적으로 이야기해 보겠습니다. 우리는 거의 모든 일에 대해서 상투적인 생각과 태도를 지니고 있습니다. 고정관념, 선입견, 이념적 교조에 지배당하는 것이죠. 좋아서 그러는 게 아닙니다. 자기 머리로 생각하지 않아도 되니까, 편하니까 그렇게 하는 겁니다.

제가 예전에 정치를 해서 그런지 이렇게 묻는 분을 자주 만납니다. "정치하는 사람들은 왜 만날 싸우나요? 보기만 해도 짜증이 나요." 정말 상투적인 질문입니다. "정치인들은 싸운다. 싸우는 건 나쁜 짓이다. 싸우는 모습은 보기 싫다." 이런 고정관념에 입각해서 정치인을 힐난하는 것이죠. 정치인들이 무엇을 무기로 싸우는지 생각해 보셨습니까? 어쩌다 몸싸움을 하기도 하지만, 보통은 말과 글로 싸우고 투표로 승부를 냅니다. 언제부터 이랬을까요?

얼마 되지 않았습니다. 인류는 수만 년 동안 돌도끼, 창, 활, 칼, 총을 들고 권력투쟁을 했습니다. 말 그대로 목숨을 걸고 싸웠고, 승자는 패자를 죽이거나 노예로 만들었습니다. 그런 식으로 살벌하게 하던 일을 말과 글로 싸우고 선거로 승패를 내도록 바꾼 게 바로 민주주의입니다.

민주주의는 여야가 싸우는 게 정상입니다. 안 싸우면 문제 있는 겁니다. 그 덕분에 민주주의는 선을 최대화하는 게 아니라 악을 최소화합니다. 시끄럽고 문제가 많지만 제대로 작동한다면 엄청난 죄악이 벌어지는 사태를 막을 수 있다는 겁니다. 최악의 사기꾼, 거짓말쟁이, 이중인격자, 폭력배가 대통령이 되었다고 합시다. 국회가 입법권을 제대로 행사하고 사법부의 독립성이 살아 있다면 그 대통령이 죄악을 마음껏 저지르지 못하게 할 수 있습니다. 이것이 바로 민주주의 정치제도의 강점과 경쟁력이지요.

사회에 좌우 또는 보수와 진보의 대립이 있다는 것은 자연스럽고 바람직한 일인데도 정치를 할 때는 말을 못했습니다. 시장 바닥에 가면 할머니들이 그럽니다. "싸움 좀 그만해!" 저는 후딱 대답했죠. "아이고 어머니, 죄송합니다. 안 싸울게요." 그렇지만 속으로는 이렇게 말했어요. '아이고 어머니, 싸우라고 여야가 있는 건데요.' 정치인은 좋아서가 아니라 어쩔 수 없이 '위선의 언어'를 씁니다. 표를 받으려면 대중의 정서를 거스르지 말아야 하니까요.

민주주의를 제대로 하려면 잘 싸워야 합니다. 말로, 글로, 정책으로, 싸울 만한 가치가 있는 문제를 가지고 품격 있게 제대로 싸워야 한다는 것입니다. 싸우지 않을 거라면 다 한 정당에 모이지 뭐하러 여러 정당을 만든답니까? 헌법이 복수정당제를 보장하는 건 그럴 만한 이유가 있기 때문이지요. 싸운다고 해서 정치인을 비난하면 민주주의는 설 자리가 없습니다. 이것은 민주주의를 해치는 말입니다. 진실도 아니고 진리도 아닙니다. 싸울 만한 일이 있으면 정정당당하고 품위 있게, 그리고 치열하게 싸워야 합니다. 단지 싸운다는 이유만으로 국회와 정당을 비난하는 칼럼을 쓰는 지식인과 언론인들이 저는 지겹습니다. 왜냐고요? 진부하고 상투적이라서요.

정치인이든 평범한 시민이든 견해가 달라서 말과 글로 싸울 때는 창의적으로, 개성 있게, 예술적으로 싸워야 합니다. 트위터나 페이스북에서 보수와 진보로 편 갈라 싸울 때도 그렇습니다. '멸북당' '종북척결' '위대한 대한민국', 이런 단어가 든 닉네임을 쓰면서 프로필 사진에 대통령 얼굴을 걸어 놓은 사람들이 의견 다른 사람한테 막말과 쌍소리를 퍼붓는 것을 보면 안타까워요. 대통령 팬이라고 하면서 대통령 얼굴에 먹칠하고 있으니까요. 그 사람들 주장이 논리적으로 잘못되었다는 게 아닙니다. 예술성이 완전히 꽝인 글로는 다른 사람의 생각을 움직이지 못한다는 이야기를 하는 겁니다. 막말로 감정을 배설하거나 거짓말로 남을 비방하지 않고 제대로 주장을 펼친다면 논쟁은 좋은 겁니다. 예술이 될 수도 있습니다.

"진리가 너희를 자유롭게 하리라." 어느 대학 정문에 이런 글이 적힌 걸 본 적이 있는데, 지금도 걸려 있는지는 모르겠습니다. 저는 이 말을 다 믿지는 않습니다. 인간이 과연 궁극적 진리를 알 수 있는지 의심하기 때문이죠. 어떤 신학자들은 '진리'에 용서와 관용도 포함된다고 해석합니다만, 이 문장을 글자 그대로 해석하면 위험한 말이 될 수 있습니다. 저는 진리가 아니라 '관용'이 우리를 자유롭게 한다고 믿습니다. 진리에 대한 집착과 확신은 오히려 자유를 파괴합니다. 절대 진리에 대한 확신에 이끌려 저지른 범죄가 인류 역사에 얼마나 많았습니까? 오늘날도 사람들은 자기가 믿는 진리를 내세워 전투기로 마을을 폭격하고, 사람이 붐비는 시장 골목에 폭탄을 터뜨리고, 무고한 사람들을 인질로 잡아 잔혹하게 죽입니다.

절대적 진리를 내세워 생각이 다른 이를 말살할 권리를 가진 사람은 없습니다. 그런데도 어떤 이들은 마치 그런 권리가 있는 것처럼 행동합니다. 우리가 자유롭게 살려면 불관용을 부추기는 생각, 논리, 태도와 맞서 싸워야 합니다. 싸우는 게 보기 싫다는 이유로 이런 싸움을 못 하게 하면 안 됩니다. 권력자가 내린 명령을 국민이 일사불란 따라가는 바람에 흉악한 범죄가 일어나 나라가 망한 사례가 허다합니다. 싸우는 정치가 나쁜 게 아니라 '싸우는 정치는 나쁘다'는 주장이 나쁜 겁니다. 무엇을 두고 어떻게 싸우는지 따지지 않고 싸운다는 이유만으로 정치인을 비난하고 정치에 대한 혐오를 조장하는, 진부하고 상투적인 말을 늘어놓는 지식인과 언론인을 믿지 마십시오.

예술적인 글을 쓰려면 무엇보다 독창적으로 생각해야 합니다. 앞에서 "진보적 입장에서 메르스 사태를 어떻게 보느냐"는 질문을 소개했습니다. 한창 메르스가 번지던 시기에 어느 신문에 〈메르스 사태의 본질〉이란 칼럼이 올라왔더군요. 소위 '진보적 보건 전문가'로 널리 알려진 지식인의 글이었죠. 그 칼럼 필자는 국가가 의료 공공성을 파괴한 것이 메르스 사태의 본질이라고 주장했습니다. 그러면서 의료 공공성 파괴는 국민의 정부, 참여정부 때 시작되어 현 정부로 이어졌다는 친절한 설명을 빠뜨리지 않고 덧붙였고요. 상투적이고 진부한 글이었습니다.

의료 공공성이 중요하지 않다는 게 아닙니다. 전염병에 잘 대처하려면 음압 병실도 많이 있어야 하고 지역마다 거점 공공병원이 있어야 합니다. 민간 병원이 압도적으로 많은 현실을 인정하더라도 국공립 병원을 어느 정도는 짓고 유지해야 한다는 주장에 찬성합니다. 그런데 이런 의문이 들었습니다. "국공립병원이 많았다면 메르스가 안 퍼졌을까?" "평택성모병원과 삼성서울병원이 민간병원이어서 메르스가 퍼졌나?" "만약 1번 확진자가 처음부터 평택성모병원이 아니라 서울대학교병원에 갔더라면 이 사태를 막을 수 있었을까?"

2003년 사스(SARS)라는 신종 전염병이 지구촌을 공포에 몰아넣었던 것을 기억하십니까? 메르스와 사스 모두 급성 호흡기 질병이고, 병을 일으키는 바이러스도 4촌뻘입니다. 사스는 중국이 최대 발병국이었고, 중국과 한국은 인적 교류가 아주 많았습니다. 결국 세 차례나 사스 바이러스 감염자가 입국했지요. 그렇지만 국내 전염은 한 건도 없었습니다. 그때는 의료 공공성이 높았나요? 그때나 지금이나 국가 병상이 전체 병상 중 10퍼센트밖에 안 되기는 마찬가지입니다. 구조가 달라진 건 아무것도 없습니다. 지금은 질병관리본부라는 전염병 방역 전담조직이라도 있지만 그때는 그런 것조차 없었습니다. 게다가 사스는 공기를 통해서도 전염되는 바이러스여서 전파력이 메르스와 비교할 수 없을 정도로 강했습니다. 그런데도 거의 완벽하게 막아 냈습니다.

반면 메르스는 국내에 감염자가 딱 한 명 들어왔을 뿐인데도 무려 200명에 육박하는 확진자와 30명이 넘는 사망자가 생겼습니다. 이 차이가 도대체 어디에서 온 것일까요? 신자유주의 정책과 보건의료 시스템의 구조적 결함 때문이었다고요? 아닙니다. 그것도 분명 관계가 있긴 하지만 직접적인 원인은 아니었습니다. 어떤 문제든 구조가 중요합니다. 그러나 구조는 같은데도 과정이 달라서 문제가 생기는 경우도 있습니다.

사스 파동 때 정부는 공항과 항만에 열감지기를 설치해서 중국에서 들어오는 모든 승객을 실시간 관찰했으며 이상 징후가 있는 입국자는 즉각 격리했습니다. 그래서 감염자가 세 번이나 입국했지만 국내 전염이 한 건도 없었던 겁니다. 그런데 메르스 사태 때 정부는 이렇게 하지 않았습니다. 공항과 항만에서 중동지역 입국자들을 집중 관찰하지도 않았고 의심 신고가 들어왔을 때도 즉각 격리조치를 하지 않았으며 확진자가 나온 이후에도 관련 정보를 감추는 데 급급했기 때문에 메르스가 그렇게 퍼진 겁니다. 이것은 명백히 전염병 방역의 기본을 태만히 한 '과정의 문제'였습니다. 보건의료 시스템의 구조적 결함이 직접적인 원인은 아니었다는 말이죠.

구조적 원인을 살피는 것은 언제나 필요합니다. 하지만 만사를 다 구조 탓으로 돌려 버리면 과정의 잘못이 가려지게 됩니다. '의료 공공성 부족'이라는 구조의 문제를 메르스 사태의 본질이라고 주장한 견해는 만사에 이른바 '진보적 철학'을 내보이려는 강박증의 표현이라 생각합니다. 어쩌면 게으름 때문인지도 모르죠. 보건정책의 모든 쟁점에 대해서 '의료 공공성 부족'이라는 표준 처방을 내리면 참 편리합니다. 현안에 대한 정보를 모으고 해석하고 논리적으로 추론해서 답을 찾는 노력을 매번 하지 않아도 되니까 말입니다.

다시 한 번 말씀드리면, 정치적 글쓰기에도 예술성이 중요합니다. 예술성은 문장의 아름다움과 아울러 독창적인 논리의 미학을 요구합니다. 그런 글을 쓰려면 생각과 감정에 자유의 날개를 달아 놓아야 해요. 고정관념과 도그마에 갇히면 대상을 있는 그대로 보면서 글을 쓸 수 없거든요. 보수든 진보든 상관없이, 다수 학설로 통하는 이론과 인식 방법을 답습하면 상투적이고 진부한 글을 쓰게 됩니다. 현실은 빨주노초파남보인데 흑백필름으로만 사진을 찍어서 현실이 그와 같다고 주장하는 것과 비슷하지요. 만약 삼성서울병원이 아니라 낙후 지역에 있는 공공병원 입원실에서 메르스가 퍼졌다면 뭐라고 했을까요? 의료 양극화, 경제 양극화 같은 구조적 원인을 거론하면서 마찬가지로 상투적이고 진부한 진단과 처방을 제시하지 않았을까요?

예술적으로 쓰고 싶다면 자유롭게 생각하고 스스로 판단하는 습관을 길러야 합니다. 정해진 도그마보다 자기 자신의 눈과 생각, 마음과 감정을 믿는 게 현명합니다. 저에게 진보냐고 묻는 분들, 진보적 원칙을 글쓰기에 어떻게 반영하느냐고 묻는 분들께 솔직하게 대답하겠습니다. 저는 글을 쓸 때 그런 생각을 아예 하지 않습니다. 사실에 부합하는가? 문장이 정확한가? 논리에 결함이 없는가? 내가 하고 싶은 말인가? 독자의 마음에 공감을 일으킬 수 있는가? 그런 것만 살핍니다. 여러분도 그렇게 해 보시기 바랍니다. 열심히 하면 정치적 글쓰기를 예술 근처까지라도 가져갈 수 있을 거라는 희망을 품고 말입니다.

예술은 자유를 먹고 피어납니다. 돈과 권력만 사람의 생각과 감각을 얽어매는 게 아닙니다. 고정관념과 이념의 교조에 생각과 감정이 묶이면 글이 진부해집니다. 빤한 글, 지루한 글, 첫 문장만 보아도 마지막 문장을 짐작할 수 있는 글을 쓰게 됩니다. 독창적인, 기발한, 창의적인, 흥미로운, 반전이 있는 글을 쓰지 못합니다. 진보냐 보수냐? 내 이념을 어떻게 글쓰기에 반영할까? 창의적인 글을 쓰고 싶다면 이런 헛된 질문을 털어 버리고 오로지 아름다운 것과 옳은 것만 생각하면서 글을 쓰시기 바랍니다. 저는 그렇게 쓴니다.

청와대 전화를 딱 두 번 받아봤다.

주문 전화가 없어서 큰일이야…

따르릉♪
따르릉♪

"정부"

첫 번째 전화는 참여정부 말기에

홍보 웹툰 좀 그려주세요

…

대통령 욕하는 게 국민스포츠였던 그때, 함께 욕 먹을 용기가 없었다.

대선때 TV-CF까지 만들어주시고…

지금 작가님 말고는 섭외할 사람이… ㅜㅜ

하아… 제껜 그걸 감당할 만한 멘탈이 없어요… 사랑은 변함없지만…

두렵기도 했다.

다음 대통령 이명박이 가장 사실인데 걱정 많이 되시죠?

고난의 행군 시작인데 준비를 해야죠

작가님, 행운을~

고맙습니다

그분이 돌아가시고… 그때 함께 비를 맞아주지 못한걸 몹시 후회했다.

그게 뭐라고!!

비 좀 ~ 맞으면 어때서…

062

두 번째 전화는 이명박 정부 때다.

주문 전화가 없어서 큰일이야…

따리리링~♪

정부

핵안보정상회의 개최 홍보용으로

웹툰 좀 그려주세요

…

내가 핵안보정상회의 개최 효과가 올림픽과 월드컵을 능가한다는 청와대의 주장을 조롱하는 만화를 그린 직후였다.

전화 잘못 거신 거 아닙니까?

저 지난 주에 그 주제로 풍자만화를 그린 놈인데…

순간 각하의 호연지기에 감동할 뻔했다.

알고 있습니다. 선생님께서 그동안 무슨 만화를 그리셨고

저희가 의뢰 한다고 해도 쉽게 응하지 않으실 거라는 것도

위에서 시키니까 전화는 드려야 할 것 같아서…TT

아~

사실은 뭐 이런 이유였을 거란 추측?…

이놈 국정홍보만화 많이 그렸네~

국정홍보

~ 돈 주면 그릴 놈이다. 연락해!!

제3장

악플을 어찌할꼬

저는 세상을 더 좋게 만드는 문제에 대해 사람들과 이야기를 나누고 싶어서 글을 씁니다. 유용하고 훌륭한 내용을 깔끔하고 개성 있는 문장으로 쓰려고 애씁니다. 그렇지만 그런 소망과 노력이 늘 결실을 맺는 것은 아닙니다. 소통과 공감은커녕 비난과 악플만 불러들일 때도 있어요. 나폴레옹은 불가능이라는 말조차 인정하지 않았다는데, 글을 쓰는 저는 세상에 가능한 일이 하나라도 있는지 때로 의심합니다.

저만 그럴 리는 없죠. 세상사가 다 내 뜻대로 되지는 않는다는 것, 사람들 마음이 다 내 맘 같지는 않다는 것, 다들 겪어 봐서 아실 겁니다. 글쓰기도 그렇습니다. 어디에 무슨 글을 쓰든 꼭 악플이 달립니다. 블로그, 페이스북, 트위터, 카카오톡, 포털사이트 댓글란, 커뮤니티 게시판… 글을 쓰는 공간 어디서나 우리는 악플을 만납니다. 어느 정도 예상한 악플도 있지만 전혀 상상하지 못했던 반응도 있죠. 고약한 악플을 보면 화도 납니다. 심하면 인간의 본성에 대한 회의까지 생깁니다. 이런 것까지 견디면서 굳이 글을 써야 하나? 그런 의문이 고개를 들면 글쓰기가 더 힘들어집니다. 그래서인지 이런 고민을 토로하는 분이 적지 않더군요.

악성댓글 때문에 괴롭습니다. 반박하는 댓글을 달면 더 심한 욕을 합니다. 그런 소리를 들은 날은 분해서 잠을 이루지 못합니다. 무시하기도 해 보고, 싸워 보기도 하고, 달래 보기도 했지만 소용이 없어요. 이런 꼴을 당하지 않으려면 글을 쓰지 않는 게 낫겠다는 생각이 듭니다. 작가들은 이런 문제를 어떻게 극복하나요?

이런 기분 한 번이라도 느껴 보셨는지요? 이 문제는 글쓰기보다는 마음 수련에 관한 것이어서 저보다는 법륜스님 같은 분이 훨씬 더 괜찮은 조언을 드릴 수 있을 겁니다. 정신과 전문의나 심리학자와 상담해도 좋겠고요. 저는 일반적 해법은 모르고 경험으로 터득한 방법을 알 뿐입니다. 정치를 하던 시절 '구름 안티'를 몰고 다녔고 지금도 적지 않은 '안티팬'을 보유한 글쟁이로서 악플과 더불어 살아가는 나름의 요령을 터득했지요. 참고하시라는 뜻으로 제 '악플 대처법'을 말씀드립니다.

작가들은 어떻게 극복하느냐고 물으셨는데요, 사실은 작가들도 잘 이겨 내지 못합니다. 오히려 보통 사람보다 더 심각한 상황을 만나서 더 모진 고통을 받습니다. 유명한 작가라고 해서 보통 사람들과 다른 건 아니에요. 2012년 가을에 있었던 일입니다. 《아프니까 청춘이다》라는 초대형 베스트셀러가 있었는데, 저자는 서울대학교 교수 김난도 씨였습니다. 이 책에서 김난도 교수는 기성세대의 일원으로서 학업과 취업 등 여러 어려운 일을 겪는 청년들을 위로하고 격려했습니다. 제가 보기엔 뭐 특별히 감동적일 것도 없었지만, 그렇다고 해서 대놓고 욕을 할 내용도 아니었어요. 그런데 영화감독 변영주 씨는 생각이 달랐던지, 인터넷언론 〈프레시안〉 인터뷰에서 이렇게 말했습니다.

기본적으로 《아프니까 청춘이다》류의 책을 써서 먹고사는 사람들은 정말 '×같다'고 생각합니다. 쓰레기라고 생각해요. 지들이 애들을 저렇게 힘들게 만들어 놓고서 심지어 처방전이라고 써서 그것을 돈을 받아먹나요? 애들한테 해 주고 싶은 이야기가 있으면 무가지로 돌려야 한다고 생각해요. 왜 그걸 팔아먹나요? 아픈 애들이라면서요? 아니면 보건소 가격으로 해 주던가.

인터뷰이가 말한 그대로 실었다고는 하지만, 제가 〈프레시안〉 편집자였다면 당사자의 양해를 구해서 표현을 살짝 고쳤을 겁니다. 그러나 어쨌든 이렇게 기사가 나갔습니다. 저는 변영주 감독의 발언 취지에 어느 정도 공감했습니다만 표현 방식은 그리 좋게 보지 않았어요. 책에 대한 비평이 아니라 저자에 대한 험담이 될 수 있는 말이니까요. 저는 《아프니까 청춘이다》가 쓰레기 같은 글이라고 생각하지는 않습니다. 하지만 사람에 따라서는 쓰레기라고 볼 수도 있겠죠. 그렇지만 그렇다고 해서 그걸 쓴 사람을 쓰레기라고 해서는 안 됩니다. 글과 사람은 다르거든요. 저는 제가 인간 쓰레기라고 생각하지 않습니다. 그렇지만 쓰레기 같은 말을 하거나 글을 쓴 적이 없다고 자신하지는 못합니다.

이 인터뷰가 나가고 두 달쯤 지나 SBS라디오 〈최화정의 파워타임〉에 영화배우 박철민 씨가 게스트로 나와서 비슷한 말을 했습니다. 청년들한테 덕담을 해 달라는 진행자의 요청을 받고 한 이야기인데, 변영주 감독의 말과 취지는 같았지만 표현 방식은 달랐습니다. 들어 보십시오. 인신공격이 아닌 비평으로 인정할 수 있을 겁니다.

'아프니까 청춘이다'라는 말은 쓰레기라고 생각합니다. 위로하기

위해 만든 말이지만, 아프면 청춘이 아니라 환자죠. 저는 '용감하니까 청춘이다'라는 말을 전하고 싶어요. 용기를 쉽게 불끈 낼 수 있어 청춘입니다. 자기가 좋아하는 일, 신나는 일 만나면 당당히 선택해서 한번 해 보는 게 좋을 것 같아요. 자기가 좋아하는 일 야무지게 선택하길 바랍니다.

김난도 씨에게 변영주 씨의 말은 악플로 들렸을 겁니다. 작가는 비평에 민감합니다. 특히 사회적으로 영향력 있는 사람이 자기 글을 비판하면 그 내용을 살펴보고 적극 대응하게 됩니다. 그게 보통이지요. 김난도 씨는 트위터에 아래와 같은 글을 올려 울분을 토했습니다.

《아프니까 청춘이다》쓴 김난도입니다. 〈프레시안〉 인터뷰에서 저를 두고 'X같다'고 하셨더군요. 제가 사회를 이렇게 만들었나요? 아무리 유감이 많더라도 한 인간에 대해 최소한의 예의는 필요하지 않을까요? 모욕감에 한숨도 잘 수가 없네요.

조금 의외였습니다. 남은 잘 위로하면서 정작 자신을 위로하는 방법은 모르네! 그런 생각도 들었습니다. 저는 김난도 씨와 다

룹니다. 이런 일을 겪어도 잠을 잘 잡니다. 고약한 악플이네. 오늘은 일진이 사나워. 그런 말로 툭 털어 버리고 맙니다. 악플을 많이 겪은 덕에 맷집이 좋아졌거든요.

논란이 길게 가지는 않았습니다. 변영주 씨가 트위터에 사과 글을 올렸고 김난도 씨는 '알았습니다'라는 리플을 남겼으니까, 그 정도로 끝이 났다고 할 수 있겠죠. 그런데 이 논란을 지켜본 네티즌들이 SNS에 다양한 소감을 남겼습니다. 밀리언셀러 작가를 도마에 올린 공방전이었으니 대중이 관심을 표시하는 게 당연하지요. 그런 소감들 중에서 '티스토리' 블로그에 올라온 것 하나를 소개합니다. 빈정거리는 말투가 거슬릴 수도 있겠지만, 온라인에는 이렇게 사태의 핵심을 찌르는 고수가 많다는 사실을 새삼 깨닫게 하는 글이었습니다.

글쎄요, 김난도 교수. 베스트셀러에 올라 서점가에서 꾸준히 팔리고 있는 책과 본인이 세간에 회자되는 데 자유로울 수 없을 텐데, 그저 책 많이 팔려 인세 늘어나는 데만 함박웃음 짓고 계셨나요? 그간 책에서 '아프니까 청춘이다'. '천 번을 흔들려야 어른이 된다' 말씀하셔 놓곤 자신은 단 한 번도 아파하려 하지 않고 흔들리려 하지 않으시네요. 아직 청춘이고 어른이 안 되셔서 그런가? 아니면 자긴 이미 어른이니까 한 번도 아프고 흔들려선 안 된다는 건가요?

맞는 말이죠? 청춘만 아픈 게 아닙니다. 어른이 되었다고 해서 흔들리지 않는 것도 아닙니다. 몇 년 있으면 환갑을 맞을, 이미 살 만큼 산 저도 김난도 교수처럼 악플을 만나면 아픕니다. 흉측하고 살기 가득한 댓글을 보면 마음이 흔들립니다. 누구도 이런 어려움을 완전하게 극복하지는 못합니다. 그리스 로마 신화나 기독교 구약에서는 신도 화를 내고 복수를 하는데, 하물며 사람이 어찌 그런 악성댓글 앞에서 고요한 호수처럼 마음을 다스릴 수 있겠습니까? 그저 그런 것들과 더불어 사는 요령을 터득하는 것 말고는 다른 방법이 없겠지요.

저는 이럴 때 '민간요법'을 씁니다. 레몬즙을 짜 마시면 독감에 좋고 마른 김을 물에 적셔 붙이면 가벼운 화상이 낫는 것처럼, 왜 그런지는 모르지만 신통하게도 효과가 있더군요. 한마디로 말하면 모른 척 넘기는 겁니다. 다음 뉴스펀딩 페이지에 열었던 글쓰기 고민상담소 게시판에 올라온 악플 몇 개를 소개하겠습니다. 악플러들은 보통 맞춤법이나 띄어쓰기 규칙을 제대로 지키지 않아요. 그것을 손보는 수고까지 하고 싶지는 않아서 그대로 옮깁니다.

'소심한 복수'라고 할까요?

"마음을 담으면 좋은글이 된다? 개시민이 말하니깐 많이 웃긴다.ㅋㅋㅋㅋ"

"영남패권주의자 쥐시민"

"정치판에서 하든 행동 언행 행실을 봐서 당신이 글을 쓴다면 글 속에 가식과 위장으로만 보이니 어찌 글을 써서 대중 앞에 내놓는단 말입니까"

"정말 잘하고 계세요! 그렇게 정치에 기웃거리지 말고 그냥 글이나 쓰세요."

글쓰기는 자기 자신을 표현하는 방법 가운데 하나입니다. 신기하지 않나요? 굳이 컴퓨터 자판을 두들겨 로그인하는 수고를 마다하지 않고 이런 악플을 쓰는 사람들 말입니다. 저는 귀찮아서 하지 않지만, 이렇게라도 내면의 감정과 생각을 표현해야만 속이 후련해지는 사람들이 많은 모양입니다. 거 참, 대단한 사람들이네.

그렇게 생각하면서 '완벽하고 치열한 무플'로 대응하는 것이 저의 '민간요법'입니다. 악플러와 싸우지 마십시오. 달래려 하지도 마십시오. 눈길을 주지 마십시오. 극복하려고 하지도 마십시오. 싸울 가치가 없고, 달랠 수 없으며, 눈길을 줄 이유도 없고, 극복할 수도 없으니까요. '×무시'가 최선의 대처법입니다.

악플은 그 대상이 된 사람의 잘못이 아니며 그 사람이 해결해야 할 문제도 아닙니다. 악플을 쓴 사람의 내면이 얼마나 남루하며 황폐한지 보여 주는 증거일 뿐이에요. 남의 문제를 가지고 왜 내가 고민합니까? 그래야 할 이유가 없어요. 위에서 소개한 악플은 그것을 쓴 사람의 인격과 내면을 보여 줄 뿐, 저하고는 아무 상관이 없습니다. 저는 그저 이렇게 생각합니다. "악플 다는 데도 열정이 필요한데, 나름 참 애쓰면서 열심히 사는구나." 그러면서 제가 해야 할 일, 제가 하고 싶은 일을 하는 데 집중합니다. 악플과 싸우는 데는 단 1초도 쓰지 않습니다.

그렇지만 부정적인 댓글이라고 모두 악플로 취급하는 건 현명하지 않습니다. 표현 방법이 적절치 않거나 거칠어도 비판으로 인정할 수 있는 댓글이 있어요. 저를 '영남패권주의자' '정당 브레이커'라고 욕하는 댓글은 진지하게 대응할 가치가 있습니다. 정말 그런지 깊이 생각해 볼 필요도 있고요. 그렇지만 해명을 하거나 반박을 했는데도 아랑곳하지 않고 똑같은 글을 여기저기 반복해서 올리는 경우는 '온라인 스토커'로 간주해서 무플로 대응하는 게 맞습니다. 저에게는 그런 스토커가 여럿 있는데, 그중에는 제법 유명한 사람도 있습니다. 마음에 들지 않는 사람은 모조리 '종북'이라고 욕을 했다가 가산을 탕진할 위기에 놓인 우국지사가 대표적이지요. 저더러 "북한에서 태어났으면 공산당 완장을 차고 다닐 것"이라는 등의 고약한 말을 SNS에 뿌리고 다니는데, 나름 귀여운 데가 있다고 생각해서 눈감아 주고 있습니다.

비판과 인신공격의 경계선에 있는 댓글도 무시합니다. 뒷산 약수터의 못생긴 바위를 보듯 무심하게 지나치는 겁니다. 내 스스로 고쳐야 할 것이 있다면 고치고, 아무리 생각해 봐도 그럴 것이 없으면 그냥 무시합니다. 그런 댓글은 누군가 나에게 쏜 화살입니다. 그걸 쏘지 못하게 할 방법은 없어요. 하지만 그런 사람들은 가까이에 있지 않으며 대부분 누군지도 모릅니다. 누군지 안다고 해도 멀리 있기 때문에, 그들이 쏘는 화살은 제게 닿지 못합니다.

저는 그 화살을 주워 내 자신에게 쏠 만큼 어리석은 사람은 아닙니다. 악플 때문에 화를 내거나 속상해 하거나 우울해 하는 것은 '악플러'가 쏜 화살을 주워서 스스로 자기 심장에 꽂는 것과 다름이 없습니다. 악플러가 쏜 화살은 땅바닥에 굴러다니며 사람들

발에 차이도록 내버려 두어야 합니다. 어떤 스님은 악플러를 '내가 인품을 닦을 수 있도록 부처님이 보내 준 은인'이라고 생각하라던 데, 저는 내공이 약해서 그렇게까지는 못합니다. 그냥 무시할 따름 이죠.

직접 악플 공격을 당하지 않은 사람이라도 다른 사람이 공격 당하는 것을 보면 겁이 납니다. 자신도 그런 일을 당하지 않을까 걱정합니다. 그러면 글쓰기를 망설이거나 자기 검열을 하게 됩니 다. 혹시 내가 잘난 척하는 건 아닌지, 편협한 생각을 하는 건 아 닌지 의심하면서 썼다 지웠다를 되풀이합니다. 이렇게 하다 보면 무엇인가 주장하는 법을 잊어버릴 수도 있어요. 이것이 바로 악플 이 만들어 내는 사회적 해악입니다.

물론 다른 사람 시선을 의식하는 게 꼭 나쁜 건 아닙니다. 내 생각이 옳지 않을 수도 있고, 옳아도 사람들이 받아들이지 않을 수 있으니까요. 때로는 한 걸음 물러서서 다시 생각해 보거나 사 람들이 받아들일 준비가 될 때까지 기다리는 것이 현명합니다. 하 지만 악플이 겁나서 눈치를 보는 것은 다릅니다. 두려움 때문에 자기 검열을 하면 생각이 막히고 글이 꼬입니다. 최악의 경우에는 글을 쓰지 못하게 될 수도 있어요.

더러운 것을 더러워서 피하면 이기는 것이지만 두려워서 피하

면 지는 겁니다. 저질 댓글은 부정적인 감정과 나쁜 기운을 보여 줍니다. 무시하거나 웃어 버리면 그 악플은 오로지 악플을 단 그 사람을 해칠 뿐입니다. 제가 최근 본 것들 중 가장 흉한 악플은 세월호 피해자와 가족을 모욕하는 댓글이었습니다. 너무 더러워서 인용할 수조차 없는 독극물입니다. 그러나 인터넷에는 그런 악플의 독기를 없애 주는 훌륭한 댓글도 많았습니다.

악플이 포털사이트에만 있는 것은 아닙니다. 멀쩡한 신문사나 방송사가 만드는 뉴스도 악플과 다름없는 경우가 있습니다. 저는 그런 보도 기사를 숱하게 겪었습니다. 하나만 소개하죠. 돌아보니 벌써 10년도 넘은 일이네요. 국회의원 시절 어느 대학에서 강연하면서 "예순이 넘으면 되도록 책임이 큰 자리에 있지 않으려고 한다"는 말을 했습니다. "예순다섯이 넘으면 공직에 머물지 않는다"는 것이 개인적인 원칙이라고도 했고요.

저는 지금도 그렇게 생각합니다. 영양상태가 개선되고 의료기술이 발달한 덕분에 100살까지 사는 시대가 왔다고는 하지만 노화(老化) 자체를 막을 수는 없습니다. 나이가 들면 뇌신경세포의 수가 줄어들고 시냅스 연결이 느슨해져 뇌기능이 퇴화합니다. 그래서 적응이 어려울 정도로 빠르게 변화하는 세상에는 좀 더 젊은 리더가 필요합니다. 70대가 권력을 장악하고, 50대와 60대가 그들을 추종하는 사회는 문명의 변화를 선도하기는커녕 흐름을 따라가기도 힘듭니다. 나이가 많아도 변함없이 총명한 사람도 있지만 어디까지나 예외일 뿐입니다. 보통은 그렇지 않아요.

저는 이런 개인적 원칙을 마흔 무렵에 세웠습니다. 세월이 많이 흘러 오늘을 기준으로 보면 예순까지는 3년, 예순다섯까지는 8년 정도 남았네요. 정치와 공직은 이미 떠났습니다. 예순다섯이 되면 아예 서울을 떠나 한적한 시골로 이사하려고 합니다. 굳이 번잡한 도시에 살 이유가 없으니까요. 사람마다 노후 계획이 다르겠지만, 저는 제 계획도 존중받을 자격이 있다고 믿습니다.

어느 날 식당에서 밥을 먹는데 북한 방송과 분위기가 비슷한 어떤 종편 방송이 나오고 있었습니다. 텔레비전 화면에 10년 젊은 제가 나오더군요. 그 나물에 그 밥인 자칭 평론가들이 둘러앉아 뜻 모를 말들을 쏟아 내는 프로그램이었는데, 진행자가 제 강연 동영상을 보여 주면서 '노인 폄하 발언'이라고 비난했습니다. 몹시 비분강개한 표정으로요. 저도 그 방송국을 운영하는 신문사를 '악플언론'이라고 하니까, 뭐 피장파장이죠? 그렇지만 프로그램을 진행한 그 기자한테 물어보고 싶었습니다. 이렇게요.

귀하는 몇 살까지 책임이 큰 자리에 있으려고 하십니까? 혹시 은

퇴 시점에 대한 개인적인 계획이 있나요? 예순다섯? 일흔? 넉넉하게 일흔이라고 합시다. 일흔이 되면 물러나겠다는 것이죠? 그런데 일흔에 은퇴한다는 개인적인 계획을 말하면 노인 공경이고, 예순다섯에 은퇴한다는 계획을 말하면 노인 폄하입니까? 그렇게 생각하세요? 겨우 5년 차이가 날 뿐인데 왜 제 말은 노인 폄하이고 귀하는 아닙니까? 나이가 너무 많으면 은퇴해야 한다는 말을 하는 것이 노인 폄하라는 귀하의 주장이 옳다면, 일흔에 은퇴한다고 하는 귀하의 계획도 여든 노인이 보기에는 똑같이 노인 폄하가 되는 것 아닌가요? 죽을 때까지 절대 은퇴하지 않겠다고 해야만 노인을 공경하는 것이 되겠지요. 이게 말이 된다고 생각하세요?!

실제로 물어보았냐고요? 그럴 리가요! 물어보지도 항의하지도 않았습니다. 아무 소용이 없다는 걸 알거든요. 게다가 그 보도를 본 사람들 중에는 제가 한 말의 취지를 정확하게 이해하고 댓글로 공감을 표시한 분들도 더러 있었습니다. 그 정도면 만족합니다.

사람은 자신의 의지와 무관하게 이 세상에 던져진 존재입니다. 혼자 태어나고 혼자 죽는, 운명적인 단독자입니다. 단독자의 삶은 고독합니다. 어떤 말, 어떤 글, 어떤 행동으로도 둘 이상의 단독자가 서로를 완전하게 이해하면서 교감하기란 불가능합니다. 그렇게 생각하면서 아홉 개의 악플을 흘려보낸 끝에 정상적인 댓글 하나를 찾고 좋아합니다. 알고 지내는 사람 열 가운데 단 하나라도 나를 있는 그대로 이해하고 존중한다면 인생이 외롭지 않을 거라고 생각합니다. 저는 타인에 대한 기대 수준을 바닥으로 내리는 것을 현명한 처세술로 여깁니다. 그렇게 하면 악플에 상처받지 않습니다. 어마어마한 악플 세례를 받은 끝에 제가 발견한 정신승리법입니다. 저는 악플을 두려워하지 않으며 악플 때문에 자기 검열을 하지도 않습니다. 제 취향대로 글을 쓰고, 제 감정과 생각을 타인과 나누면서, 제 색깔대로 살아갑니다. '치열한 무플'로 악플의 파도와 싸우면서!

어느 강연에서 이렇게 말했더니 환갑을 막 넘겼다는 분이 묻더군요. 타인에 대한 기대 수준을 바닥으로 내리고 살자는 말에 공감하는데, 남편과 아들딸도 그렇게 대해야 하느냐는 겁니다. 가족을 남처럼 대하면 안 되겠죠? 하지만 저는 가족에 대해서도 그렇게 하는 게 좋다고 봅니다. 특별한 기대를 하면 특별히 실망하거나 특별히 서운해 할 일이 많아집니다. 가족은 보통 남보다 서로 더 잘해 주지요? 기대 수준을 남을 대할 때처럼 낮추면 서로 조금만 잘해도 기뻐하고 고마워하게 됩니다. 서로 감사하는 마음이 크면 관계가 더 돈독해지지 않겠습니까?

악플 다는 사람을 미워하지는 마시기 바랍니다. 나쁜 사람만 악플을 다는 게 아니니까요. 다른 사람 처지에서 생각해 보는 태도가 없으면 악하지 않은 사람도 악플을 답니다. 해결해야 할 갈등이 있는데도 소통이 잘 되지 않아 감정이 격해질 때도 그렇습니다. 그런 면에서 보면 악플은 소통을 가로막는 원인인 동시에 소통이 막혀서 생긴 결과이기도 합니다. 악플의 근원이 비뚤어진 인격이나 사악한 마음만은 아니라는 것이지요. 더 나아가면 악플의 근본 원인은 우리 자신이라고 할 수도 있습니다. 글쓰기 고민상담소 게시판에 '떡시루'라는 닉네임을 쓰는 분이 적어 주신 말씀입니다. 저도 한 수 배웠습니다. 뜻은 그대로지만 문장은 줄이고 다듬었습니다. 참고가 되기를 바라면서 소개합니다.

악플은 근원적으로 내가 만드는 것입니다. 내 글이 없으면 답글도 없습니다. 선플을 기대하다가 악플이 올라오니 괴로워하는 것은 과욕 때문입니다. 누구나 선플만 쓰지는 않으며 세상은 내 생각을 온전히 품어 주지 않습니다. 논밭에는 잡초가 생깁니다. 아무리 부지런한 농부도 막을 수 없습니다. 우리의 눈·귀·코는 외부에서 자극이 오면 제멋대로 반응을 합니다. 악플도 내 맘속에

둥지를 틀면 내쫓기가 어렵습니다. 내가 나를 가꾸지 않아서 잡초만 무성하게 키우는 꼴이지요! 우리는 남들이 주는 것을 안 받는 연습을 해야 합니다. 물건은 주고받을 때 요리조리 살펴서 받는데 마음은 그냥 덥석 받고 맙니다. 마음도 살펴서 받는 연습을 해야 합니다.

악플은 못 참아

위대한 저술가 겸 평론가 밥 김

밥 딜런 (Bob Dylan)
할때 그 밥 (Bob)이다
김밥이라고 하지 마라.

정치·사회·경제·문화·예술 등 다방면에
걸쳐 신랄한 비평을 가하기로 유명하다.

뭐? 내가
종합 평론가 라고?

그럼 종편인가? 호호...

자신에 대한 악성 댓글을 보면
참지 못하는 성격 탓에

이...
××가!

잠자는 시간까지 줄여가며 악성 댓글에
대응했는데

이런 악플을
보고도 내가
잠이 오겠어?

타닥...
타닥...

모니터 하나로
부족했어!

한 대로 글쓰고
한 대는 모니터링 하자!

제4장

누가 내 말을 듣는단 말인가

　　　　　　　　　　말이나 글로 남의 생각을 바꿀
수 있을까요? 정치적 글쓰기가 직업인 사람이지만, 자신 있게 대답
하지는 못하겠습니다. 솔직하게 말하면, 그저 자신이 없는 게 아니
라 때로 절망적이라는 느낌도 듭니다. 사실을 아무리 분명하게 알
려 주어도, 그 사실에 대한 합리적 해석을 거듭 들려주어도, 마치
듣지도 보지도 생각하지도 않는 것처럼 똑같은 주장을 계속 써대
는 사람들을 보면 특히 그렇습니다. 그럴 때는 나도 모르게 한숨
이 나와요. 도대체 누가 내 말을 듣는다고 글을 쓴단 말인가! 그러
면서도 저는 글을 씁니다. 우습죠?

　　악플에 대한 현명한 대응은 '치열한 무플'이라고 저는 주장했
습니다. 그런데 문제가 하나 있습니다. 존중해야 마땅한 비판과 대
응할 가치가 없는 악플을 어떻게 가려내느냐는 겁니다. 내가 불쾌

하다고 해서 다 악플이라고 하면 안 됩니다. 논리적으로 옳아도 비판을 받는 사람은 기분이 나쁠 수 있으니까요. 표현이 과격하다고 해서 악플이 되는 것 역시 아닙니다. 일정한 근거와 논리를 갖추고 있다면 표현이 거칠어도 정상적인 의사표시로 인정해야 합니다. '악플도 존중해야 한다'고 할 때의 악플이 바로 그런 댓글입니다.

비정상적인 악플과 정상적인 비판 글을 구별하는 기준은 근거가 있는지 여부 하나뿐입니다. 근거가 없는 비난, 논리가 없는 공격은 악플입니다. 욕설, 비난, 조롱, 인신공격이지요. 그러나 표현이 거칠고 어조가 아무리 격렬하다고 해도 일정한 근거를 제시하면서 어떤 주장을 한다면 악플이 아닙니다. 다시 말해서, 악플과 비판 글을 나누는 기준은 논리적 증명이 있는지 여부, 또는 그 글에 대한 역비판이 논리적으로 가능한지 여부인 것이죠. 어떤 분이 글쓰기 고민상담소 게시판에 이런 글을 올렸더군요. 악플일까요, 아닐까요?

유시민 씨, 정치적 범죄자에게 악플이 달리는 것은 자연스러운 현상입니다. 이명박과 박근혜, 이완구에게 악플이 달리는데, 그들이 그거라도 보고 참회했으면 싶기도 합니다. 그런데 유시민 씨 당신도 정치적 범죄자입니다. 그래서 참회를 요구합니다. 당신은 진보당 비례경선 당시 업체와 진보당 주류가 짜고 관권선거를 하였다고 허위 사실을 유포하였고, 당신의 측근들이 선본 사무실에서 대규모 조직적 부정선거를 시행한 사실을 은폐함으로서 진보당 몰락에 지대한 공헌을 하였고, 조선일보와 검찰로부터 격찬을 받았습니다. 당신의 범죄는 잊혀지지 않았습니다.

몹시 거칠고 감정적이죠? 하지만 악플은 아닙니다. 저를 정치적 범죄자라고 비난한 이유를 구체적으로 제시했으니까, 저는 이 주장에 동의할 수도 있고 반박할 수도 있습니다. 물론 옳은 주장이라고 인정하는 것은 아닙니다. 하지만 틀린 주장이라고 해서 악플이 되는 건 아니에요. 완벽하게 옳은 주장을 해야만 악플을 면할 수 있다면, 무서워서 어찌 감히 댓글을 달겠습니까.

"내 생각은 절대적으로 옳다." 누군가 이렇게 주장한다면 어떨까요? 무지하고 교만한 사람이라고 할 겁니다. 그렇습니다. 우리는 절대 진리를 알지 못합니다. 다만 알려고 노력할 뿐이지요. 내가 절대 진리라고 확신한다 해서 절대 진리가 되는 것도 아닙니다. 내 생각이 전적으로 옳다는 보장이 없어요. 인간은 불완전한 존재이니까 우리가 하는 생각도 당연히 불완전합니다. 그래서 우리는 오류를 말할 자유를 존중합니다. 비록 틀린 주장이라고 하더라도 나름의 근거를 제시했다면 정상적인 비판 글이라고 인정한다는 겁니다.

위 주장이 옳지 않다고 생각하는 이유를 말씀드리죠. 글쓴이는 제가 '정치적 범죄자'인 이유를 두 가지 들었습니다. 첫째, 통합진보당 주류가 관권선거를 하였다는 허위사실을 유포했다. 둘째, 측근이 대규모 조직적 부정선거를 한 사실을 은폐했다. 이것이 전부입니다. 조선일보와 검찰이 정말 저를 격찬했는지, 격찬했다고 해서 그게 범죄가 되는지 여부는 따지지 않겠습니다. 설사 그게 범죄라고 해도 범죄를 저지른 주체는 조선일보와 검찰이지 제가 아닙니다. 왜 저더러 뭐라고 하는지 모르겠어요. 그것까지 제가 대답할 의무는 없습니다.

저는 여러 차례, 여러 경로로 이 두 가지 주장은 모두 사실이 아니라고 밝혔습니다. 첫째, 통합진보당 비례대표 국회의원 후보 경선에서 많은 득표를 한 후보들은, 한 사람을 제외하고 모두 대리투표를 비롯한 부정선거를 했습니다. 이것은 명백하게 드러난 사실입니다. 선거 관리 업무를 하는 중앙당의 당직자들이 선거기간에 투표 상황을 확인하고 특정 후보에게 미투표자 명단을 제공하는 등 명백한 불법행위를 했다는 것도 확인된 사실입니다. 둘째, 저는 통합진보당의 한 축이었던 옛 국민참여당 출신 후보 중에도

대리투표와 같은 부정행위를 한 사람이 있다는 사실을 밝혔습니다. 많은 득표를 한 후보 중에서 유일하게 단 한 건도 부정선거를 한 정황이 없었던 후보 역시 국민참여당 출신이었다는 사실도 덧붙여 두겠습니다. 글쓴이가 저를 정치적 범죄자라고 규정한 근거 두 가지가 모두 사실이 아닌 것이지요. 그렇다고 해서 이 글을 악플이라고 하기는 어렵습니다. 그저 오류가 있는, 잘못된 주장을 담은 글일 뿐이지요.

하지만 사실이 아니라고 밝혔는데도 이 글을 여기저기 온갖 사이트에 지속적으로 올리고 다닌다면, 다시 말해서 곳곳에 '도배'를 한다면 악플과 똑같이 취급해야 합니다. 그런데 '도배'는 악플과는 차원이 다른 문제를 제기합니다. 악플이 '인간의 탈을 쓰고 어찌 이런 글을 쓴다는 말인가'라는 한탄을 부른다면, '도배'는 '대화와 토론이 도대체 무슨 의미가 있다는 말인가'라는 회의를 안겨 줍니다. 도배하는 사람들은 그 글이 오류임을 알려 주는 사실을 제시해도 재반박을 하지 않으며, 자신의 주장을 입증하는 증거를 추가로 제시하지도 않습니다. 그러면서 트위터, 페이스북, 포털사이트 댓글란, 각종 게시판에 똑같은 글을 반복해서 올리죠. 심지어 책으로 출판까지 합니다.

이런 글을 도배하는 사람들은 통합진보당 중앙위원회에서 폭력 사태를 일으켰던 사람들과 대체로 한편입니다. 그들이 "유시민이 미국 CIA의 사주를 받아 통합진보당을 파괴했다"고 조직원들을 교육했으며, 저와 함께 활동했던 국민참여당 출신 중앙당 간부가 CIA 스파이라는 말을 퍼뜨렸다는 사실을 저는 알고 있습니다. 누가 무슨 말을 해도 그 사람들의 생각을 바꾸지 못한다는 것 또한 잘 압니다. 그래서 글쓰기의 효용에 대한 근본적인 회의가 드는 것이죠. 물론 저 혼자만 이런 일을 겪는 것은 아닙니다. 비슷한 문제로 속을 끓이는 분들이 많아요. 다음은 그런 분들이 제게 보내 온 하소연입니다.

세월호 지겹다. 저 집회 나온 놈들 다 빨갱이다. 아버지는 그렇게 말합니다. 집회에 나가는 저는 마음이 아픕니다. 아버지는 빈손으로 서울에 와서 학연도 지연도 없이 정말 열심히 일하며 살아온 가장입니다. 그래서 극단적으로 보수적인 아버지의 성향이 이해가 되기도 합니다. 여태 아버지께 대들어 본 적 없는 제가, 용기를 내서 세월호 사건의 다른 모습을 봐 달라고 편지로라도 말하려고 합니다. 그런데 어떻게 써야 할지 막막합니다.

세월호 유가족, 시민들에 대한 진압을 보고 친척들과 이야기하는

데 아예 제 의견을 듣지 않고 자기 입장만 내세우더군요. 상대방이 마음을 닫고 있을 때 어떻게 하는 게 좋은지요? 먼저 상대방의 생각 중에서 잘된 것을 칭찬하면서 시작하는 게 좋을까요, 아니면 사실만을 객관적으로 정리해 가는 게 설득력이 있을까요?

흑백처럼 분명한 일도 정치 논리로 가기만 하면 인간성을 상실하니 나라 앞날이 걱정입니다. 아이 잃은 부모가 무슨 연유로 아이가 죽었는지 알고 싶어 하는 것은 지극한 당연한 것 아닌가요? 그런데 원인은 숨기고 그 부모들을 사회의 골칫덩이로 몰아가니, 어떤 기준으로 양심을 지키며 살아야 할지 울화통이 터집니다. 세상이 잘못 가는 것을 댓글로라도 말하려면 어떤 식으로 써야 효과적일까요?

언론이 보도하는 여러 여론조사 결과를 보면 세월호 사건과 관련한 문제뿐만 아니라 역사교과서 국정화, 대기업에 대한 감세, 학교 급식, 유치원과 어린이집 보육비 지원사업 등 거의 모든 정치 사회적 쟁점에 대해서 여론이 극단적으로 갈라져 있습니다. 단순히 정치적으로 갈라진 게 아니라 세대와 지역으로도 확연하게 나뉩니다. 그리고 저마다 생각이 다른 사람들을 욕하면서 대화가 안 된다고 답답해 합니다.

　말이 도무지 통하지 않는 사람을 어떻게 대해야 할까요? 제 대답은 내버려 두라는 겁니다. 세월호 희생자 유가족을 비난하는 가족과 친지들의 생각을 바꾸려고 애쓰지 마십시오. 처지를 바꾸어 생각해 볼까요? 다른 사람이 여러분의 생각을 바꾸려고 한다는 느낌이 들 경우 기분이 어떻겠습니까? 아마 좋지 않을 겁니다. 남들도 마찬가지입니다. 여러분도 바꾸기 싫은데 남들이라고 바꾸고 싶겠습니까?

　사람은 저마다 다른 인격체이며 독립해서 활동하는 정보 처리 주체입니다. 이해관계, 경험, 학습, 개인적 성향에 따라 똑같은 상황을 다르게 해석하며 똑같은 정보도 다르게 처리합니다. 이미 지니고 있는 인식과 가치관에 잘 들어맞는 정보는 쉽게 수용하지만 날카롭게 충돌하는 정보는 배척하는 경향이 있습니다. 우리 뇌에 '폐쇄적 자기 강화 메커니즘'이 있다는 말, 혹시 들어 보셨나요? 그런 것이 정말로 있다고 합니다. 사람들은 이미 믿고 있는 것과 다른 사실, 다른 이론, 다른 해석은 좀처럼 받아들이지 않습니다. 그래서 말이나 글로 남의 생각을 바꾸지 못하는 것이죠. 사람은 스스로 바꾸고 싶을 때만 생각을 바꿉니다. 어린아이라면 모를까, 열다섯 살이 넘어 뇌가 이미 다 자란 사람은 그렇다고 봐야 합니다.

그러면 도대체 뭘 할 수 있을까요? 대화하는 것뿐입니다. 강요하지 말고, 바꾸려 하지 말고, 이기려고 하지 말고, 무시하지도 말고, 그 사람의 견해는 그것대로 존중하면서 그와는 다른 견해를 말과 글로 이야기하면 됩니다. 남이 내 말을 듣고 곧바로 생각을 바꿀 리는 없습니다. 하지만 그중 단 한 조각이라도 그 사람의 뇌리에 남아서, 지금 가진 생각에 대해 지극히 사소한 의심이라도 품을 수 있게 한다면 그 대화는 성공한 겁니다. 이런 일은 실제로 일어납니다. 자신을 바꿀 생각이 전혀 없는 사람도 있지만, 바꿀 의지와 능력을 가지고 살아가는 사람도 많기 때문이죠.

늘 잘되는 건 아닙니다만, 저는 먼저 이견을 가진 상대방을 이해하려고 노력합니다. 할 수 있는 만큼 공감을 표현한 다음 제 생각을 말합니다. '나는 이런 사실이 중요하고, 이런 해석과 판단이 옳다고 생각한다', 그렇게 말하는 것이지요. 누구든 상대방이 자기를 인정하고 존중한다고 느끼면 그 사람의 말을 더 진지하게 경청합니다. 여러분도 그렇지 않으신가요? 세월호 유가족을 비난하는 아버지에게 저라면 이렇게 말하겠습니다.

그렇게 생각하실 수도 있겠네요. 그렇지만, 만약 아버지가 세월호에 탔다가 아직도 물밑에서 나오지 못하셨다면, 저는 못 참을 거

같습니다. 단원고 학생 부모들보다 더 독하게 싸울 거 같아요. 돈을 아무리 많이 준다고 해도, 빨갱이 소리 들어도, 참지 못할 겁니다. 안 참을 겁니다.

이렇게 하면 아버지도 한 번쯤 생각해 볼지 모릅니다. "우리 아들이 세월호를 탔다가 그렇게 되었다면 나는 어떻게 했을까? 10억 원 정도 받고 마음을 풀었을까?" 이런 생각만 하게 해도 성공입니다. "그렇게 한다면 부모로서 떳떳하지 못한 게 아닌가?" 이런 의문까지 품는다면 대성공이구요.

말로든 글로든, 싸워서 이기려고 하지는 맙시다. 이성과 감정은 뒤섞여서 작동합니다. 옳지 않은 주장을 들으면 화가 나지만, 똑같은 말을 좋아하는 사람이 하면 수긍하기도 하는 게 사람입니다. 물론 논쟁을 하다 보면 이기고 싶은 본능이 고개를 들지요. 차분하게, 감정을 절제하고, 인신공격을 삼가면서, 이성적이고 논리적으로 토론하기가 말처럼 쉽지는 않습니다. 그렇게 해야 한다는 것은 잘 알지만, 토론을 하다 보면 자꾸 감정이 올라오거든요.

저한테 논쟁에서 이기는 방법을 알려 달라는 분들이 있습니다. 그 마음 이해합니다. 주먹다짐이든 '키보드 배틀'이든, 싸움은 다 이기고 싶죠. 그렇지만 말이나 글은 승패를 가리기 어렵습니다. 승패가 나는 경우도 있기는 있지만 결과적으로 그런 것이지 누군가를 이기려고 애써서 그리되는 것은 아닙니다. 논쟁에서 진 사람이 생각을 바꾸는 것도 아닙니다. 졌다고 생각하면 감정이 상해서 오히려 더 고집을 부립니다. 자신을 기분 나쁘게 만든 사람의 주장을 받아들이고 싶지 않은 거죠.

취향을 가지고 논쟁하면 더 곤란합니다. 오로지 감정만 상할 뿐이지요. 무언가를 주장하고 싶다면 반드시 근거와 논리를 제시해야 합니다. 만약 상대방이 근거를 제시하지 않고 주장만 하면 논쟁을 중단하는 게 현명합니다. 논쟁의 주제와 관계없는 것을 끌어들이지도 마십시오. 논쟁하다 말고 갑자기 너 몇 살이야, 하고 소리 지르면 바보 되는 겁니다. 상대방이 그런다고 해서 나이 먹은 게 자랑이냐, 그런 식으로 반격하진 마십시오. 나이 많은 것을 자랑 삼는 사람이라면 반말 했다고 또 시비를 걸 확률이 매우 높아요.

상대방이 토론하다 말고 화를 내면 한발 물러서는 게 좋습니다. 화를 내는 것은 논리적으로 흔들린다는 증거입니다. 그럴 때 굴복을 강요하면 안 돼요. 그 정도에서 멈추고, 나도 더 생각해 볼 테니 다음에 다시 대화하자고 하는 게 바람직합니다. 화를 낸 그 사람이 밤에 집에서 텔레비전을 보다가 문득 자기 생각이 틀렸을지 모른다는 생각을 할 수도 있거든요. 논리적으로 완전히 격파했다고 확신하는데도 상대가 인정하지 않고 계속 우길 때도 화를 내지는 말아야 합니다. 내가 확신한다고 해서 그게 옳다는 보장은 없고, 단 한 번의 논쟁으로 옳고 그름 또는 승패가 가려지는 문제도 거의 없기 때문입니다.

혹시 여러분도 '안티'가 있으신가요? 내가 무슨 말을 하든 꼬투리를 잡아 비아냥거리고, 내가 하는 일마다 어깃장을 놓는 사람 말입니다. 처음에는 해명도 하고 반박도 하지만, 결국 그 모든 소통의 노력이 아무 소용이 없다는 것을 우리는 알게 됩니다. 저는 30년 넘게 말과 글로 살았고, 10년 동안 무척 요란하게 정치를 했던 사람입니다. 그 과정에서 여러 부류의 '안티'가 생겼습니다. 어떤 자칭 '우국지사'는 저보고 '빨갱이' '친노종북'이라고 말끝마다 시비를 겁니다. 그런데 그 '우국지사'와 정반대 편에 있는 어느 교수는 저를 '신자유주의자' '천박한 시장주의자'라고 하지요. 제 고향이 경상도라고 해서 저를 '영남패권주의자'라고 욕하는 소설가도 있고요.

그 밖에도 '싸가지가 없다'든가 '정당파괴범'이라는 말로 온라인 스토킹을 하는 SNS계정이 여럿 있는데, 그런 쪽으로 꾸준히 활동하는 계정은 제가 대부분 압니다. 국가기관의 특수활동비로 먹고살면서 그런 일을 하는 게 아니라면 좋을 텐데, 요즘 상황을 보면 가능성을 아주 배제하기는 어려울 것 같네요. 종편 방송에서는 예전에 '칼럼니스트'를 자처하면서 친정부 극우 인터넷 매체에서 저를 인신공격하고 비방했던 사람들이 무슨 연구원장이니 평론가 니 하는 타이틀을 달고 나와 전혀 사실이 아닌 것을 사실처럼 말합니다. 저는 글과 말로 사는 사람인데, 이럴 때는 말을 하고 글을 쓰는 일이 다 부질없어 보인답니다.

살다 보면 이런저런 행사나 세미나 자리에서 꽤 이름 있고 지능적인 '안티'들과 마주칠 때가 있습니다. 오프라인에서 그렇게 부딪치는 경우 표정 관리를 어떻게 하는지 궁금하신가요? 저는 그 사람이 '안티질' 하는 것 자체를 모르는 척합니다. 아이들 말로 '생까는' 것이죠. 온라인에서 맹활약하는 안티들이 오프라인에서는 의외로 점잖습니다. 심지어 수줍어하는 분도 있죠. 면전에 대고 '안티질'을 하는 사람은 아직 본 적이 없습니다. 그렇다고는 해도 온라인에서 험하게 악플을 날리는 사람을 오프라인에서 대면하는 건 분명 불편한 일입니다. 그래서 그럴 위험이 있는 자리는 알아서 피합니다. 내가 남의 말을 잘 듣지 않으니, 남이 내 말을 듣지 않는 것 역시 당연하다고 생각하면서요.

이런 맥락에서 보면 '예술적 글쓰기'보다 '정치적 글쓰기'가 어째 더 힘든 것 같습니다. 예술보다 정치가 더 어렵다고 할 수도 있겠고요. 자신을 표현하는 데 의미를 두고 글을 쓰면, 남들이 알아줘도 좋고 몰라줘도 괜찮습니다. 예술의 역사에는 당대의 대중이 어떤 예술가의 훌륭함을 알아보지 못한 사례가 흔하니까요. 사람들이 알아주지 않아도 예술가의 자부심으로 견딜 수 있습니다. 그러나 세상을 더 좋게 바꾸는 문제에 대한 사람들의 생각에 영향을 주고 싶어서 글을 쓰는 사람은 혼자만의 자부심만으로는 일을 해나가지 못합니다. 대중과 소통하고 교감하지 못하면 글을 쓴다는 게 아무 의미가 없기 때문이지요. 도대체 누가 내 말을 듣는단 말인가? 그런 회의에 사로잡히면 글쓰기가 어려워집니다.

저는 호모 사피엔스라는 학명을 가진 종(種)을 전적으로 신뢰하지도 불신하지도 않습니다. 인간은 이성과 욕망을 다 가진 존재입니다. 욕망은 아름답고 또한 추악합니다. 이성은 고결하지만 때로 나약합니다. 그래서 인간은 빛나는 선과 끔찍한 악을 다 저지릅니다. 저는 인간의 사악함은 어찌할 수 없다고 생각합니다. 사악함은 누가 만들어 낸 것이 아니라 인간 본성의 일부여서 악한 사람 자신도 스스로 어떻게 하지 못합니다. 어떤 사회악이 생기면 그 원인을 나쁜 사람한테서 찾는 경우가 많은데, 모든 악이 악한 사람 때문에 생기는 것도 아닙니다. 소수의 사악함보다 다수의 어리석음이 사회악을 부르는 때가 더 많습니다.

정치적 글쓰기는 사악함과 투쟁하는 일이 아니라 어리석음을 극복하려고 하는 일입니다. 사악함과 어리석음은 모두 인간의 본성이지만, 조금이라도 더 승산이 높은 것은 어리석음과 싸우는 것입니다. 우리가 어리석음에서 완전히 벗어날 수는 없을 겁니다. 하지만 노력하면 날마다 조금씩이라도 덜 어리석어질 수는 있을 거라고 믿습니다.

세상을 조금이라도 더 좋게 바꾸려면 우리 자신이 날마다 조금씩이라도 덜 어리석어져야 합니다. 그래서 저는 읽고, 생각하고, 토론하고, 글을 씁니다. 이 세상 어딘가에, 날마다 조금씩이라도 덜 어리석은 사람이 되려고 애쓰는 누군가가 있어서 내 글을 읽을 것이라는 희망을 가슴에 품고 말입니다. 어떤가요? 정치적 글쓰기, 인생을 걸어 볼 만한 가치가 아주 없지는 않죠!

제5장

말할 수 있는 자는 누구인가

내가 누구인지

"아아, 나는 잠들었는가, 깨어 있는가. 누구, 내가 누구인지 말할 수 있는 자가 없느냐." 윌리엄 셰익스피어의 〈리어왕〉 1막 4장에 나오는 대사입니다. 〈리어왕〉, 혹시 읽어 보셨나요? 읽은 적이 없는 사람도, 이 말은 어쩐지 한 번쯤 들어 본 느낌이 들지 모릅니다. 1992년 어떤 문학상을 받았던 소설 제목에 그런 게 있었습니다.《내가 누구인지 말할 수 있는 자는 누구인가?》 작가 이인화 씨의 소설이죠. 제목을 〈리어왕〉에서 인용한 이 소설을 두고 표절 논란이 벌어진 탓에 포스트모더니즘이니 혼성모방이니 하는 문예비평 전문 용어가 잠깐 유행하기도 했어요.

표절과 혼성모방이 뭐가 다른지 따지려고 이 말을 꺼낸 게 아닙니다. 글 쓰는 사람의 '자아정체성'에 대해서 말씀드리려는 겁니다. 리어왕은 비몽사몽 혼미한 상태에서 자기가 누구인지 말해 달라고 남한테 부탁했어요. 그런데 이인화 씨의 소설 제목은 느낌이 좀 다릅니다. 마치 무슨 주장을 하는 것 같거든요. "자기 자신이 누구인지 말할 수 있는 사람이 누가 있단 말이야!" 제겐 그렇게 들립니다. 정말 그럴까요? 우리는 '내가 누구인지' 스스로 대답할 수 없는 것일까요? 아닙니다. 대답할 수 있습니다. 글 쓰는 사람이라면 반드시 대답해야 합니다. 그래야 자기다운 글을 쓸 수 있으니까요.

나는 누구인가? 이름을 묻는 게 아닙니다. '나'라는 철학적 자아의 특성이 무엇인지 묻는 겁니다. 인간 일반의 본성 위에 그 어떤 '자기만의 것'을 세웠는지 말하라는 것이죠. 질문은 간단한데 대답하기는 어렵습니다. 내가 누구인지 말하려면 무엇보다도 자기 자신을 객관적으로 인지해야 해요. 자연과 인간을 바라보는 태도, 사회를 보는 관점, 타인과 관계를 맺는 방식, 내게 중요한 욕망과 그것을 실현하려고 선택한 방법, 살아가면서 느끼는 감정이 어떠하며 그게 남들과 얼마나 어떻게 다른지 알아야 합니다. 이걸 모르면 남을 흉내 내는 글밖에 쓰지 못해요.

자기 자신을 객관적으로 인식한다고 해서 정체성 문제를 다 해결할 수 있는 것은 물론 아닙니다. 내 것이라고 생각하지만 사실은 내 것 아닌 게 많거든요. 내가 가진 생각과 감정, 세계관과 인생관은 모두 내가 오감을 동원해서 스스로 경험하고 깨달은 것인가? 자문(自問)해 보면 아니란 것을 바로 알게 됩니다. 우리들 각자의 정신세계에는 문명이 생긴 후 수천 년 동안 철학자와 과학자, 지식인들이 창조한 지식과 정보와 이론의 조각들이 무수히 박혀 있습니다. 생물학자 리처드 도킨스는 이것을 '문화유전자(밈, meme)'라고 했습니다. 결국 우리들 각자가 찾은, '나는 누구인가'라는 질문에 대한 대답은 주관적이고 일시적일 수밖에 없는 것이지요.

살다 보면 자신이 누구인지 말해야만 할 때가 있죠. 모르는 사람과 새로 관계를 맺을 때입니다. 남녀가 처음 만나는 소개팅 자리에서는 간결하고 인상적인 자기소개를 해야 호감을 얻습니다. 상급 교육기관에 진학하거나 취직을 하려고 할 때는 글로 자기를 소개해야 합니다. 외국어를 배울 때 제일 먼저 익히는 것도 자기를 소개하는 말입니다. 글 쓰는 사람은 새 책을 낼 때마다 '저자 소개'를 새로 씁니다.

글쓰기 강연에서 자주 받은 질문 가운데 하나가 자기소개서 쓰는 방법입니다. 그런데 질문하는 분들이 왠지 민망해 하더군요. "자기소개서 같은 문제로 질문을 해서 죄송합니다." 아예 처음부터 그렇게 말하는 분도 보았습니다. 왜 그럴까요? 자기소개서는 다른 장르에 비해서 품격이 떨어진다고 생각해서일까요? 시, 소설, 에세이, 평론, 칼럼, 논문에 비해서 자기소개서는 품격이 덜하다는 통념이 있긴 하지요. 하지만 저는 이것이 매우 불합리한 편견이라고 생각합니다.

나는 누구인가? 이것은 인문학의 중심을 꿰뚫는 질문입니다. 제대로 살아가려면 끊임없이 내가 누구인지 물어야 하고, 일시적이라 할지라도 어떤 대답을 찾아야 합니다. 자기소개서는 이 질문에 대답하는 글입니다. 나는 어떤 사람인지, 스스로 내 자신을 어떻게 생각하는지, 미래의 나를 어떻게 만들어 나가려는지 말하는 글이죠. 이만큼 중요한 글쓰기 주제도 달리 없습니다. 자기소개서가 품격 있는 장르가 아니라는 통념은 잘못된 겁니다.

자기소개서에 특별하게 관심이 많은 사람들이 있더군요. 진학을 앞둔 아이들, 그리고 아이들을 돕는 부모와 교사들입니다. 취업 또는 재취업을 하려는 어른들도 그렇습니다. 글쓰기가 일반적으로 그러하듯, 자기소개서도 모범 답안이나 정답은 없습니다. 그러나 잘 쓴 자기소개서와 그렇지 않은 자기소개서가 있다는 것은 분명합니다. 어떤 것이 '잘 쓴 자기소개서'일까요? 저는 자기소개를 할 때 두 가지를 반드시 챙깁니다.

첫째, 내가 어떤 사람이며 무엇을 할 수 있고 어떻게 살기를 바라는지 거짓 없이 그리고 명확하게 요약합니다. 자기소개서는 쓰는 사람과 읽는 사람 사이에 심각한 '정보 불균형'이 있어요. 쓰는 사람은 무엇이 사실이고 무엇이 사실이 아닌지 다 알지만, 읽는 사람은 사실 여부를 판단하는 데 필요한 정보가 없습니다. 그래서 자기소개서에는 읽는 사람이 진실성을 의심하게 만드는 요소가 없어야 합니다. 거짓을 말하거나 사실을 과장한다는 느낌을 주지 말아야 하는 거죠. 자기 자랑으로 보일 수 있는 내용일수록 소박하고 담담한 문장으로 쓰는 게 좋습니다.

둘째, 자기소개서는 글쓴이가 읽는 사람들 자신에게 필요한 사람이라는 느낌이 들도록 써야 합니다. 읽는 사람이 중요하고 의미 있다고 느낄 만한 사실을 중심으로 써야 한다는 것이죠. 그러려면 철저하게 읽는 사람에게 감정을 이입해서 자기 인생을 요약해야 합니다. 기업 인사담당자들은 회사의 생존과 발전에 도움이 될 만한 사람을 선택합니다. 업종, 시장 상황, 경영자의 철학, 조직 문화, 직종에 따라 기업이 원하는 사람의 특성은 기업마다 다릅니다. 따라서 자기소개서를 쓸 때는 내가 그 조직의 발전에 기여할 수 있는 기능, 경력, 인간적 특성을 지니고 있다는 것을 도드라지게 강조해야 합니다. 읽는 사람의 관점에서 나의 인생을 발췌 요약하는 거죠.

내 머리에도 박혀 있다.
위대한 그들의 문화유전자가…

귀차니즘의
문화유전자

어떤가요? 쉬운 것 같죠? 하지만 써 보면 말처럼 쉽지가 않습니다. 회사를 다니면서 줄곧 인사담당 업무를 보았던 분이 저한테 상담을 신청한 적이 있습니다. 구인 공고를 쓰고 입사지원서를 검토하는 일을 했다고 하더군요. 기업의 입사지원서에는 반드시 자기소개서가 들어 있으니 남의 자기소개서를 수없이 읽었겠지요. 그런데 본인이 여러 사정 때문에 다른 회사에 경력사원으로 지원하게 되었어요. 막상 자기소개서를 쓰려고 하니 그게 무척 어렵더랍니다. 마치 감추어야 할 속내를 들키는 것 같은 부끄러움과 두려움이 들어서요. 오래 회사 생활을 하면서 인사 관련 업무를 해본 사람도 이럴진대, 노동시장에 신규 진입하는 청년들이 겪는 어려움이야 말할 필요도 없겠죠.

자기소개서 쓰는 방법을 한 문장으로 요약해 보겠습니다. "자기 자신에 관한 진실과 사실을 쓰되 읽는 사람으로 하여금 이 사람이 자기한테 필요하다는 느낌을 받도록 써야 한다." 사례를 한 번 볼까요? 남의 것으로 평을 하자니 어려운 점이 있어서 제 것을 가져왔습니다. 《유시민의 글쓰기 특강》(2015) 책날개에 '유시민이 소개하는 유시민'이라는 제목으로 실렸던 저자 소개입니다.

대학에서는 경제학을 공부했다. 그렇지만 사는 것은 전공과 별

상관이 없었다. 출판사 편집사원, 신문사 해외 통신원, 공공기관 계약직, 신문 칼럼니스트, 방송 토론 진행자, 국회의원, 장관 등 여러 직업을 거쳤다. 지금은 역사와 문화 관련 에세이를 쓰는 작가로 활동하고 있다. 예전에는 5년 넘게 같은 일을 한 적이 없었다. 하지만 앞으로 작가 말고 다른 직업은 가지지 않을 것이다. 훌륭한 사람이 되기보다는 쓸모 있는 사람이 되기를 원하며, 누군가에게 쓸모 있는 사람이 되고 싶어서 이 책을 썼다. 저서로는 《어떻게 살 것인가》《청춘의 독서》《후불제 민주주의》《국가란 무엇인가》《나의 한국현대사》 등이 있다.

여기에 사실이 아닌 정보는 없습니다. 거짓이 없다는 말이지요. 그런데 하필이면 왜 이렇게 요약했을까요? 독자의 호감과 신뢰를 얻기 위해서입니다. "이 사람이 내가 글쓰기 실력을 기르는 데 도움이 될 것 같다." 독자가 그런 느낌을 받아야 책을 구입할 가능성이 높아질 테니까요. 이것은 글쓰기에 관심을 가진 사람들에게 제출한 저의 자기소개서입니다. 예전에도 이렇게 썼을까요? 아닙니다. 저자 소개는 책에 따라, 저의 상황에 따라 달라집니다. 아래는 《국가란 무엇인가》(2011) 책날개에 실렸던 저자 소개입니다.

대한민국이 자유롭고 민주적인 나라가 되기를 바란 덕분에 거리와 감옥에서 대학 시절을 보냈다. 감옥에서 항소이유서를 쓰면서 글쓰기 재능을 처음 발견했다. 민주화가 시작된 뒤 남들이 어떻게 사는지 보고 싶어 아내와 함께 독일로 유학을 떠났다. 한국에 돌아와 책과 칼럼을 쓰고 방송 일을 하다가 2002년부터 정치에 참여했다. 좋은 대통령, 좋은 나라를 만들겠노라며 뛰어다녔는데, 성공한 일도 있고 실패한 것도 많았다. 2008년 총선 후 정치활동을 접고 글쓰기와 강의활동에 몰두하던 때 노무현 대통령이 세상을 떠났다. 대통령 자서전을 대신 정리하면서 슬픔을 견뎠다. 2009년 국민참여당 창당으로 정치무대에 돌아와 더 나은 정치, 더 나은 국가를 꿈꾸며 일하고 있다. 2009년 '용산참사'를 계기로 국가의 역할을 고민하게 됐다. 인류의 지성들이 남긴 국가에 대한 고전을 탐독하면서 훌륭한 국가는 무엇보다 '정의'를 추구해야 한다는 믿음이 확고해졌다. 어떤 방법으로 그런 공동체를 만들 수 있을지 독자들과 더 깊은 대화를 나누고 싶어서 이 책을 썼다.

저서 《거꾸로 읽는 세계사》《부자의 경제학 빈민의 경제학》《유시민의 경제학 카페》《대한민국 개조론》《후불제 민주주의》《청춘의 독서》 등

20년째 종8품 봉사 벼슬을 지내는 남기남.

내 능력이 여기까지군

이제 그만 관직을 내려놓아야겠어.

결국 남봉사는 사직 상소를 올렸는데

오호!~ 명문이로다. 이런 문장가가 조정에 있었단 말이더냐.

글쓴이의 심정이 구구절절 와닿도다.

그의 상소가 워낙 명문인지라 임금부터 미관말직에 이르기까지 돌려보지 않은 이가 없었다.

남봉사 상소의 필사본이오.

드디어 읽어보게 됐군!

마지막 사직 상소로 능력을 인정받은 남봉사

저 친구 남봉사 아닌가?

...

명문장가 남봉사다!

얼마 후

자네의 사직을 처리하는 문제로 대신들 간에 격론이 있었네.

...

필자의 의견이 가장 중요하다고 결론이 내려졌어.

그동안 수고했네...

후-

115

여기에도 사실이 아닌 정보는 없습니다. 그런데 두 저자 소개는 내용이 적잖게 차이가 납니다. 이유가 무엇일까요? 제가 '직업'을 바꾸었고, 그래서 '거래처'와 '고객'이 달라졌기 때문입니다. 자기소개서를 보는 사람이 다른 겁니다. 《국가란 무엇인가》에서 소개하는 저는 '예전에 작가였던 정치인'입니다. 이것이 '나는 누구인가'에 대한 2011년의 대답이었습니다. 반면 《유시민의 글쓰기 특강》에서 소개하는 저는 '한때 정치를 했던 작가'입니다. 똑같은 자연인 유시민인데 대답이 달라졌습니다. 제가 처한 상황과 인생계획, 책의 주제와 성격에 따라 정체성을 다르게 요약했기 때문에 그런 것이죠. 작가로서 잠재적 독자와 출판시장 관계자 앞에서 하는 자기소개가 정치인으로서 잠재적 유권자와 언론인 앞에서 하는 자기소개와 같을 수는 없는 일입니다.

어디가 어떻게 다른지는 이미 알아채셨을 겁니다. '작가 유시민'은 '글쓰기와 관련 있는 경력'을 내세우지만, '정치인 유시민'은 '투쟁 경력'과 '정치 이력'을 강조합니다. '작가 유시민'은 담담하고 소박한 어조로 말하지만, '정치인 유시민'은 약간 흥분한 어조로 말합니다. '정치인 유시민'은 '작가 유시민'과 달리 저서 목록에 경제학 관련 도서를 두 개 넣었습니다. 독일유학 경력도 적었습니다. 노무현 대통령과의 인연을 강조했습니다.

왜 그랬겠습니까? 조금이라도 더 많은 유권자의 호감과 지지를 얻고 싶었던 거죠. 유권자들은 '경제를 아는 사람'을 좋아합니다. 해외 유학 경력도 좋게 평가합니다. 진보적 성향을 가진 분들은 '투쟁 경력'을 따집니다. 하지만 글쓰기에 관심이 많은 독자들은 다릅니다. 제가 글을 얼마나 잘 쓰는지, 얼마나 오래 글을 썼는지, 그런 문제에 관심이 있습니다. 아까 말씀드렸죠? 자기소개서는 정직하게 쓰되, 읽는 사람이 '우리한테 필요한 사람'이라고 느끼도록 써야 한다고 말입니다. 읽는 사람이 다르면 자기소개서도 다르게 써야 합니다.

우리는 각자 저마다의 인생 텍스트를 지니고 있습니다. 그 텍스트는 경력, 성장환경, 경험, 인간적 개성, 능력, 성격의 특징과 장단점뿐만 아니라 앞으로 인생을 살아갈 계획, 포부, 소망도 포함합니다. 남들은 이 텍스트 전체를 읽으려고 하지 않습니다. 예컨대 대학의 신입생 선발 업무를 하는 사람은 지원자의 인생 전체를 알고 싶어 하지 않습니다. 어떤 지원자가 공부를 열심히 잘할 사람인지 알아보려고 하죠. 기업의 인사담당자도 마찬가지로 회사 업무를 잘할 수 있는 사람인지 판단하는 데 필요한 정보에 관심이 있고요.

자기소개서는 읽는 사람이 중요하게 여기고 좋게 평가할 정보를 선택해서 거기에 집중해야 합니다. 학생과 직원을 선발하는 사람들이 어디에 관심을 두는지는 다 아실 겁니다. 첫째, 사람이라면 누구나 가져야 할 일반적 미덕을 지녔는지 살핍니다. 정직, 성실, 겸손, 예의, 열정, 인내심, 너그러움, 지혜로움, 기백, 포용력 같은 미덕 말입니다. 스스로 그런 사람이라고 주장하라는 게 아닙니다. 그렇게 주장한다고 해서 다 믿어 주지도 않아요. 읽는 사람이 '아, 이걸 쓴 사람은 그런 사람인 것 같다'고 느낄 수 있도록 써야지요.

둘째, 조직에 꼭 필요한 사람인지 살핍니다. 활동 경력, 자격증 보유 여부, 외국어 구사 능력, 봉사 활동 경력, 성격 같은 것을 봅니다. 대학에서 신입생을 뽑을 때는 공부를 열심히 잘할 학생인지 판단하려고 합니다. 기업이 사원을 뽑을 때는 그 회사의 특정 업무를 잘할 수 있는 사람인지 판단하려고 하고요. 진학이나 취업을 위해서 쓰는 자기소개서는 효과가 있어야 의미가 있겠죠. 지원자는 여러 미덕을 가진 좋은 사람이며, 지원하는 부서에 꼭 맞는 능력을 가지고 있다는 판단을 이끌어 내는 데 도움이 되도록 자기소개서를 써야 합니다. 이것이 핵심이에요.

만약 제가 문필업을 접고 드라마나 예능 프로그램을 만드는 방송콘텐츠 제작사의 경력사원 채용 시험에 응시한다면 자기소개서를 또 다르게 쓸 겁니다. 글쓰기에 관심이 있는 익명의 독자가 아니라 회사의 사장님과 간부들한테 좋은 평가를 받아야 하니까요. 자기소개서에서 아마도 정치 경력은 최소화하겠죠. 그 대신 옛날 일까지 끄집어내서 1988년 계간《창작과비평》신인 추천을 받은 소설가임을 돋보이게 할 겁니다. 문화방송의 8부작 멜로드라마 대본을 쓴 적이 있고 생방송 토론 프로그램을 진행했다는 경력도 빼먹지 않겠지요. 대표 저서도 정치나 헌법에 관한 것보다는《유시민의 글쓰기 특강》과《청춘의 독서》를 앞세울 것이고요.

다시 말씀드리지만, 자기소개서는 자기 자신보다는 그것을 읽을 사람이 의미 있고 중요하다고 여길 만한 사실을 중심으로 정해진 분량만큼만 써야 합니다. 진학서류에 넣을 자기소개서는 하필 왜 그 학교 또는 학과를 가려는지 제대로 써야 하고, 취업서류에 넣을 자기소개서는 하필 왜 그 기업 그 업무에 지원하려는지 분명하게 써야 합니다.

제 아들은 어린 시절 인생 열정의 대부분을 축구에 쏟았습니다. 그렇지만 아버지를 잘못 만나 적합한 유전자를 물려받지 못한 탓에 축구 선수가 되긴 애초부터 틀린 아이였습니다. (미안하다, 아들아!) 제가 만약 그 아이라면 스페인어를 배울 수 있는 고등학교에 갈 겁니다. FC바르셀로나 광팬이고, 클럽축구는 스페인이 세계 최강이며, 월드컵에서도 스페인어를 쓰는 중남미 국가들이 강세이기 때문에, 축구와 관련된 직업을 가지려면 제2외국어는 스페인어를 하는 게 여러모로 좋을 거라고 판단하기 때문이지요. 만약 그런 고등학교에 원서를 낸다면, 자기소개서에 아래 내용은 반드시 넣으라고 조언해 주겠습니다.

저는 유치원 다니던 2006년 독일월드컵 중계 방송을 보고 축구에 빠진 이후 지금까지 오로지 축구만 생각하며 살았습니다. 유소년클럽에서 뛰었지만 재능이 부족해서 선수가 될 수는 없었습니다. 그러나 저는 어떤 것이든 반드시 축구와 관련한 일을 하며 살 것입니다. 축구 해설자, 축구 담당기자, 축구중계 전담아나운서, 프로축구단 직원, 스포츠의학 전문의나 물리치료사, 뭐가 되었든 축구와 관계가 있는 직업을 가지려 합니다. 세계 축구계의 동향을 실시간으로 파악하려면 영어는 기본이고 스페인어와 독일어도 능통해야 한다고 느꼈습니다. 제가 이 학교에 지원한 것은 제2외국어로 스페인어를 배울 수 있기 때문입니다. 저는 이 학교에서 인생의 꿈을 이룰 준비를 하고 싶습니다.

아들을 대신해서 '진심으로' 자기소개를 해 보았습니다. 저도 그 나이 때 재능은 없지만 열정이 넘치는 축구광이었기에 그 심정을 이해합니다. 골을 넣었을 때 발끝에서 머리 꼭대기로 올라오는 전율, 그 진한 맛을 압니다. 좌우를 살피지 않고 그 열정을 좇았다면 저도 한준희 씨처럼 축구 해설을 수준 있게 하는 사람이 되었을까요? 아들이 제 조언을 받아들였냐고요? 아닙니다. 중학교를 졸업할 때가 되자 전두엽이 갑자기 발달했는지 자신의 진로를 넓게 열고 보통 고등학교에 갔어요.

한 가지 더, 문장도 중요합니다. 내용이 훌륭한 자기소개서도 문장이 나쁘면 빛이 덜 납니다. 자기소개서의 문장은 단순, 명료, 소박할수록 좋습니다. 교육기관이나 공공기관, 기업이 자기소개서를 받는 목적은 그 사람 자체를 보는 것이지 글솜씨를 보는 게 아닙니다. 자기소개서의 문장이 지나치게 화려하면 '대필 의혹'을 받을 수도 있고 겉으로 꾸미기를 좋아하는 사람이라는 의심을 살 수도 있습니다. 비슷한 의미를 지닌 정보를 지나치게 많이 나열해도 좋지 않습니다. 한 서점 홈페이지에서 글 고쳐 쓰기 이벤트를 한 적이 있는데, 그때 들어온 법학전문대학원 학생의 취업서류 자기소개서 첫 단락이 아래와 같았습니다.

"운동 선수는 안 된다." 아버지는 냉정하게 말씀하셨습니다. 허약한 체질이었지만 놀기를 좋아했던 저에게 아버지는 행여 제가 운동을 할까 봐 곧잘 그렇게 말씀하시곤 하였습니다. 남들보다 작게 태어난 저를 가족들은 '콩쇠'라 불렀습니다. 초등학교 1학년에 다닐 무렵까지는 잔병치레를 하느라 거의 매일 병원에 다녔는데 초등학교 3학년 무렵부터 병원에 가는 일이 거의 없어지자 제 자신 스스로 매우 신기해 하던 기억이 납니다. 약한 체력은 학창 시절 내내 저를 따라다녔습니다. 대학교에 입학하고 저는 수영을 하기로 결심했습니다. 수영을 잘하셨던 저희 할아버지의 영향이었던 것 같습니다. 수영을 시작한 후 8년 동안 군 입대와 노무사 시험 준비 등으로 쉰 기간을 제외하고는 거의 매일 수영장에 나갔습니다. 2009년에는 전국대회에 나가 2위에 입상을 하기도 했습니다. 수영은 제 인생에서 목표를 정하고 이에 도전하는 것의 의미를 깨닫게 해 주었습니다.

어떻습니까? 잘 썼죠? 그런데 여러분이 회사의 인사담당자라면 어떨까요? 저라면 별로 궁금하지 않은 정보가 많이 들었다고 생각할 겁니다. 이 첫 단락의 핵심 내용은 지극히 간단합니다. "어릴 때 몸이 허약했지만 열심히 수영을 해서 강한 체력을 가지게 되었다." 이렇게 요약할 수 있는 말을 무려 열 줄이나 썼습니다. 이렇게 된 것은 글쓴이가 여기에 대해 매우 큰 자부심을 느끼기 때문입니다. 아버지 말씀, 어렸을 때 별명, 매일 수영장에 간 것, 이런 것이 글쓴이한테는 큰 의미를 지니고 있어요. 그렇지만 회사의 인사담당자는 다릅니다. 그런 세부사항에는 관심이 없습니다. "별 쓸데없는 이야기를 시시콜콜 자세히도 썼군!" 그렇게 반응할 겁니다. 그런 정보를 덜어 내면 다음과 같이, 분량을 절반으로 줄일 수 있습니다. 이렇게 해서 절약한 지면은 회사 사람들이 관심을 가질 만한 다른 정보로 채워야 합니다.

저는 어린 시절 작고 허약했으며 잔병치레를 많이 했습니다. 이래서는 제대로 살기 어렵겠다 싶어 대학교에 입학한 후 이를 악물고 수영을 했습니다. 그래서 체력만큼은 누구한테도 뒤지지 않는 사람이 되었고 2009년에는 전국수영대회 준우승을 했습니다. 힘들고 어려워도 목표를 세우고 끈기 있게 노력하면 이룰 수 있다는 믿음을 얻었기에 저한테는 큰 의미가 있는 경험이었습니다.

이 자기소개서 전체를 보여드리지는 않겠습니다. 제가 읽어 본 느낌만 말씀드리면, 이 사람은 의지와 도전 정신이 강한 남자입니다. 어렸을 때는 병약했지만 수영으로 체력왕이 되었고, 취직이 거의 확정된 상황에서 노무사 시험에 도전했습니다. 노무법인에 취직한 후 오래지 않아 파트너로 독립했고, 더 넓은 분야에서 활동해 보려고 로스쿨에 진학했습니다. 여러 차례 새로운 목표를 세우고 도전했으며 그 목표를 결국 다 이루었습니다. 그런 사람이라는 것을 알려 주는 정보로 자기소개서를 채웠습니다. 그가 입사하려는 기업이 직원들에게 강한 도전 정신과 의지를 요구하고 기대하는 조직이라면 이 자기소개서는 표적을 제대로 맞히었다고 할 수 있겠지요. 그러나 그 회사가 다른 자질을 기대한다면 과녁을 벗어난 화살이 될 수도 있습니다. 어떤 회사인지 말하지 않아서 이런 면에서는 판단할 수 없었습니다.

앞에서 말씀드린 것처럼 자기소개서는 쓰는 사람과 읽는 사람 사이에 극단적인 정보 불균형이 있습니다. 그래서 쓰는 사람은 속이려는 유혹에 빠질 수 있고 읽는 사람은 속지 않으려고 경계합니다. 글쓴이는 사실을 쓴 것으로 보입니다. 지나치게 과장하거나 거짓이 아닌지 의심이 들 만한 이야기는 쓰지 않았습니다. 그러나 읽는 사람에게 감정을 이입하지는 못했습니다. 자기가 중요하게 여기는 사실을 중심으로 자기소개서를 썼을 뿐, 자신의 성장 과정과 인간적 특성, 노무사 자격증과 로스쿨 수료 등의 경력이 입사하고자 하는 그 회사의 당면 과제를 해결하거나 미래의 발전을 도모하는 데 어떤 도움이 될 것인지 전혀 말하지 않았다는 겁니다. 이런

125

것은 심각한 결함이 될 수 있습니다.

어떤 조직에 들어가기 위해 자기소개서를 쓸 때는 자기 자신만이 아니라 그 조직의 현주소와 당면 과제, 미래 전망에 대해서도 연구해야 합니다. 조직의 채용담당자들은 막연히 스펙 좋고 인간적으로 훌륭한 사람을 찾는 게 아닙니다. 그 조직의 현실과 미래를 고민하면서 조직의 생존과 번영에 기여할 수 있는 사람을 뽑으려고 합니다. 이 욕구를 충족해 주지 않는 자기소개서는 '성능 좋은 오발탄'이 될 수 있습니다.

지금까지 여러 직업을 거쳤고, 서로 다른 자기소개서를 숱하게 써 본 사람으로서 자기소개서 때문에 고민하는 분들에게 도움이 되었으면 하고 제 생각을 말씀드렸습니다. 노파심에서, 뱀다리가 될지도 모를 이야기를 덧붙입니다. 자기소개서를 쓰다 보면 조금은 비굴해지는 자신을 보게 됩니다. 누구에겐가 잘 보이고 싶어서 애쓰는 모습 말입니다. 나는 남들과 똑같이 존엄한 인간이고 똑같이 귀한 소우주(小宇宙)인데 누구에겐가 '쓸모 있는 사람'이라는 것을 증명하려고 버둥거리다니, 어쩐지 비참한 기분이 들어! 그런 생각을 한 번쯤 할 수도 있습니다.

하지만 누군가에게 '쓸모 있는 사람'이 된다는 것은 행복한 일 아닐까요? 그리고 그런 사람으로 인정받으려고 노력하는 것 역시 좋은 일이 아닐까요? 우리는 그런 노력을 하면서 존엄을 잃는 것이 아니라 존재의 의미를 확인한다고 저는 믿습니다. 사람은 저마다의 정체성을 형성하고 독립해서 살아가는 철학적 주체이지만 생물학적으로는 '군집(群集)'을 이루지 않고는 살아갈 수 없는 동물입니다. '자연선택을 통한 진화'가 우리를 그렇게 만들었습니다. 그게 우리의 본성이며 운명입니다. 함께, 더불어 살아가기 위해 서로 서로 잘 보여야 하는 것이 피할 수 없는 운명이라면, 그 운명을 기꺼이 받아들이는 편이 낫다고 봅니다. 누군가에게 자기를 제대로 소개하려고 애쓰는 모든 분들의 건투를 빌며!

제6장

베스트셀러는 특별한 게 있다

자기가 쓴 책이 베스트셀러가 되기를 원치 않는 작가도 있을까요? 아마 없을 겁니다. 소설가 김훈 씨가 말한 것처럼, 자기 자신을 표현하는 데 목적을 두고 '예술적 글쓰기'를 하는 작가들 역시 많은 사람이 읽고 이해해 주면 좋아합니다. 세상을 더 좋게 바꾸는 문제에 대한 사람들의 생각에 영향을 주려고 '정치적 글쓰기'를 하는 작가들이야 말할 것도 없겠죠. 하지만 그렇다고 해서 작가들이 책을 많이 팔겠다는 목표를 세우고 글을 쓰는 건 아닙니다. 그런 사람도 아주 없다고 하기는 어렵겠지만 보통은 그렇지 않다는 겁니다.

저는 글을 쓸 때 제일 먼저 주제를 확실하게 정합니다. 사람들이 관심이 많은지 여부보다, 쓸 만한 가치가 있는 이야기인지 여부를 먼저 생각합니다. 아무리 많은 사람들이 관심을 가지는 주제라고 해도 제가 쓰고 싶지 않으면 쓰지 않습니다. 쓰고 싶고 또 의미도 있다 싶은 주제를 찾으면 관련 자료를 읽으면서 글을 구상합니다. 초고는 빠른 속도로 씁니다. 문장의 멋보다는 내용을 채우는 데 초점을 두고 쓰기 때문에 초고의 상태가 좋을 리 없죠. 초고가 다 되면 그때부터는 횟집 주방장이 칼을 벼리는 것처럼 내용과 문장을 다듬어 나갑니다. 이건 중요한 주제니까 명료한 문장으로 독창적이고 흥미롭게 쓰기만 하면 사람들이 많이 읽을 거야! 그렇게 믿으면서 말입니다. 정성을 쏟는다고 해서 반드시 베스트셀러가 되는 건 아니더군요. 정성을 다하는 건 기본이고, 베스트셀러가 되려면 운도 따라야 합니다.

'베스트셀러'가 뭐냐고요? 여기서는 '많은 사람이 읽는 글'이란 뜻입니다. 돈을 내고 구입해서 읽는 책이든 온라인에서 거저 읽을 수 있는 글이든, 많은 사람이 읽으면 '베스트셀러'라는 것이죠. 글은 장르에 따라 나누는 게 보통입니다. 시, 소설, 에세이, 평론, 르포, 논문, 신문기사 등으로요. 그렇지만 이것이 유일한 분류법은 아닙니다. 좀 엉뚱해 보일지 모르지만, 많은 사람이 읽는 글과 그렇지 않은 글로 나눌 수도 있어요.

출판문화산업진흥원 자료를 보니 우리나라에서 해마다 새로 나오는 출판물이 7만 종이나 된답니다. 단행본과 잡지를 포함한 종이 출판물을 모두 합쳐 하루 200여 종이 나오는 셈입니다. 이 출판물은 대부분 문자 텍스트로 채워져 있습니다. 포털과 커뮤니티 게시판, 블로그, 페이스북, 카카오톡을 비롯해 인터넷 공간에서 유통되는 글까지 생각하면 우리나라 국민이 하루에 생산하는 문자 텍스트의 양은 가늠하기 어려울 정도로 많습니다. '필담이 대세'라는 말이 그냥 나온 게 아니지요?

지금은 누구나 글을 쓰고 전파할 수 있는 시대입니다. 인터넷 글쓰기는 제작과 유통에 돈이 들지 않습니다. 전파 속도는 갈수록 빨라지고 전파되는 공간도 하루가 다르게 확장되는 중입니다. 영어로 멋진 글을 쓸 수 있다면 빛의 속도로 지구촌 전체에 퍼뜨릴 수도 있습니다. 정말 신기하죠? 30년 전만 해도 이런 세상이 올 것이라고는 상상하지 못했습니다. 미래학자들의 '예언서'에나 등장하는 이야기였는데 어느새 익숙한 현실이 되었어요.

어떤 글은 수억 명이 읽습니다. 반면 어떤 글은 몇 사람의 눈길도 제대로 끌어 보지 못한 채 사라집니다. 왜 그럴까요? '베스트셀러 글'에는 어떤 특별한 점이 있는 걸까요? 아마 한번쯤은 이런 의문을 품어 보셨을 겁니다. 저는 어떻게 쓰면 베스트셀러가 되는지 묻는 분을 종종 만납니다. 베스트셀러 글을 쓰려면 무엇보다 먼저 문장을 쓰는 기술이 있어야 한다는 것은 말할 나위도 없겠죠? 문장 쓰는 기술이 첫 번째 조건입니다. 그렇다고 해서 문장이 전부인 건 아닙니다. 좋은 문장으로 표현한 생각과 감정이 훌륭해야 합니다. 이것이 베스트셀러의 두 번째 조건입니다.

어떤 사람은 문장 기술을 가르쳐 주는 책을 보고 혼자 훈련해서 금방 효과를 봅니다. 하지만 모두가 다 그런 것은 아닙니다. 표현할 가치가 있는 지식, 정보, 논리, 감정, 생각을 내면에 쌓지 않은 사람은 아무리 문장 기술을 배워도 글이 늘지 않습니다. 내면에 그런 것을 쌓으려면 직간접 경험을 통해 배우고 깨닫고 느끼고 사유해야 합니다. 그래서 책을 많이 읽지 않으면 글을 잘 쓸 수 없다고 하는 겁니다. 독서는 간접 경험을 얻는 가장 중요한 수단이거든요.

베스트셀러의 세 번째 요소는 감정 이입입니다. 독자가 쉽게 이해하고 깊게 감정을 이입할 수 있도록 써야 한다는 것이죠. 350쪽짜리 책 한 권을 내려면 200자 원고지 1,300장 정도를 써야 합니다. 아는 것이 많고 글 쓰는 기술도 있는 사람이라야 이 정도 분량을 쓸 수 있지요. 그런데 그런 사람이 쓴 책이라도 대중의 눈길을 받지 못한 채 사라지는 경우가 허다합니다. 무엇 때문일까요? '공감을 일으키는 글'이 아니어서 그런 겁니다. 어떤 책이 공감을 받지 못하는 이유는 크게 보아 두 가지입니다. 첫째, 무슨 말인지 이해하지 못하겠다. 둘째, 이해는 하지만 마음이 움직이지 않는다.

아는 것도 많고 글 쓰는 기술도 좋은 사람이 독자가 이해할 수 없고 공감하기 어려운 글을 쓰는 것은 독자를 의식하지 않기 때문입니다. 글로 남의 공감을 받으려면 타인의 생각과 시선과 감정으로 자신이 쓴 글을 살펴야 합니다. 아무리 대단한 정보와 지식과 논리를 지녔고 아무리 멋진 문장을 구사하는 능력을 가졌다 해도, 독자를 존중하고 배려하지 않으면 '베스트셀러 글'은 쓰지 못합니다. 다들 위대한 책이라고 하지만, 아무리 노력해도 공감하기 어려운 글을 하나 소개하겠습니다.

인간의 이성은 어떤 종류의 인식에 대해서는 특수한 운명을 지니고 있다. 이성의 자연본성 그 자체에서 나온 것이기 때문에 거부할 수 없는 동시에 그 모든 능력을 초월해 있기 때문에 해답을 얻을 수도 없는 문제들로 고난을 당해야 하는 것이 그 운명인 것이다. 인간의 이성이 이런 곤경에 빠지는 것은 이성의 책임이 아니다. 이성은 원칙에서 출발하는데, 이 원칙들은 경험의 과정에서 꼭 사용되어야 하며 또한 동시에 경험에 의해 충분히 증명된다.

어떤가요? 공감하십니까? 아니, 공감 여부를 따지기 전에 무슨 말인지 이해는 하셨나요? 저는 이해하지 못했습니다. 이해도 못했는데 어찌 공감을 하겠습니까. 누가 쓴 글일까요? 그 이름 앞에 '위대한'이라는 수식어가 붙는 철학자, 임마누엘 칸트 선생입니다. 《순수이성비판》이란 책, 제목은 들어 보셨죠? 이 글은 1791년 칸트가 쓴 《순수이성비판》 초판의 머리말 첫 네 문장입니다. 이 글과 뒤에 또 소개할 칸트의 글은 《순수이성비판/실천이성비판》(정명오 옮김, 동서문화사, 2007)에서 가져왔습니다.

칸트는 위대한 철학자였지만 글을 잘 쓰는 사람은 결코 아니었습니다. 독일어판으로 읽어도 한글 번역본으로 읽어도, 저는 《순수이성비판》의 서문을 이해할 수 없었습니다. 저만 그런 게 아니에요. 글쓰기강연을 하면서 만난 청중 수천 명한테 《순수이성비판》을 완독했느냐고 물어보았는데, 완독했다는 분이 딱 한 사람 있었습니다. 그런데 철학박사라는 그분 역시 완독만 했을 뿐, 다 이해한 건 아니라고 하더군요.

《순수이성비판》은 '위대한 고전'입니다. '위대한 고전'이란 '누구나 그 존재를 알지만 읽는 사람은 거의 없는 책'이라는 우스개가 있죠. 단순한 우스개가 아닙니다. '위대한 고전' 중에는 굳이 읽을 필요가 없는 게 많습니다. 그러니 '대학생을 위한 동서양고전 100선'이나 '교양인을 위한 추천도서 100선' 같은 도서목록에 주눅 들지 마십시오. 그런 목록을 만든 대학 교수들 중에도 칸트의 이 책을 완독한 이는 별로 없을 겁니다. 그러니 보통 사람들은 굳이 읽을 필요가 없습니다. 고통을 견디면서 끝까지 읽어 봤자 어차피 이해를 못 하니까요. 칸트 연구자가 쓴 해설서를 보고 정언명령이 무엇인지만 이해해도 됩니다. 인생은 짧고 책은 많아요. 재미있는 책을 읽기에도 인생이 짧은데, 뜻 모를 책을 읽느라 '셀프고문'을 하면서 시간을 보낼 필요는 없지 않겠어요?

칸트가 글을 이토록 어렵게 쓴 것은 오로지 자기 생각을 표현하는 데만 몰두했기 때문일 겁니다. 칸트 같은 '천재'는 이렇게 해도 됩니다. 문장이 엉망이어도, 독자가 이해하기 어려워도, 내용이 워낙 심오하기 때문에 위대한 책이 되니까요. 알아듣기 쉽게 해설하는 일은 '수재'들이 하면 됩니다. 그렇지만 우리네 보통 사람은 이런 태도로 글을 쓰면 절대 안 됩니다. 흉내도 내지 말아야 해요. 슈퍼맨이나 스파이더맨 복장을 하고 63빌딩 꼭대기에서 뛰어내리는 것만큼이나 어리석은 짓이니까요.

글로 타인의 공감을 일으키려면 쓰는 사람이 독자에게 감정을 이입해야 합니다. 자신이 쓴 글을 타인의 눈으로 살펴보면서 읽는 이가 쉽고 명확하게 이해하고 공감할 수 있는지 점검해 보는 것이죠. 그런 식으로 글을 쓰는 습관을 익히면 중고등학생은 수행평가 글쓰기에서 좋은 점수를 받고 대입 수험생은 논술 시험에 합격할 겁니다. 기자는 독자의 사랑을 받고 공무원이나 직장인은 상사의 믿음을 얻겠지요.

그렇게 잘 아는 당신은 뭐 대단한 베스트셀러를 썼느냐? 그렇게 물으실지 모르겠습니다. 사실 그리 대단한 베스트셀러를 쓰지는 못했습니다. 제가 쓴 글 가운데 가장 많은 독자를 얻은 글은 스물여섯 살에 쓴 〈항소이유서〉일 겁니다. 정식 출판한 게 아니라 복사본으로 나돌다가 온라인에 올랐기 때문에 얼마나 많은 사람들이 읽었는지는 알 길이 없죠. 하지만 적어도 몇 백만 명은 읽었으리라 생각합니다.

책으로 말하자면 1988년 출간한 《거꾸로 읽는 세계사》가 베스트셀러였습니다. 28년 동안 80만 부 정도 인쇄했다는데 정확한 통계는 아닙니다. 출판사가 경영진 교체 과정에서 기록을 잃어버렸다고 해요. 《유시민의 경제학 카페》《후불제 민주주의》《청춘의 독서》《어떻게 살 것인가》《나의 한국현대사》 같은 교양서는 대체로 10만 부를 조금 넘기는 수준이었고, 《국가란 무엇인가》처럼 그보다 훨씬 적게 읽은 책도 있습니다. 밀리언셀러는 없지만 제가 쓴 모든 책의 판매량을 합치면 100만 부가 넘으니 '커리어 밀리언셀러 작가'라고 우겨 볼까 합니다. 하하.

독자가 깊게 감정을 이입할 수 있도록 글을 쓰려면 두 가지가 있어야 합니다. 첫째는 그렇게 쓰려는 의지, 둘째는 그렇게 쓸 수 있는 능력입니다. 능력이 있어도 의지가 없거나 의지는 있어도 능력이 없으면 베스트셀러를 쓰지 못합니다. 먼저 의지 이야기부터 하겠습니다. 칸트가 그토록 난해하게 글을 쓴 것은 독자의 감정이입 가능성에 대해서 아예 생각조차 하지 않았기 때문이라고 짐작합니다. 그는 《순수이성비판》을 프로이센 왕국 국무대신 폰 체틀리츠 남작에게 헌정했는데, 헌정사의 한 단락을 감상해 보겠습니다.

각하! 저마다 자신의 분야에서 학문의 발달을 촉진하는 것이 바로 각하께서 관심을 기울이고 있는 문제일 것입니다. 그것은 각하께서 학문의 보호자라는 고귀한 지위에 있기 때문만이 아니라, 학문의 애호자며 또한 명철한 지식인이라는 매우 친근한 관계에 의해서 각하의 관심이 학문과 긴밀히 결부되어 있기 때문입니다. 따라서 저 또한 작은 힘이나마 바칠 수 있는 유일한 수단을 사용해, 제가 이 목적에 무엇인가 기여할 수 있으리라고 생각해 주신 각하의 두터운 신뢰에 감사한 마음을 전하고자 합니다.

난 초판 50만 부의 신화를 창조한 만화가다.

비록 비매품이긴 해도 50만 부라는 숫자는 변함없어.

그 책은 국민의 정부시절 국정홍보처에서 발간한 생활규제개혁 홍보 만화책이다.

이제부터가 개혁입니다. 국정홍보처

IMF 조기 졸업했다는 자랑질이 프롤로그고 생활 규제 바뀌는 거 예비군 훈련 바뀐다. 뭐 이런 거…

뭔 내용이야?

많은 팬들은 '국정홍보가 뭔말이냐'고 하겠지만 난 정치적으로 진영 구분이 단순한 놈이다.

국정홍보 만화 좀 그려줘!

국정 홍보처

내가 왜?

신문사나 방송사 가면 일 알아서 해주잖아.

좌파 정부라고 안해준다… 돈 내고 광고 하란다.

국민의 정부

신문 광고는 지방지까지 다 해야하는데 수십 억 깨진다…

그동안 일 알아서 잘 하던 놈들이

동사무소 민원실 이런데 비치할 거라서 보는 사람도 없으니까 걱정 마!

소싯적 김대중 빨갱이라고 욕했던 거 미안해서 하는 거다.

돈 많이 준다냐?

많이 주긴 개뿔… 나라에서 정한 가격표가 있더라. 한 페이지에 얼마…

콘티 보냈으니까 컨펌받고 하면 추석 연휴 지나고 작업 시작하겠군.

정화백 큰일났다!!

정화백이라고 부르는 거 보니 불길하게

국정홍보처

추석 귀성 때 고속도로 톨게이트에서 나눠주는 걸로 계획이 변경되었단다.

열차 좌석에도 비치하라는

고속도로 톨게이트 배포시간을 맞추기 위해 일주일 꼬박 쉬지 않고 만화를 그렸고

만화 보면서 가세용~♪

국정홍보처

졸면 깨워 줄게...

하하...

운전기를 비롯해 배송팀, 배포팀까지 내 만화를 기다리며 올 스탠바이 하고 있었는

정훈이 선생을 기다리는 운전기

… 얘기.

네 만화 기차에서 보고 있다.

139

어떻습니까? 앞에서 본 머리말의 첫 단락보다는 훨씬 쉽고 명확하죠? 후원자였던 폰 체틀리츠 남작은 이 헌정사를 보면서 칸트의 마음을 그대로 느꼈을 겁니다. 칸트도 이처럼 쉽게 감정을 이입할 수 있도록 쓸 수 있는 사람이었습니다. 그러나 그렇게 쓴 것은 헌정사뿐입니다. 폰 체틀리츠 남작은 《순수이성비판》 머리말과 본문을 전혀 이해하지 못했을 겁니다. 그래도 기분은 좋았겠죠. 헌정사 덕분에요.

저는 칸트처럼 심오한 철학적 사유를 담은 글을 쓰지 못합니다. 글 솜씨가 부족해서가 아니라 아는 게 모자라서 그렇습니다. 그렇지만 독자가 쉽게 이해하면서 공감할 수 있도록 글을 쓰는 건 제가 낫다고 자부합니다. 무엇 때문일까요? 칸트의 후원자는 폰 체틀리츠 남작이었지만 제 후원자는 익명의 독자들이거든요. 제 책을 구입해서 읽는 독자 한 분 한 분이 제게는 폰 체틀리츠 남작입니다. 난해한 글로 악명 높은 칸트가 헌정사만큼은 이해할 수 있게 쓴 것은 후원자의 이해와 공감을 끌어내려는 의지가 있었기 때문입니다. 누구인지 모를 무수한 독자의 이해와 공감을 끌어내려고 제가 노력하는 것처럼 칸트도 노력했던 겁니다. 의지가 글쓰기에 얼마나 큰 영향을 주는지 아시겠죠?

이제 독자가 감정 이입을 하기 좋게 글을 쓰는 능력에 대해서 말해 보겠습니다. 일반적 원리는 저도 모릅니다. 제가 쓰는 방법을 말씀드릴 테니 참고하시기 바랍니다.

첫째, 텍스트 자체만 읽어도 뜻을 알 수 있도록 씁니다. 사전이나 참고문헌을 보지 않아도 이해할 수 있도록 독자가 어려워하는 전문용어나 외국어 사용을 삼갑니다. 되도록 쉬운 어휘와 소박한 문장을 씁니다. 어쩔 수 없이 전문 용어나 어려운 이론을 사용해야 할 때는 그 의미를 알아내는 데 필요한 정보를 텍스트 안에 티 나지 않게 집어넣습니다. 뜻이 분명하지 않은 글은 독자를 짜증나게 만듭니다. 이런 책을 만나면 사람들은 저자를 원망하기도 하지만 괜한 열등감과 좌절감에 빠지기도 합니다. 그렇게 되면 아무리 훌륭한 내용을 담아도 공감을 받기 어렵죠.

둘째, 텍스트를 정확하게 해석하는 데 필요한 콘텍스트를 텍스트 안에 심어 둡니다. 텍스트라는 서양말 쓰는 걸 마뜩잖아 하시는 분이 있다는 것을 압니다. 텍스트(text)는 외국 비평 이론에서 유래한 말인데, 뜻이 같은 우리말을 찾기가 어려워서 국어학자도 어쩔 수 없이 사용하는 경우가 많습니다. 아직은 외국어지만 언젠가는 외래어로 인정받을 것이라고 전망합니다. 넓은 의미에서 보면 텍스트는 '해석이 필요한 대상' 또는 '해석이 가능한 대상'을 말합니다. 글, 음악, 그림, 춤, 사진, 사건 등 어떤 메시지를 담은 것은 모두 텍스트가 될 수 있지요. 어떤 사람의 인생도 텍스트일 수 있습니다. 그래서 훌륭한 일을 한 사람은 평전(評傳)이 나오는 겁니다. 지금 제가 말하는 텍스트는 '여러 문장으로 이루어진 글 덩어리'입니다. 글 덩어리는 벽돌만큼 두꺼운 책일 수도 있고 한 줄짜리 시일 수도 있습니다. 길든 짧든, 텍스트를 정확하게 이해하려면 콘텍스트(context)를 파악해야 합니다.

콘텍스트는 텍스트와 직간접으로 관련된 환경, 배경, 조건, 사실, 관계, 맥락을 가리키는 말입니다. 이것도 딱 떨어지는 우리말을 찾기가 어렵습니다. 콘텍스트를 '문맥'이라 옮기는 분들도 있는데 문맥은 의미가 너무 좁습니다. 텍스트와 쌍을 이루는 편이 나을 것 같아서, 여기서는 콘텍스트라는 말을 그대로 쓰기로 하겠습니다.

글은 생각과 감정을 표현하는 문자 텍스트입니다. 그런데 독자는 나와 전혀 다른 사람입니다. 내가 쓴 텍스트를 나와 똑같이 해석한다는 보장이 전혀 없습니다. 내가 글에 담은 생각과 감정을 독자도 똑같이 읽어 가도록 하려면 그에 필요한 콘텍스트를 함께 담아야 합니다. 글쓴이가 독자에게 해석의 자유를 무제한 허용하는 문학 글쓰기라면 그렇게 할 필요가 없겠지만, 정보 교환과 소통, 공감을 목표로 하는 생활 글쓰기와 논리 글쓰기라면 그렇게 써야만 제대로 메시지를 전할 수 있기 때문입니다. 구체적인 예를 들어 볼까요? 다음은 졸저《유시민의 글쓰기 특강》에서도 소개했던 안도현 시인의 작품 〈너에게 묻는다〉의 전문(全文)입니다.

연탄재 함부로 발로 차지 마라
너는
누구에게 한 번이라도 뜨거운 사람이었느냐

누가 언제 쓴 시인지 정보를 전혀 주지 않은 채 이 시를 보여 주고 마음에 떠오르는 감정을 한 단어로 표현해 보라고 하면, 사람들은 헌신, 열정, 희생, 사랑 같은 단어를 말합니다. 이 시는 정말 훌륭한 텍스트입니다. 콘텍스트를 모르고 텍스트를 읽어도 독자의 마음에서 어떤 감정과 생각이 일어나니까요. 그야말로 빼어난 예술작품입니다.

연탄재는 아무나 발로 차도 괜찮을 정도로 가치 없고 하찮은 존재입니다. 그러나 연탄재가 되는 과정은 하찮지 않아요. 온몸으로 불타오르지 않고는 어떤 연탄도 연탄재가 되지 못합니다. 우리는 연탄이 몸을 불살라 내뿜는 열기 위에서 소중한 일을 했습니다. 노동으로 지친 몸을 뉘고 사랑을 나누었으며 밥을 지어 아이들을 먹이고 연로한 부모님을 모셨습니다. 시인은 연탄재를 함부로 차는 사람들에게 묻습니다. 너는 한 번이라도 누군가를 위해서, 그 무엇을 위해서 온몸을 불살라 보았느냐고요. 독자는 저마다 속으로 뜨끔합니다. 텍스트 그 자체가 우리 마음에 어떤 생각과 감정을 일으킨 것이죠.

그런데 안도현 시인은 정말 그런 말을 하고 싶어서 이 시를 썼을까요? 그야 모르죠. 시인 자신만 알겠지요. 예술작품은 해석의 자유를 온전하게 열어 둡니다. 시인이 하려고 한 말과 독자가 들은 말이 완전히 달라도 괜찮습니다. 그게 오히려 정상입니다. 다양한 해석의 가능성이 있는 글일수록 평론가들은 더 훌륭한 예술작품이라고 말합니다. 그럴수록 더 많은 연구논문과 비평이 나옵니다. 이 시는 그런 점에서도 더할 나위 없이 훌륭한 예술작품입니다.

그런데 이 시가 강렬한 정치적 메시지를 전한다고 볼 수도 있습니다. 1991년에 이 시를 썼을 때 안도현 시인은 전교조 해직교사였습니다. 노동조합을 만들었다는 이유로 정부가 한꺼번에 해고한 1,500여 명의 교사 가운데 한 사람이었죠. 이 정보에 비추면 이 시를 정치적인 주장을 담은 텍스트로 해석할 수 있습니다. '연탄재'는 해직교사를 가리킵니다. 해직교사는 원래 현직교사였습니다. 현직교사는 '참교육'에 대한 열정으로 자신을 불사른 끝에 해직교사가 되었습니다. 그렇다면 '함부로 발로 차는 너'는 누구일까요? 교사들을 해고한 대통령과 교육부장관, 사상이 불순하다고 칼럼과 사설로 전교조를 비난했던 신문사의 논설위원들이겠죠. 별생각 없이 그들에게 동조하면서 돌을 던졌던 평범한 시민들도 '연탄재 함부로 발로 차는 너'가 될 수 있지요. 이렇게 보면 〈너에게 묻는다〉는 전교조 해직교사들이 세상을 향해 소리치고 싶었던 말이라고 할 수 있습니다. 이것이 저의 해석입니다. 안도현 시인이 정말 그런 마음으로 썼는지 물어보지는 않았습니다.

그렇다면 의사소통의 도구로는 어떨까요? 훌륭하다고는 할 수 없습니다. 엄격하게 말해서 부적격입니다. 요즘 유행어로 '폭망'이에요. 쓴 사람이 전하려고 한 메시지가 무엇이었는지 읽는 사람마다 다르게 해석할 수 있으니까, 무전기로 치면 상대방이 하는 말을 정확하게 알아들을 수 없는 불량품입니다. 보통 사람은 이렇게 글을 쓰면 안 됩니다. 누가 골목에 쌓아 둔 연탄재를 걷어차는 것을 보면 이렇게 써야 합니다.

연탄재 함부로 발로 차지 마라
더러워진 골목길 네가 치울 거냐

어떻습니까. 깔끔하죠? 글쓴이가 표현하려고 한 생각과 감정이 무엇인지 너무나 명확해서 달리 해석할 여지가 없습니다. 강연장에서 이 글을 보여드리면 아무 설명을 하지 않아도 청중들이 와르르 웃습니다. 의사소통의 도구로는 완벽한 텍스트에요. 제가 썼지만, 참 잘 썼습니다. 여기서 제가 표현하려고 한 감정과 생각은 도덕법을 위반한 행위에 대한 공분(公憤)입니다.

우리는 합당한 이유 없이 타인과 공동체에 피해를 주는 행위를 해서는 안 된다는 도덕적 규칙을 압니다. 생물학자들의 연구에 따르면 이런 인식은 문명이 주입한 게 아니라 자연이 군집 생활을 하는 호모 사피엔스에게 심어 준 사회적 본능이라고 합니다. 골목길의 연탄재를 발로 차면 먼지가 날려 건강에 해롭고 골목이 지저분해져 동네 미관을 해쳐요. 합당한 이유나 사정이 있다면 모를까, 그렇지 않다면 이것은 도덕적 규칙을 위반한 행위로 봐야 합니다.

칸트는 "스스로 세운 준칙에 따라 행동하되 그 준칙이 보편적 법칙이 될 수 있게 하라"고 했습니다. 이것이 《순수이성비판》에 있는 정언명령 1번입니다. 어떤 사람이 "기분이 나쁠 때는 연탄재를 발로 차서 스트레스를 푼다"는 행동 준칙을 세웠다고 합시다. 이 준칙은 보편적 법칙이 될 수 없습니다. 만인이 다 그렇게 한다면 주택가 골목은 다 엉망이 될 것이니까요. 그런데 우리는 정언명

세계적인 대문호 남과른남. 책을 출간하면 최소 초판 600만 부를 찍는다.

그래서 내 별명이

600만 부의 사나이 라는 ㅋㅋ

하지만 그에겐 한가지 문제가 있었는데…

글쓰기 너무 싫어

계약금도 받았는데…

그래서 그는 글을 대신 써주는 인공지능 로봇 '알파글'을 구입하게 되었는데

구글의 인공지능이 탑재되어 있어!

얼마나 잘 쓰는지 테스트 해볼까?

기잉~

…

"출력하실 텍스트 파일을 넣어주세요."

프린터네… 1분에 6타짜리

기잉 기잉

유잉 기잉

령 1번을 몰라도 그렇게 하면 안 된다는 건 다 압니다. 그래서 칸트는 경험하지 않고 배우지 않아도 인간 이성은 저절로 도덕법을 알 수 있다고 한 겁니다. 누군가 부당하게 공동체와 타인에게 해를 끼치는 행위를 하는 걸 볼 때 사람들이 느끼는 감정이 바로 사회적 공분입니다. 제가 쓴 두 줄짜리 텍스트는 바로 이 감정을 표현했고, 그래서 강연장에서 쉽게 공감을 얻은 겁니다.

논리적으로 소통하고 싶어서 글을 쓸 때는 안도현 시인처럼 쓸 게 아니라 저처럼 써야 합니다. 내가 말하고자 하는 뜻을 독자에게 정확하게 전해서 이해와 공감을 얻고 싶다면, 누가 어떤 맥락으로 읽어도 최소한 비슷하게 해석할 수 있도록 써야 합니다. 다양하게 해석할 수 있는 텍스트에는 특정한 방향으로 해석하도록 독자를 이끄는 데 필요한 콘텍스트를 넣어야 합니다. 이렇게 쓰면 '밀리언셀러'까진 몰라도 '커리어 밀리언셀러' 작가는 될 수 있어요.

고등학교 때, 우리들의 세계에서 은밀하게
유통되던 베스트 오브 베스트셀러는

이번 자습 시간에
읽을 고객입니다~

들키면
안 된다.

〈황홀한 사춘기〉라는 도색 소설.
일명 빨간책이었다.

...

뻘따구 뻘개가꼬 참고서로
위장하고 뭐 처보는 놈.
이리 가꼬 와~

!

뭐야, 이거...
하이틴 로맨스?

네가
여고생이야?

하
하
하...

희한한 놈이네.

툭! 툭!

月

빨리
숨기자...

밑장 빼기
성공했군.

2중 안전 장치

① 가림막
(참고서)

보는 책
(황홀한 사춘기)

② 걸리면 들고 갈 책
(하이틴 로맨스)

제7장

감정이입? 어쩌란 말인가

"독자가 감정을 이입할 수 있도록 쓰려면 독자의 눈으로 자신이 쓴 글을 살펴야 한다." 앞에서 저는 그렇게 주장했습니다. 작가는 원고를 출판사에 넘겨주는 마지막 순간까지 퇴고(推敲)를 합니다. 문법에 맞지 않는 문장을 손보고, 표현을 더 정확하고 아름답고 실감나게 고칩니다. 마크 트웨인의 말로는 딱 맞는 표현과 대충 어울리는 표현은 반딧불과 번개만큼 차이가 크다니까, 퇴고는 정말 중요한 작업이에요. 그렇지만 모든 작가들이 문장을 손보는 데 초점을 맞추어 퇴고를 하는 것은 아닙니다. 저는 텍스트 독해를 어렵게 만드는 요소를 줄이고 독자의 감정 이입을 수월하게 만드는 데 집중합니다.

　　이 글이 독자의 공감을 불러일으킬 수 있을까? 어디를 어떻게 고치면 더 잘 될까? 고민하면서 문장을 살피지만 판단하기가 쉽지는 않습니다. 정해진 규칙이나 기준이 있는 게 아니어서 결국 '감(感)으로' 해야 하기 때문입니다. '감'으로 퇴고를 한다니 그게 무슨 소리냐고 하실지 모르겠지만, 저도 이렇게밖에는 설명할 수가 없네요. 그렇다면 어떻게 해야 그 '감'이란 것을 얻을 수 있을까요? 작가마다 자기만의 방법이 있을 겁니다. 어떤 것이 있는지는 저도 모릅니다. 단지 제가 아는 방법을 이야기할 수 있을 뿐이죠.

독자가 공감하는 글을 쓰고 싶으면 남이 쓴 글에 공감하는 능력을 길러야 합니다. 남의 글에 감정 이입하면서 독자의 감정 이입을 유도하는 방법을 체득해야 한다는 뜻입니다. 남이 내게 해 주기 바라는 것을 네가 먼저 남에게 해 주어라! 우리가 다 아는 '황금률'입니다. 이 법칙은 글쓰기에도 통합니다. 이것이 제가 '감'을 얻기 위해 쓰는 방법입니다. 일단 이렇게만 말씀드리고 글쓰기 고민상담소에 들어왔던 질문을 하나 소개합니다. 독서의 목적에 관한 질문입니다.

저는 독서를 좋아합니다. 글짓기대회에서 금상도 타 보았고 글쓰기에 자신감을 가지고 살았습니다. 그런데 지금은 오히려 뒤떨어지고 있다는 느낌을 받습니다. 독서가 글짓기에 도움을 주는 건 맞지만, 글짓기를 위한 수단이 된 것 같아서 아쉽습니다. 진정 즐거워서 독서를 하는 건지 억지로 하는 건지, 차라리 그 시간에 다른 경험을 해 보는 게 좋을 거라는 생각도 듭니다.

글쓰기 실력 향상을 목적으로 삼아 책을 읽는다고 해서 결과가 반드시 그렇게 되는 것은 아닙니다. 독서는 간접 경험이에요. 제대로 간접 경험을 하려면 글쓴이에게 최대한 감정을 이입한 상태로 글을 읽어야 합니다. 텍스트를 비판적으로 독해해야 한다는 말을 잘못 해석하면 안 됩니다. 일정한 심리적 거리감을 두고, 어디 뭐가 틀렸는지 한번 볼까 하는 마음으로 책을 읽으면 감정 이입이 되지 않습니다. 그러면 간접 경험을 제대로 할 수가 없죠.

독서는 타인이 하는 말을 듣는 것과 같습니다. 책을 쓴 사람에게 감정을 이입해서 그 사람이 하는 이야기, 그 사람이 펼치는 논리, 그 사람이 표현한 감정을 듣고 이해하고 공감하는 겁니다. 평가와 비판은 그 다음에 하면 됩니다. 저자에 대한 예의를 지키려고 그렇게 하는 게 아니에요. 글 속으로 들어가 더 많이 배우고 느끼고 깨닫기 위해서입니다. 그렇게 읽어야 평가와 비판을 제대로 할 수 있습니다. 감정을 이입해서 책 속으로 들어갔다 나온 다음, 자기 자신의 시선과 감정으로 그 간접 경험을 반추해 보는 작업이 비판적 독해라는 말이지요.

저는 종종 읽던 책을 가슴에 대고 꽉 누른 채 눈을 감고 마음을 진정시키려 애씁니다. 책을 엎어 두고 어떤 감정에 젖어 멍하니 창밖을 내다보기도 하고요. 흡연을 그만두기 전에는 밖으로 나가 아파트 화단 근처를 서성이면서 진하게 담배 한 대를 피우기도 했죠. 깊고 강한 감정 이입이 이루어졌을 때 하는 행동입니다. 만약 이런 경험이 전혀 없다면, 그럴 때 느끼는 감정이 어떤지 전혀 모른다면, 그렇다면 그 사람은 책을 읽는 방법에 문제가 있는 겁니다.

책을 많이 읽는 것은 좋은 일입니다. 그래서 되도록 빠른 속도로 읽으려고 애쓰는 사람도 있어요. '1년에 300권'이라는 목표를 세우고 책을 읽어 치우는 사람도 봤습니다. 그렇지만 다독과 속독이 반드시 좋은 건 아닙니다. 지식을 배우는 데 집착하지 말고 몰입의 순간을 즐기는 데 집중한다면 굳이 빠르게 많이 읽으려고 애쓸 필요가 없습니다. 몇 권을 읽든, 마음을 열고 책 속으로 들어가 글쓴이가 전해 주는 생각과 감정을 있는 그대로 느끼는 게 중요합니다. 생각과 감정이 풍성해지고 삶이 넉넉해지는 기분을 맛보게 될 겁니다. 이것이 바로 독서의 맛이에요. 이 맛을 즐겨야 감정 이입 능력을 기를 수 있습니다.

너무 추상적인가요? 구체적으로 말씀드려 보겠습니다. 얼마 전 일입니다. 딸이 대학을 졸업하고 집에 돌아와 방 책꽂이를 정리

아버지를 아버지라 부르지 못하고

형을 형이라 부르지 못하는 곳에서 살아서 무엇하겠습니까!

차라리 집을 떠나겠습니다.

안녕히 계십시오!

호부호형을 허하노라!

···

그림 하나로

이 장면···
선생님의 감정이
고스란히 전해져요

복사 붙이기

얼마나
그리기 싫으셨을까?

콘트롤 C
콘트롤 V

마감 시간은
다가오고

하고 있기에 곁에서 거들었어요. 예전에 읽었던 샬럿 브론테의 소설 《제인 에어》가 눈에 띄어 선 채로 뒤적뒤적 책장을 넘겨 보았습니다. 놀랍게도 내용이 하나도 기억이 나지 않았어요. 세월이 많이 흘렀으니 그럴 수도 있다며 스스로를 위로했습니다. 그런데 주인공이 고아원인지 학교인지 알 수 없는 시설에서 돈만 밝히는 교장에게 차별과 학대를 당하는 장면을 읽자 중학생 때 그 책을 읽으면서 느꼈던 감정이 또렷하게 살아났습니다. 분해서 씨근덕거리면서 읽었던 기억이 나는 겁니다. 제가 주인공한테 감정 이입을 한 탓이었겠지요.

소설을 읽을 때만 감정을 이입할 수 있는 게 아닙니다. 인문교양서나 과학책 저자에게도 감정을 이입할 수 있어요. 저는 글쓰기 강연을 하면서 반복해서 읽기에 좋은 책으로 칼 세이건의 《코스모스》를 추천하곤 합니다. 책 판매에 도움이 되었다고 그 출판사 관계자들이 큼직한 티본스테이크를 사 주더군요. 《코스모스》 1장에는 최초로 지구의 크기를 측정하는 데 성공한 인물이 나옵니다. 2,200년 전 알렉산드리아 도서관 관장이었던 에라토스테네스입니다. 에라토스테네스는 몇 가지 가설과 논리적 추론, 원시적인 거리 실측, 그리고 간단한 기하학 지식을 활용해서 지구 둘레가 4만 킬로미터 정도 된다는 사실을 알아냈어요. 간단하게 요약해 보겠습니다.

1. 태양은 아주 멀리 있기 때문에 태양빛은 지구 표면 전체에 평행으로 떨어진다고 볼 수 있다.

2. 하지인 6월 21일 정오 시에네라는 곳에는 수직으로 꽂은 막대기에 그림자가 없는데 알렉산드리아에는 그림자가 생기는 것으로 보아 지구는 둥글다고 보아야 한다.

3. 하인을 시켜 거리를 측정해 보았더니 시에네는 알렉산드리아에서 약 925킬로미터 떨어져 있었다.

4. 6월 21일 정오 알렉산드리아에 세운 막대기와 그림자의 길이를 근거로 추정해 보니 태양빛은 수직선에서 7.2도 기울어져 떨어졌다. 이는 시에네와 알렉산드리아에서 각각 수직선을 그을 경우 두 직선이 지구중심에서 만나 이루는 내각의 크기가 7도임을 의미한다.

5. 7.2도는 360도의 약 50분의 1이므로 시에네와 알렉산드리아의 거리 925킬로미터에 50을 곱하면 지구 둘레가 될 것이다.

에라토스테네스는 이런 방법으로 지구 둘레가 약 4만 6천250킬로미터라는 사실을 알아냈습니다. 현대과학으로 정밀하게 측정한 실제 지구 둘레는 4만 192킬로미터입니다. 놀랍지 않습니까? 칼 세이건은 그 놀라움을 이렇게 표현합니다.

그는 파피루스 책에 다음과 같은 내용이 적혀 있는 것을 보았다. 남쪽 변방인 시에네 지방…에서는 6월 21일 정오에 수직으로 꽂은 막대기가 그림자를 드리우지 않는다… 보통 사람 같으면 쉽게 지나쳐 버릴 관측 보고였다. 나무 막대기, 그림자, 우물 속에 비친 태양의 그림자, 태양의 위치처럼 단순하고 일상적인 일들이 무슨 중요한 의미를 품고 있으랴? 그러나 에라토스테네스는 과학자였다. 이렇게 평범한 사건들을 유심히 봄으로써 세상을 바꾸어 놓았다… 에라토스테네스가 사용한 도구라고 할 만한 것은 막대기, 눈, 발과 머리 그리고 실험으로 확인코자 하는 정신이 전부였다. 그 정도만 가지고 지구의 둘레를 겨우 몇 퍼센트 오차로 정확하게 추정할 수 있었던 것이다.

저는 이 대목을 읽다가 책을 엎어 두고 멍하니 창밖을 바라보았습니다. 가슴이 벅차올라서 그랬습니다. 이 문장들이 보여 주는 감정은 '탄복' 또는 '놀라움'입니다. 그런데 제가 이 대목을 읽으면서 감정을 이입한 대상은 에라토스테네스가 아니었습니다. 책을 쓴 40대 중반의 스타 과학자 칼 세이건 교수도 아니었습니다. 천재 과학자 반열에 오르내린 그가 이런 수준의 지식에 감탄했을 리가 없습니다. 이 문장들이 보여 주는 감정은 소년 칼 세이건의 것입니다. 어느 책에선가 에라토스테네스가 지구 크기를 알아낸 방법을 처음 읽었을 때 소년 칼 세이건이 느꼈던 감정입니다. 어른이 된 과학자 칼 세이건이 그 감정을 《코스모스》의 문장에 담았고, 저는 그 대목을 읽으면서 '과학소년' 칼 세이건한테 감정을 이입한 겁니다. 이런 식으로 책을 읽는 사람이 얼마나 되겠느냐고요? 글 잘 쓰는 사람은 다들 그렇게 할 거라고 생각합니다.

아래 글은 2015년 11월 5일 〈경향신문〉에 실린 영화평론가 강유정 씨의 칼럼입니다. 이 분도 나와 비슷한 방식으로 책을 읽고 감정 이입을 하는구나. 그래서 글을 이렇게 잘 쓰시나 보다. 그런 생각을 하면서 혼자 웃었던 대목입니다. 감정 이입이 무엇인지 잘 보여 주는 글이라 생각해서, 조금 길지만 몇 단락을 소개합니다.

제인 오스틴의 소설 《오만과 편견》에는 사소하지만 꽤 재미있는 장면이 하나 등장한다. 빙리의 저택을 방문했던 언니 제인이 그만 병에 걸려 며칠 더 머물게 되었다. 적극적인 동생 리지는 언니의 상태를 확인하기 위해 빙리의 저택에 가려 한다. 가난한 리지의 집에는 여분의 마차가 없다. 하지만 언니가 걱정된 리지는 걸어서라도 가기로 마음먹는다. 울타리를 뛰어넘고, 웅덩이를 건너 흙투성이 길을 5㎞나 걸어 빙리의 저택에 도착한다. 당연히 엉망이다. 양말도 더러워지고 얼굴도 붉게 달아올랐다. 그런 모습으로 조찬실에 들어가자, 빙리의 여동생들은 그녀를 '경멸하는' 눈빛으로 째려본다.

또 이런 장면도 있다. 손필드 저택에 그와의 결혼을 염두에 둔 잉그램 모녀가 찾아온다. 미혼의 제인 에어가 손필드에 머무는 것을 성가시게 여긴 두 모녀는 가정교사를 험담하기 시작한다. 모든 가정교사들은 밉상이고 주책바가지들이며 마귀처럼 음란하다고 비난한다. 제인에게 은근히 곁눈질하는 것도 잊지 않는다. 그리고 이렇게 낙인찍는다. "저 여자의 얼굴에는 그 부류의 인간의 결점이 빼놓지 않고 쓰여 있어요." 1847년 출간된 샬럿 브론테의 소설《제인 에어》의 한 구절이다.

리지의 젖은 드레스를 경멸하는 빙리 자매, 제인을 험담하는 잉그램 모녀, 그들은 말하자면 19세기의 갑이다. 그녀들은 많은 상속지분을 가진, 고귀한 신분의 여성들이었다. 부유했고, 안전했으며, 평생 일을 할 필요가 없었다. 아니 '일'이라는 것을 생각해 본 적도 없을 것이다. 예쁘게 자라나 젠트리 신분의 남성과 결혼해 상

속 지분을 평생 쓰면서 살아가는 것, 그것이 바로 그녀들의 삶이
자 미래였다. 반면, 우리의 주인공인 리지나 제인은 '을' 중에서도
을이었다. 딸 부잣집 가난뱅이거나 고아였으니 말이다.

강유정 씨는 이 소설들을 아마도 중학생이나 고등학생 때 처
음 읽었을 겁니다. 저는 이 칼럼을 읽으면서 한 번도 만난 적이 없
는 영화평론가 강유정 씨에게 감정을 이입했습니다. 《오만과 편
견》과 《제인 에어》는 모두 자전(自傳) 소설입니다. 독자는 그 소설
을 읽으면서 자기도 모르게 '공분(公憤)'을 느끼게 됩니다. 출생이라
는 제비뽑기에서 행운을 거머쥔 것 말고는 아무 일도 한 게 없는
부유층의 상속자들이, 행운의 여신이 외면해도 굴복하지 않고 자
기 힘으로 삶을 개척해 나가려 애쓰는 주인공을 단지 가난하다는
이유만으로 경멸하는 장면이 나오거든요. 이 칼럼에는 《제인 에
어》와 《오만과 편견》을 읽으면서 주인공에게 감정을 이입했던 '소
녀 강유정'의 심정이 묻어 있습니다. 저도 어린 시절 같은 감정을
느꼈기 때문에 이 칼럼에도 감정을 이입할 수 있었던 겁니다.

다시 말씀드립니다만, 책을 많이 읽는 데 집착하지 마시기 바
랍니다. 단 한 권을 읽더라도 책 속으로 젖어 들어야 합니다. 그래
야 남이 감정을 이입할 수 있는 글을 쓸 수 있습니다. 이해하지도

못할 책, 읽어도 공감이 일어나지 않는 책을 굳이 붙들고 있을 필요는 없습니다. 어떤 책이 이해하기 어렵거나 이해는 하지만 공감할 수 없다면 그럴 만한 이유가 있습니다. 글쓴이가 잘못 썼거나, 잘 쓴 글이지만 나하고는 맞지 않는 것이지요. 그런 책은 덮어 두는 게 현명합니다. 억지로 읽으려 들면 괴롭기만 할 뿐 남는 게 없을 겁니다.

독자가 이해하기 어렵고 공감할 수 없는 책은 올라갈 길이 없는 산과 같습니다. 아무리 대단하고 아름다워도 소용이 없습니다. 길이 있다고 해도 너무 크고 높은 산은 오르기 어렵습니다. 히말라야 봉우리를 아무나 오를 수는 없어요. 감정을 이입하는 독서를 하려면 그렇게 할 수 있는 책을 골라야 합니다. 저는 완전히 재미없고 난해한 책은 읽지 않습니다. 어렵지만 읽을 가치가 있다는 평을 듣는 책이라도 도저히 감정 이입을 할 수 없으면 덮어 둡니다. 제가 아직 그 산에 오를 만한 체력이 안 된다고 인정하는 것이죠. 다른 책을 읽어서 내공이 더 생기고 나면 그 책에 다시 도전해 봅니다. 그래도 안 되면 나중을 기약하면서 또 덮어 둡니다. 재미가 있고 감정 이입도 되는 책이지만 어떤 부분은 지나치게 어렵다고 느끼는 경우에는 난해한 대목을 건너뛰면서 읽습니다. 그 다음에 읽을 때는 건너뛰는 분량을 줄여 봅니다. 《코스모스》 같은 책을 저는 그런 식으로 읽었습니다.

세상의 모든 책을 다 읽을 수는 없죠. 설사 다 읽을 수 있다 해도 굳이 그럴 필요는 없습니다. 세상의 모든 책을 다 읽으려는 것은 세상의 모든 사람을 다 사귀려는 것과 마찬가지로 불가능한 일입니다. 의미도 없고요. 행복하게 살려면 나하고 잘 맞는 사람, 통하는 사람, 사랑하는 사람과 교감해야 합니다. 맞지 않는 사람과 다투면서 시간을 보내기에는 우리 인생이 너무 짧으니까요. 같은 이치로 내게 재미있는 책, 내가 이해할 수 있는 책, 내가 감동받는 책을 읽으면서 사는 게 최선입니다.

우리는 책을 읽고 생각을 하고 다양한 간접 경험을 하면서 내면의 변화를 겪습니다. 시간이 흐르면서 취향이 달라지고 시각이 바뀌기도 합니다. 그래서 지금은 재미없고 난해한 책도 나중에는 다르게 보일 수 있어요. 책은 그대로지만 내가 달라져서 그런 겁니다. 저는 샐린저의 《호밀밭의 파수꾼》, 카프카의 《성》, 공자의 《논어》 같은 책에 여러 번 도전했지만 완독하지 못했습니다. 하지만 나중에 다시 도전할 겁니다. 또 실패해도 괜찮습니다.

책을 읽다가 무릎을 탁 치는 때가 있습니다. 그래, 이거야! 이 사람, 어쩜 이렇게 나하고 꼭 같은 생각을 할 수 있었을까? 그런 느낌이 들면 감정 이입이 된 걸까요? 그렇습니다. 하지만 그게 꼭 좋은 것만은 아닙니다. 책은 독자가 들을 준비가 되어 있는 말을 들려주고 볼 준비가 된 것만을 보여 줍니다. 내가 듣고 보는 것이 그 책이 가진 전부는 아니라는 말이지요. 훌륭한 책일수록 그 불일치는 더 커질 수 있습니다. 보고 싶은 것만 보고 듣고 싶은 것만 듣는 독서보다는 기대하지 않았던 것을 만나고 평소 생각하던 것과는 다른 이야기도 듣는 독서가 낫습니다. 그렇게 되려면 눈으로 텍스트를 읽는 것을 넘어 다른 노력을 해야 합니다.

예를 들어 이런 겁니다. 책을 읽다가 영화의 한 장면이나 어떤 화가의 그림이 떠오르면 그 문장에 밑줄을 긋고 책 여백에 연필로 메모를 합니다. 빌려 온 책이라면 포스트잇을 붙이고 적어야 하겠지만요. 글쓴이의 주장에서 중대한 허점을 발견했을 때도 그렇게 합니다. 그 대목을 옮겨 적고 내 생각을 보태 컴퓨터 '내문서' 폴더에 저장해 두는 것이죠. 그런 식으로 책을 읽고, 다 읽은 다음에 표시한 부분을 훑어보면 반복 학습 효과가 생겨서 내 것으로 만들기가 더 쉬워집니다.

관련 정보를 검색하면서 책을 읽는 것도 좋은 방법입니다. 벌써 30년이 지났네요. 소련 작가 미하일 숄로호프의 《고요한 돈강》이 우리말로 번역되어 나왔습니다. 열 권짜리였던 걸로 기억합니다. 소위 '사회주의 리얼리즘'의 대표 소설이라는데, 저는 소련 공산당 권력자들이 도대체 왜 이 소설을 그런 식으로 평가했는지 모르겠어요. 볼셰비키혁명을 예찬하는 소설이 아니었거든요. 아무리 좋게 해석해도 숄로호프가 볼셰비키들한테 '그래, 니 팔뚝 굵다!' 하면서 '끓는 시늉'을 했을 뿐이라고 저는 느꼈습니다.

문예비평을 하려는 건 아닙니다. 제가 하려는 이야기는 제가 그때 소련 지도를 펴 놓고 소설 속 전선의 이동 경로를 살피면서 읽었다는 겁니다. 돈 강이 어디에서 발원해 어디로 흘러가는지도 살폈고요. 지금은 인터넷이 있어서 더 편합니다. 돈 코사크의 유래와 문화적 특성, 러시아인과의 관계, 코사크에 대한 차르 정부의 정책이 어떠했는지 자료를 수월하게 찾아볼 수 있어요. 이런 정보를 알고 읽으면 주인공이 왜 볼셰비키 군대에 맞서 싸웠는지 더 분명하게 이해할 수 있죠. 소설뿐만 아니라 교양서를 읽을 때도 이런 방식으로 콘텍스트를 파악해 가면서 읽으면 더 정확하고 깊이 있게 텍스트를 독해할 수 있습니다.

다른 예를 볼까요? 《남자들은 자꾸 나를 가르치려 든다》에서 저자 리베카 솔닛은 다른 사람이 만든 페미니즘에 대한 정의를 인용했습니다. 페미니즘은 '여자도 똑같은 사람이라는 급진 사상'이랍니다. 여자도 똑같은 사람이라는 데 동의하지 않을 사람은 별로 없을 겁니다. 그런데 이게 왜 '급진 사상'일까요? 다들 말은 남녀가 똑같이 존엄하다고 말하지만 현실은 그렇지 않기 때문입니다.

리베카 솔닛은 레이철 카슨을 예로 들었습니다. 생물학을 공부한 작가 레이철 카슨은 DDT를 비롯한 살충제와 제초제 때문에 벌레가 사라졌고, 벌레가 사라졌기 때문에 새도 사라졌다는 사실을 논증했습니다. 살충제가 '침묵의 봄'을 만들었다는 것이죠. 카슨은 살충제가 자연 생태를 파괴함으로써 결국 인간과 지구를 죽인다고 주장하면서 살충제와 제초제를 극복하는 대안으로 천적 관계를 활용한 친환경 농법을 제시했습니다.

DDT는 결국 1급 발암물질로 판명되어 생산과 유통이 금지되었지만 1960년대 당시에는 기적을 일으키는 살충제로 알려져 있었습니다. 그런데 《침묵의 봄》이 살충제의 해악을 둘러싼 논쟁을 일으키자 대부분 남자였던 주류 언론 칼럼니스트들은 레이철 카슨을 '신경증에 걸린 젊은 여류 작가'로 취급했습니다. 그가 과학자라는 사실을 완전히 무시한 것이지요. 만약 레이철 카슨이 남자였다면 언론이 그렇게 무시하지는 않았을 것이라고 리베카 솔닛은 주장합니다. 고개를 끄덕일 수밖에요.

리베카 솔닛이 레이철 카슨의 사례를 들어 말하고 싶었던 것을 정확하게 이해하려면 《침묵의 봄》을 읽어야 합니다. 하지만 그럴 시간이 없다면 인터넷에서 레이철 카슨 연보와 《침묵의 봄》에 대한 서평을 검색해 보는 것만으로도 어느 정도는 효과를 얻을 수 있습니다. 만약 적극적인 자세로 《침묵의 봄》을 완독한다면 그 다음에 읽고 싶은 책을 자연스럽게 발견하게 될 겁니다. 이렇게 관련 정보를 검색해 가면서 책을 읽으면, 그 책을 이해하는 데도 좋고 읽을 만한 다른 책을 찾는 데도 편리합니다.

독서 이야기가 나온 김에 하나만 덧붙이겠습니다. 지금까지 글쓰기에 필요한 감정 이입 능력을 기르는 데 도움이 되는 독서법을 말씀드렸습니다. 그렇지만 독서의 목적 또는 효용이 거기에만 국한되지 않는다는 것을 아실 겁니다. 책은 간접 경험을 통해 무엇인가 배우고 깨닫고 느낄 목적으로만 읽는 게 아닙니다. 저는 외롭고 힘들고 슬플 때 그런 부정적 감정의 무게를 견디려고 책을 읽기도 합니다.

벌써 7년이 되었습니다. 제가 아주 좋아하고 존경했던 분이 갑자기 세상을 떠났습니다. 슬픔을 감당하기 어려웠고, 죽이고 싶을 정도로 누군가를 미워하게 되었습니다. 그때 다가온 책이 소설가 김형경의 에세이 《좋은 이별》이었습니다. 사랑하는 사람을 잃었을 때 느끼는 슬픔을 어떻게 대면해야 하는지 저는 몰랐습니다. 그래서 내가 느끼는 슬픔과 분노의 실체가 무엇인지 몰라서 쩔쩔매고 있었습니다. 그런데 '좋은 이별'이란 제목이 눈을 찌르듯 다가왔어요. 그 책을 읽으면서 저는 그 길었던 여름을 견뎠습니다.

하늘 아래 새로운 것은 정말 없는지도 모릅니다. 우리가 사는 모습은 불과 몇 십 년 전과 비교해도 크게 달라졌습니다. 몇 백 년 전과는 견줄 수조차 없지요. 그렇지만 우리가 살면서 느끼는 감정은 몇 천 년 전이나 지금이나 별로 달라진 게 없는 듯합니다. 상실의 아픔과 슬픔도 그런 것이지요. 많은 사람들이 언제 어디서나 겪었던 감정입니다. 따라서 누군가 그 감정을 견디는 방법에 대해서 경청할 만한 이야기를 해 둔 것은 당연한 일이겠죠.

기쁜 일이 있을 때 저는 책을 읽지 않습니다. 기쁠 때는 다른 사람들과 기쁨을 나누느라 아예 책 생각을 하지 않아요. 그러나 슬플 때, 분할 때, 억울할 때, 삶이 허무하게 느껴질 때는 책을 펼칩니다. 그런 감정을 대면하는 방법, 그것과 공존하는 방법, 그 무게를 견디는 방법을 책에서 찾습니다. 지금 생각해 보면 조금 우습기도 하지만, 직업으로서의 정치를 그만두는 문제를 고민하던 시기에는 무려 2천500년 전에 살았던 중국사람 굴원(屈原)의 〈어부사〉에 나오는 문장에서 큰 위로를 받았습니다.

창랑의 물이 맑으면 갓끈을 씻고, 창랑의 물이 흐리면 발을 씻으리라.

저는 혼탁한 강물을 맑게 하고 싶어서 운동을 했고 정치도 했습니다. 그런데 힘껏 노력했지만 만족할 만한 결과를 얻지 못했습니다. 창랑의 물이 여전히 흐렸던 것이죠. 이것을 내 책임이라 생각하니 자꾸만 죄책감이 들었습니다. 그런데 굴원은 어부의 입을 빌려 다른 이야기를 했습니다. 창랑의 물이 맑거나 흐린 것을 주어진 환경으로 받아들이고 그에 맞추어 살아도 괜찮다는 겁니다. 적당한 거리를 두고 세상을 대한다고 해서 반드시 비난받을 일은 아니라고 생각하니 마음의 짐이 줄어들더군요. 비록 굴원 자신은 이 말과 달리 멱라수에 몸을 던져 생을 마감했지만 저는 위로를 받았습니다.

어린 시절에는 무엇을 배우려고 책을 읽었습니다. 그러나 날이 갈수록 귀하게 다가오는 것은 배움보다 느낌이었어요. 여러분도 '배우는 책 읽기'를 넘어 '느끼는 책 읽기'에 도전해 보시기 바랍니다. 넓고 깊고 섬세하게 느끼다 보면, 자신도 모르는 사이에 문자 텍스트로 타인과 소통하고 교감하는 능력이 생길 겁니다.

제8장

뭐가 표절이라는 거야?

앞에서 말씀드린 것처럼 '내가 누구인지' 아는 것은 쉽지 않습니다. 내 생각과 감정 중에서 어디까지가 온전히 내 것이고 어디서부터 남한테서 가져왔는지 가려내기가 어렵기 때문입니다. 생각과 감정이 그렇다면 글도 마찬가지겠죠. 글도 내 것과 남의 것이 뒤섞여 들러붙어 있어서 어떤 글도 온전히 나 혼자 썼다고 주장하기 어렵습니다.

소설가 신경숙 씨의 표절 논란으로 지식인 사회가 한동안 시끄러웠습니다. 우리가 쓰는 글에 내 것과 남의 것이 뒤섞여 있다는 것은 글 쓰는 사람 누구도 표절의 위험에서 완전히 벗어날 수 없다는 것을 의미합니다. 그렇게 본다면 표절은 사실의 문제라기보다는 의도의 문제라고 할 수 있습니다. 단순히 남의 글을 가져다 쓰는 게 아니라, 남의 것인 줄 '알면서도' 자기 것처럼 써서 독자를 속이는 게 표절이라는 것이죠. 만약 모르고 그랬다면? 몰라서 그랬다고 하면서 사실을 인정하면 됩니다. 면(面)이 좀 깎이겠지만 작가로서 치명상을 입지는 않아요.

글 쓰는 사람들은 누구 것인지 확실하게 아는 정보와 논리를 가져올 때는 출처를 밝힙니다. 본문에 쓰기도 하고 각주로 처리하기도 하죠. 출처를 확인하기 어렵거나 누구나 아는 것이라 굳이 말할 필요가 없다고 판단하면 생략합니다. 결국 인용 표시를 할지 여부는 글 쓰는 사람 스스로 판단해야 하는 겁니다. 그런데 그게 늘 쉬운 일이 아니라는 게 문제입니다. 일일이 다 표시하려면 한이 없고, 함부로 생략했다가는 표절이라는 지적을 당할 수 있습니다. 그렇지 않아도 어려운 게 글쓰기인데, 이런 걱정까지 한다면 더 어려워지겠죠?

글 쓰는 사람은 표절의 유혹 또는 표절이라는 비판을 받을 위험에 항상 노출되어 있습니다. 전업 작가는 말 그대로 '고위험군(高危險群)'에 속하고요. 표절 논란에 휩쓸리는 것만으로도 작가로서 생명이 위태로워질 수 있습니다. 신경숙 씨 사건으로 하도 시끄럽기에 제가 가진 지식과 정보 중에 스스로 만든 게 얼마나 되나 생각해 봤습니다. 솔직하게 말하면 거의 없더군요. 지식과 정보만 그런 게 아닙니다. 글 쓰는 데 동원하는 어휘도 누가 만들었는지 알

도리가 없고, 즐겨 쓰는 표현과 문장도 사실은 다 어느 책에선가 본 것이에요. 그러면서도 글을 써서 밥을 먹고 산다니, 신기하구나. 그런 생각이 들었습니다.

언어가 없어도 자신이 느끼는 감정을 인지할 수 있을까요? 아닐 것 같습니다. 생각과 감정은 정해진 형체가 없으니까 언어라는 그릇에 담아야 비로소 알아볼 수 있습니다. 슬프다, 기쁘다, 외롭다, 고맙다. 이런 말을 모른다면 슬픔, 기쁨, 외로움, 고마움과 같은 감정을 명확하게 인지하기 어려울 거라고 생각합니다. 우리가 쓰는 언어는 모두 스스로 만든 게 아니라 배운 겁니다. 말로 익힌 것도 있지만 대부분은 책에서, 남이 쓴 글에서 배웠습니다.

지식은 더합니다. 우리가 아는 지식은 거의 다 어디선가 배운 것이지요. 어떤 지식이든 처음 깨닫고 전파한 사람이 있겠지만, 그게 누구인지 아는 경우는 많지 않습니다. 책을 비롯한 여러 미디어에서 얻은 지식 가운데 중요하고 의미 있다고 여기는 것을 추려서 기억하고 있을 뿐이죠. 그런데 책에서 무언가를 배운다는 것은 다른 사람의 글을 독해해서 핵심을 발췌 요약하는 작업입니다. 시간이 흐르면 어디서 또는 누구한테 배웠는지는 잊어버리게 돼요. 이것을 다 확인해서 일일이 출처를 적으려면 글을 쓸 수가 없겠죠. 지구가 태양 주변을 돈다고 쓸 때마다 코페르니쿠스나 갈릴레이를 인용해야 한다고 주장하면 어떨까요? 미친 거 아냐! 그런 말을 듣겠죠. 내가 만들어 내지 않은 모든 지식과 정보에 출처를 표시하는 것은 불가능합니다.

그러면 어떤 경우에 정보의 출처를 표시해야 할까요? 이 질문에 대답하려면 먼저 텍스트 발췌 요약의 기본적 성격을 짚어 보아야 합니다. 공부와 글쓰기 훈련의 기본이 텍스트 발췌 요약인데, 표절의 위험은 여기서부터 시작되지요. 아래와 같은 의문을 가져본 분이 많을 겁니다.

발췌 요약과 짜깁기는 어떻게 다르죠? 아이 학교 숙제로 유전자 조작 농산물 관련 찬반 글쓰기를 하는데, 인터넷 신문기사를 그대로 인용하다 보니 이게 맞나 의심이 듭니다. 글을 쓸 때 자료 인용을 어떻게 하면 되나요?

글쓰기 체력을 기르기 위해 발췌 요약부터 시작하려고 합니다. 그런데 구체적으로 어떻게 해야 할지 모르겠어요. 발췌 요약을 할 때 주의할 사항이나 특별한 방법이 있나요?

텍스트 발췌 요약은 글쓰기의 첫걸음입니다. 첫걸음을 제대로 떼야 뗄 수도 있습니다. 알렉산드르 솔제니친의 소설 《이반 데니소비치의 하루》를 읽고 있는데 친구가 이렇게 물었다고 합시다. "그거 무슨 책이야?" 이 질문에 대답하려면 소설 전체를 아주 짧게 요약해야 합니다. 재미있냐고 물은 게 아니라 어떤 책이냐고 물었으니까요. "당신은 어떤 사람인가요?" 이런 질문에 대답하려면 자신의 인간적 특성과 이력을 요약해야 하는 것과 같은 이치입니다.

요약을 하려면 먼저 발췌를 해야 합니다. 발췌는 텍스트에서 중요한 부분을 골라내는 것입니다. 요약은 그것을 원래 텍스트와는 다른 언어로 압축하는 작업이고요. 발췌가 물리적 처리법이라면 요약은 화학적 처리법이에요. 《이반 데니소비치의 하루》가 어떤 책인지 간단하게 말하려면 그 소설의 핵심 내용을 발췌해서 최대한 짧게 요약해야 합니다. 예컨대 이렇게 말이죠.

옛날 소련의 정치범 수용소 이야긴데, 스탈린 시대 사회주의가 얼마나 끔찍한 체제였는지 잘 보여 주는 소설이지. 그런데 재미도 있고 느낌이 진해. 문장도 훌륭하고. 한마디로 말하면 러시아 문학의 전통을 멋지게 체현한 휴머니즘 소설이지!

30초 안에 책 소개를 마치려면 이처럼 무지막지하게 내용을 압축해야 합니다. 원고지 10매 분량으로 서평을 쓴다면 더 자세하게 내용을 소개하고 발췌한 원문도 조금은 보여 줄 겁니다. 분량에 구애받지 않고 논문이나 비평을 쓴다면 소설 본문을 넉넉하게 발췌해 넣을 수 있겠죠. 이런 비평을 보고 싶다면 졸저《청춘의 독서》를 참고하시기 바랍니다. 책 열네 권을 각각 원고지 100매 분량으로 소개하고 비평한 책입니다.

'슬픔도 힘이 될까'라는 제목으로《이반 데니소비치의 하루》서평을 쓰면서 솔제니친이 쓴 문장을 여러 곳 그대로 보여 주었습니다. 주인공 슈호프가 자기 저녁밥에다 심부름을 해 주고 얻은 남의 밥까지 2인분을 먹는 장면, 작업 마감 시간에 쫓기면서도 벽돌을 쌓는 데 집중하는 장면을 길게 소개했죠. 하필이면 왜 그 대목들을 선택했을까요? 제가 의미 있고 중요한 장면이라고 판단했기 때문입니다. 다른 사람이라면 다른 장면을 뽑았겠죠.

발췌 요약을 멋지게 하려면 텍스트만 볼 게 아니라 콘텍스트도 함께 살펴야 합니다. 어떤 대목이 중요하고 의미가 있는지에 대한 판단은 텍스트 해석에 달려 있고, 텍스트 해석은 어떤 콘텍스트에 비추어 보느냐에 따라 결정되니까요.《이반 데니소비치의 하루》를 요약하면서 제가 중요하게 여긴 콘텍스트는 이런 것이었습니다.

① 솔제니친은 실제로 겪은 일을 소설로 썼다. 그는 2차 세계대전 시기에 군복무를 하던 중 친구한테 쓴 편지에서 정부를 비판했다는 이유로 체포되어 여러 해 동안 정치범 수용소에 구금되었다.

② 스탈린이 사망한 후 소련공산당 중앙위원회는 불합리한 개인숭배와 가혹한 철권통치를 바로잡으려는 목적으로 이 소설 출판을 허용했다.

③ 소련작가동맹 기관지 《노비 미르(신세계)》 편집장이었던 작가 트바르도프스키는 위대한 작가의 탄생을 확신하고 소련공산당 지도부를 설득해 이 소설을 잡지에 실었다.

이런 정보는 소설 안에 없습니다. 그렇지만 이런 사실을 알아야 솔제니친이 말하려고 했던 게 무엇인지 정확하게 파악해서 제대로 발췌 요약을 할 수 있어요. 여기에다 솔제니친의 문학에 영향을 준 다른 러시아 작가들의 소설까지 알면 더 입체적으로 즐길 수 있죠. 저는 소설 주인공 이반 데니소비치 슈호프가 푸시킨과 톨스토이, 도스토예프스키의 소설에 등장하는 건강하고 품격 있는 러시아인의 계보를 잇는 인물이라고 보았습니다. 극도로 정밀하게 묘사한 슈호프의 하루는 소련 인민의 고통스러운 삶을 대표한다고 해석했고요.

《이반 데니소비치의 하루》는 작가의 생애, 당시 소련의 정치 상황, 러시아문학의 전통, 《암병동》이나 《수용소군도》 같은 후속 작품에서 솔제니친이 보여 준 철학적 문학적 성향까지 소설의 콘텍스트를 종합적으로 살펴서 해석해야 합니다. 다시 말하지만 해석이 달라지면 발췌 요약도 달라지기 때문에, 텍스트 발췌 요약은 콘텍스트를 얼마나 깊고 정확하고 풍부하게 파악하느냐에 달려 있습니다. 해석에는 정답이 없으며, 발췌 요약 역시 모범 답안은 없다는 것은 굳이 강조하지 않아도 되겠죠?

텍스트를 발췌 요약할 때는 누군가 이렇게 묻는다고 상상하면서 작업하면 좋습니다. 그거 어떤 책이야? 무슨 글이야? 주장하는 바가 뭔데? 그런 질문을 한 사람한테 자신이 읽은 텍스트를 쉽고 간단하고 명확하게 이야기해 준다고 생각하면서 쓰는 겁니다. 발췌 요약 훈련은 혼자보다 여럿이 함께 하는 게 좋습니다. 텍스트를 해석하는 다양한 시각을 만날 수 있고 남들이 내가 쓴 요약을 쉽고 분명하게 이해하는지 점검하기에도 편리하거든요.

발췌 요약 이야기는 이 정도로 하고, 표절이라는 원래 주제로 진도를 나가겠습니다. 표절을 도둑질이라고 하는 분들도 있지만, 엄정하게 말하면 도둑질은 아니에요. 도둑맞은 사람은 없습니다. 글을 어떻게 훔칩니까. 글은 원래 있던 책에 그대로 있어요. 표절은 독자의 믿음을 배반하고 작가의 평판을 해치는 속임수일 뿐입니다. 그래서 표절하는 사람한테는 달리 해 줄 말이 없습니다. 한마디면 충분해요. "글 쓸 때 속이면 안 됩니다!"

　그런데 현실은 그리 간단하지가 않습니다. 인용 표시 없이 남의 글을 가져다 썼다고 해서 다 표절이라고 할 수는 없어요. 남의 문장을 자기 것으로 착각할 수도 있습니다. 남의 글을 가져오긴 했지만 내용을 압축하고 표현을 바꾸었기 때문에 굳이 인용 표시를 하지 않아도 된다고 판단한 경우도 있겠고요. 물론 이런 경우도 표절이라는 지적을 받을 수 있습니다. 그런 위험까지 다 피해야 한다고 생각하면 글쓰기가 부담스러워지겠죠. 저는 잘 몰랐는데, 표절이라는 비판을 받을까 겁을 내는 사람이 의외로 많은가 봅니다. 아래와 같이 하소연하는 분이 드물지 않더군요.

　'저게 바로 내가 쓰려던 글이고, 내가 하려던 말이고, 내가 하려던 표현방법이다.' 이런 생각이 들어서 인용하는 문장마다 논문을 쓰듯이 다 각주를 달아야 합니까? 어디까지가 창작이고 어디부터가 표절인지 분간이 가지 않을 때도 있습니다. 작가들도 이런 고민을 하나요?

전공 관련 책을 출간하려는데 어디까지가 표절이고 창작인지 그 경계를 알 수가 없어요. 직장 후배들에게 경험과 전문 지식을 알려 주는 프로젝트 관리 관련 책을 내려고 하는데 표절과 창작의 경계가 모호해서 고민입니다.

소설가 신경숙 씨의 표절 논란이 터진 후 자신도 표절을 했노라고 공개적으로 고백한 작가가 여럿 있었습니다. "내 책에 쓴 이 문장은 사실 누구의 어느 글에서 가져온 건데 살짝 바꾸어 쓰면서 인용 표시를 하지 않았습니다." 뭐, 그런 이야기였죠. 그런 말을 하는 취지는 알지만, 조금 지나치다는 느낌이 들기도 했습니다.

학술논문이나 문학작품, 신문 잡지에 기고하는 비평처럼 전문가와 대중의 평가를 받는 글이 아니라면 표절 여부를 심각하게 따질 필요가 없습니다. 트위터, 블로그, 페이스북, 커뮤니티 게시판에 글을 쓰면서 표절 문제를 고민할 건 없다는 것이죠. 어떤 메시지를 전하려고 남의 글이나 말을 그대로 가져와서 쓸 때 그게 누구 말인지 밝히는 정도만 해도 충분합니다. 단지 표절 시비를 피하려고 그러는 게 아닙니다. 저명한 작가나 학자를 인용하면 사람들이 더 좋게 평가하고 신뢰한다는 장점이 있어요.

표절과 창작 사이에 경계선이 있긴 합니다. 그런데 그게 그렇

게 확실하지가 않아요. 경계선이 분명하게 그어져 있지 않은 곳은 좀 넘나들어도 괜찮습니다. 직장 후배들을 위해 프로젝트 관리를 주제로 한 책을 쓰는 경우 이미 널리 알려져 있는 업무 관련 지식을 자신의 언어로 풀어낸다면 다른 책에 나온 내용이라 해도 일일이 인용 표시를 할 필요는 없습니다. 그렇게 하면 표절은 아닐지 몰라도 모방에 그치지 않겠냐고 할 수는 있겠죠. 그렇게 걱정하는 분에게는 이렇게 말하고 싶어요. 모방이면 어때서요? 창작과 모방 사이에 건너지 못할 강이 있는 게 아닙니다. 창작은 모방에서 출발합니다. 창작은 창조적 모방에 지나지 않을지도 모릅니다. 남한테 배운 것 아흔아홉에 단 하나라도 스스로 생각한 것을 덧붙일 수 있다면 이미 창작의 영역에 한 걸음 발을 들여놓은 겁니다.

남에게 배운 아흔아홉 모두에 인용 표시를 할 필요는 없습니다. 중요한 문장을 남의 글에서 통째로 가져온 경우에 인용 표시를 하는 정도면 충분해요. 각주나 후주로 출처를 밝히는 것이죠. 원문 그대로 인용하지는 않았지만 어떤 자료를 요약해서 한 문장이나 한 단락을 썼을 때는 참고한 자료가 무엇인지 밝혀 두는 게 좋습니다. 두 가지 이유 때문입니다. 첫째는 감사 인사를 하기 위해서입니다. 이런 좋은 지식과 정보를 알려 주시고 활용하게 해 주셔서 고맙습니다. 원저자에게 그렇게 말하는 것이죠. 둘째는 독자에 대한 배려입니다. 더 깊이 알고 싶다면 이 자료를 살펴보시기 바랍니다. 그렇게 독자를 안내하는 것이죠. 일부러 독자를 속이려는 의도가 없다면 표절 시비에 대한 걱정은 접어 두셔도 괜찮습니다.

발췌 요약을 만만하게 보지 마십시오. 글 내용이 99.9퍼센트 발췌 요약과 인용이라고 해서 가치가 없는 게 아닙니다. 많은 독자들이 반겼던 책《지적 대화를 위한 넓고 얕은 지식》에는 새로운 지식은 거의 없습니다. 그러나 기존의 지식과 정보를 잘 모으고 해석해서 사람들에게 나누어 주는 책도 위대한 고전만큼이나 가치가 있다고 저는 믿습니다. 인용 표시는 일부러 많이 할 필요도 없고 구태여 피할 이유도 없습니다. 그게 많다고 해서 창의성 없는 것도 아니요, 적다고 해서 꼭 창의적인 것도 아닙니다.

'신경숙 사건'에 대해서 몇 말씀 드리겠습니다. 생각할 게 많은 사건이었거든요. 신경숙 씨는 미시마 유키오의 소설 〈우국〉의 일부를 베꼈습니다. 경위야 어찌되었든 결과적으로는 그렇다는 말이죠. 이것은 해석이 아니라 사실의 문제입니다. 문학평론가 이응준 씨가 신경숙의 소설 〈전설〉과 미시마의 〈우국〉에서 겹치는 문장을 뽑아서 나란히 세워 놓은 것을 보면 달리 판단할 여지가 없어요. 그런데 15년 전 〈전설〉을 쓰면서 신경숙 씨가 '기쁨을 아는 몸'이라는 독특한 표현을 포함한 미시마 유키오의 소설 한국어판 한 단락을 의도적으로 베껴 썼을까요? 그렇게 단정할 일은 아니라고 봅니다. 누구도 그때 신경숙 씨의 마음을 들여다볼 수는 없는 만큼, 이 판단은 사실이 아니라 해석에 근거를 둔 것입니다. 소설가 신경숙 씨가 굳이 남의 글을 베껴 원고지를 채워야 할 만큼 문장력이 부족한 사람은 아닙니다. 그가 탁월한 문장력을 가진 작가라는 것은 표절을 했다고 비판하는 평론가와 독자들도 다 인정합니다.

내 것이라고 생각하며 썼지만 알고 보면 아닌 경우가 있습니다. 소설가라고 해서 그런 일이 없다고 할 수는 없어요. 미시마 유키오의 소설을 읽다가 문장이 좋아서 마음에 넣어 두었다가 자신도 의식하지 못한 채 그대로 썼을지도 모른다는 말입니다. 알면서도 크게 경각심을 느끼지 않고 썼을 가능성도 배제할 순 없지만요. 물론 어느 경우든 잘한 일은 아니지요. 하지만 뭐 그럴 수도 있는 일이라 생각합니다. 정말 설명하기 어려운 것은 〈전설〉에 대해 문학평론가 정문순 씨가 표절 의혹을 제기한 이후 신경숙 씨가 한 행동입니다.

다른 작가의 소설을, 그것도 하필이면 군국주의와 천황제 국가 회복을 주장하면서 할복자살한 일본 극우 지식인의 문장을 표절했다는 지적은 보통 심각한 문제가 아닙니다. 그런데도 어쩐 일인지 신경숙 씨는 반박도 해명도 하지 않고 지나쳤습니다. 남편이 다른 작가의 표절 의혹을 집요하게 파헤쳤던 문학평론가였는데도 말입니다. 신경숙 씨의 소설을 낸 출판사도, 신경숙 문학을 격찬했던 평론가들도 다들 모른 척 넘어갔습니다. 게다가 15년이 지난 시점에서 출판사는 그 소설 제목을 《감자 먹는 사람들》로 바꾸어 재출간했습니다. 신경숙 씨가 동의하지 않았다면 할 수 없는 일이었죠. 이 모두가 상식으로는 이해하기 어렵습니다.

하지만 이런 것을 형법으로 다룰 수는 없습니다. 신경숙 씨를 검찰에 고발한 사람이 있었는데, 한마디로 어처구니없는 일이지요. 표절은 법률이 아니라 글 쓰는 사람의 양식과 평판에 관한 문제입니다. 소위 문단권력 또는 출판권력과 연관 지어 이 사건을 평가하는 데도 동의하기 어렵습니다. 저는 문학평론가가 아니어서 15년 전에 이미 누군가 명확한 근거를 가지고 표절의혹을 제기했다는 사실을 몰랐습니다. 그러나 만약 이런 사실을 알았고 또 이슈로 만들기로 마음먹었다면 그리 어려운 일은 아니었을 것이라 생각합니다. 실제로 문학평론가 이응준 씨는 〈허핑턴포스트 코리아〉에 글 한 편을 올림으로써 이 문제를 단박에 수면 위로 띄웠지 않습니까? 그런데도 무려 15년 동안 여러 작가와 평론가와 출판 관계자들이 사실을 알면서도 침묵을 지켰다고 합니다.

이것이 신경숙의 소설을 돌아가며 펴낸 몇몇 '힘 있는 출판사'

와 입김 센 문학평론가들의 권력 때문일까요? 그런 것만은 아니라고 봅니다. 그들이 무슨 옛날 중앙정보부라도 되나요? 베스트셀러 작가의 표절행위를 지적하고 비판한다고 해서 쥐도 새도 모르게 지하실에 끌어다 거꾸로 매달기라도 하나요? 무엇이 그리 두려워서 15년 동안이나 알면서도 입을 다물었다는 말입니까? 이른바 문단권력과 출판권력 비판은 필요하지만, 모든 책임을 그쪽으로 떠넘기고 끝낼 일은 아닐 것입니다.

신경숙 씨 사건에 대해서는 여기까지만 말씀드리고 본론으로 돌아가겠습니다. 표절 위험을 피하는 가장 확실한 방법은 인용 표시를 철저하게 하는 겁니다. 그런데 그렇게 하면 주석과 참고문헌 목록이 길어져요. 서점에 나와 있는 교양서 가운데 주석과 문헌목록이 수십 쪽이나 되는 경우가 드물지 않습니다. 학술서적이나 학위논문이라면 자연스러운 일이겠죠. 높은 수준의 독창성과 정확성을 요구하기 때문에 남의 것을 쓸 때는 철저하게 표시를 해야 합니다. 그렇지만 일반 독자를 위한 교양서에 엄청난 분량의 주석과 참고문헌 목록이 붙은 건 그리 좋아 보이지 않습니다. 교양서에 주석과 참고문헌을 붙이는 목적은 표절 시비를 피하기 위한 것이라기보다는 독자가 호기심을 느낄 때 더 상세한 자료를 찾아보게 하고 더 수준 높은 독서로 권유하는 데 있다고 봅니다. 주석과 참

만화를 배울 때 초절정 고수들이 하는 특별한
수련법이 있다.

자신이 닮고 싶은 작가의 만화책을 통째로
반복해서 베껴 그리는 거다.

머리가 아닌
손은 기억
할 것이다!

백지 앞의 공포를
극복할 수 있다!

어떤 작가는 소싯적 오토모 가츠히로의 〈아키라〉
전집을 몇 번 베껴 봤다더라 하는 얘기가
전설처럼 내려오기도 한다.

미치지
않고서는
~ 그짓 못해...

내가 한 페이지
베끼는 데
3일 걸렸다니까...

그림 수련은 물론 작가의 연출기법까지
오롯이 습득할 수 있다.

복사기 있는데
이걸 왜
베껴요?

소설가 지망생들도 비슷한 수련을 한다.
닮고 싶은 작가의 소설을 통째로 필사를 한다.

선생님
문제를 닮고 싶어...

이러한 수련법 때문에 소설가가 자신도 모르게
거장의 문장을 통째로 표절해버린
황당한 경우도 있었다.

필사하다가
← 기억해버림.

어떻게
그 작품을
표절할 수
~ 있지?

고문헌 목록이 너무 많으면 독자들이 질리지 않을까요?

기나긴 주석과 참고문헌 목록은 여러 '합리적 의문'을 부릅니다. 글쓴이는 이렇게 많은 자료의 존재를 어떻게 알았을까? 참고문헌에서 얻은 정보를 어떤 식으로 추출하고 관리하고 활용할까? 어떤 기준에 따라 주석을 붙일지 말지 판단할까? 그런 의문입니다. 실제로 많은 분들이 저한테 묻더군요.

작가들은 책을 어떻게 쓰는지 궁금합니다. 우선 주제를 정하고 그 주제에 대한 생각을 적은 다음에 관련된 정보를 찾나요? 아니면 먼저 자료부터 찾고 자료에서 발췌한 내용을 간추려 글을 만드나요?

여러 논문과 자료를 읽으며 작업하다 보면 제 논문에 제가 쓴 글은 하나도 없고 온통 발췌와 인용뿐입니다. 사람들은 이렇게 말하더군요. "네 학위논문은 너하고 지도교수밖에 안 읽는다. 대충 베껴 써라." 훌륭한 지식인들의 책을 보면 자신감이 떨어지고, 남의 이야기만 늘어놓는 저를 발견하면 자괴감이 듭니다. "대가들이 이미 다 썼는데 굳이 내가 무슨 말도 안 되는 연구를…" 이런 생각까지 하게 됩니다. 노력이 부족해서 자신감이 없는 것일까요?

제 책을 사례로 삼아 대답하는 게 좋겠습니다. 《거꾸로 읽는 세계사》에는 각주가 전혀 없습니다. 99퍼센트 이상 발췌 요약이어서 출처를 일일이 표시하는 게 너무나 번거롭고 의미도 없는 것 같아 생략한다고 서문에 밝혀 두었습니다. 본문에 일부 인용 표시를 했고 사건마다 한 권씩만 참고도서 목록을 적어 둔 게 고작이었죠. 이 책은 제가 대학에 들어간 후 10여 년 동안 읽었던 역사책 가운데 재미있고 유익하다고 생각한 것을 발췌 요약한 책입니다. 텍스트 발췌 요약만 잘해도 책을 낼 수 있어요.

그런데 어떤 눈 밝고 부지런한 분들이 《거꾸로 읽는 세계사》의 참고도서와 본문을 일일이 비교해 가면서 "이 책은 인용 표시를 하지 않고 다른 책을 표절했다"고 주장했더군요. 굳이 그런 수고를 하지 않았어도 될 일이었습니다. 맞아요. 그 책은 99퍼센트 이상 발췌 요약이고 인용 표시를 제대로 하지 않았습니다. 사건마다 중요한 참고문헌을 밝히고 그것을 발췌 요약한 책이라 말하는 것으로 충분하리라고 저는 믿었는데, 저와는 생각이 다른 사람이 많이 있는 겁니다. 이런 비난을 받을 소지를 아예 없애려면 최대한 꼼꼼하게 인용 표시를 하는 게 현명합니다.

《거꾸로 읽는 세계사》는 그야말로 우연히 나온 책입니다. 1986년의 일인데, EBS 국어강의에서 '밑줄 쫙 돼지꼬리 땡'으로 대박을

쳤던 서한샘 씨가 교과서와 입시참고서를 내는 출판사를 경영하고 있었어요. 그분이 사회공헌을 목적으로 〈우리시대〉라는 청소년용 월간지를 창간했습니다. 아는 사람이 그 잡지 편집자였는데, 저더러 드레퓌스 사건을 원고지 40장 분량으로 써 줄 수 있느냐고 물었습니다. 원고료를 두둑이 준다기에 제 이름이 아니라 지금은 기억하지도 못하는 필명으로 써 주었습니다. 반정부 유인물 제작 자금이 달리던 상황이었거든요. 저는 《드레퓌스사건과 지식인》(N.할라즈 지음, 황의방 옮김, 한길사)이라는 책을 원고지 40장 분량으로 발췌 요약했습니다. 국가안전기획부가 신문 잡지를 다 검열하던 때라서 불온해 보이지 않도록 말랑말랑한 청소년 버전으로 요약했죠.

그런데 출판사에서 독자 반응이 폭발적이라면서 연재를 하자는 겁니다. 그래서 사라예보사건과 제1차세계대전, 세계대공황과 제2차세계대전, 중동전쟁 순으로 일곱 번을 '편집부' 이름으로 내보냈어요. 저는 그 잡지 객원기자 신분증을 만들어 가지고 다녔는데, 그 덕분에 1987년 6월 10일 밤 명동성당 근처에서 체포되었다가 다음 날 새벽 훈방되기도 했죠. 취재활동 중이었다고 우겼거든요. 그런데 안기부에서 자꾸 뭐라고 했는지 사장님이 잡지를 폐간해 버렸습니다.

도서출판 푸른나무라고, 교육민주화운동을 하다가 구속당하고 해고당한 교사들이 운영하던 출판사가 있었습니다. 편집장이었던 김진경 시인이 〈우리시대〉 연재글이 아깝다면서 책을 내자고 했습니다. 원래 기획했던 다른 꼭지를 마저 쓰고, 분량도 늘리고, 이젠 사전검열을 받지 않아도 되니까 내용도 더 화끈하게 만들자고 하면서요. 1987년 여름에 저는 '6·29선언은 사기'라고 정부를 욕하는 유인물을 만들다 들켜서 경찰 수배를 받게 되었습니다. 그해 겨울 동안 서울 은평구 신사동에 있던 연립주택 반지하방에 숨어 지냈는데, 달리 할 일도 없고 해서 열심히 원고를 썼죠. 단편소설도 한 편 썼고요. 그게 《거꾸로 읽는 세계사》와 《창작과비평》 1988년 여름 호에 신인추천작품으로 실린 소설 〈달〉이었습니다. 《거꾸로 읽는 세계사》는 국정교과서로 역사를 배운 시민들이 20세기 세계사를 제대로 보면서 대한민국 상황을 이해하도록 도우려고 쓴 책입니다. 표절이니 뭐니 그런 것은 아예 의식도 못했어요. 말 그대로 99퍼센트 발췌 요약 인용이었습니다. 베스트셀러가 되리라고는 상상도 못했죠.

예를 들어 베트남전쟁을 다룬 꼭지는 발췌 요약 텍스트가 《전환시대의 논리》(리영희, 창비), 《베트남 공산주의운동사 연구》(더글라스 파이크, 녹두), 저자와 출판사는 모르겠고 제목만 기억나는 《베트남민족해방혁명사》 비슷한 제목이 달린 해적판 책이었어요. 이런 책들은 대부분 자취방이 경찰에 털릴 경우 국가보안법 위반 증거로 사용되던 '불온서적'이라서 참고문헌 목록에 넣을 수도 없었죠. 여하튼 그런 식으로 주제마다 기껏해야 서너 가지 자료를 읽고 요약했습니다. 세월이 많이 흐르기도 했고, 원래부터 깊이가 있거나 독창적인 책도 아니었고, 이미 팔릴 만큼 팔렸고, 좋은 세계사 책이 많이 나와 있고, 문장도 좋지 않고, 또 자꾸 표절을 했다느니 어쩌니 하는 소리도 듣기 싫고, 그래서 출판사와 합의를 해서 절판했습니다.

그렇지만 제 책이 다 그럴 것이라고 생각하진 말아 주십시오. 각주가 제법 많은 책도 있답니다. 《국가란 무엇인가》와 《나의 한국현대사》가 그렇습니다. 인용문 출처 표시와 참고자료 목록을 보면서 이런 것을 어떻게 다 찾았을까 궁금해 하는 분들도 있더군요. 이 두 권은 《거꾸로 읽는 세계사》와는 전혀 다른 방식으로 쓴 책입니다.

《국가란 무엇인가》는 제 자신이 국가의 본질과 진화 과정을 알고 싶어서 공부하면서 썼죠. 국회도서관에서 국가론 관련 책을 검색해서 100권 넘게 빌렸습니다. 하나씩 읽으면서 흥미로운 대목마다 색종이를 붙여 표시했어요. 하나라도 색종이가 붙은 책은 따로 추려서 표시한 대목들을 발췌했습니다. 발췌한 인용문을 큰 주제로 나누어 관련성이 있는 것끼리 묶은 다음 작은 주제로 또 나누었습니다. 그렇게 해서 책의 목차를 만들었고, 엮어 놓은 인용문 사이를 헤집고 다니면서 제 생각을 보태 본문을 썼지요. 이런 식으로 썼기 때문에 인용 표시가 촘촘하고 각주에 같은 자료 제목이 여러 번 나옵니다. '같은 책 ○쪽', '앞의 책 ○쪽', 뭐 그런 것 말입니다. 아무도 눈여겨보지 않는, 순전히 표절 논란을 피하기 위한 인용 표시입니다.

《나의 한국현대사》는 정반대였습니다. 먼저 아무 참고자료 없이 생각나는 대로 제가 겪은 현대사 55년을 정리했습니다. 그렇게 초고를 쓴 다음, 내용이 사실과 맞는지 자료를 찾아 가며 한 단락씩 확인했어요. 국회도서관 자료를 키워드로 검색해 연표, 백서, 연구서, 보고서, 단행본 책을 찾고 통계청 홈페이지에서 인구통계와 경제사회통계 데이터를 가져왔습니다. 제 생각이 틀렸다는 것을 깨닫기도 했고, 옳다는 것을 분명하게 확인하기도 했습니다. 하나의 사실에 대해 여러 해석이 있다는 것을 알게 되었고 전혀 몰랐던 사실을 발견하기도 했죠. 뉴라이트 역사학자들이 왜 그렇게 생각하는지 예전보다 잘 이해하게 되었고요. 그런 식으로 원고를 보충하고 수정하고 다듬었기 때문에 《나의 한국현대사》에는 단순한 출처 표시가 아니라 참고자료를 소개하고 해석하는 각주가 많습니다.

　사람 따라 책 따라 자료를 찾고 활용하는 방식은 다를 수 있습니다. 그러나 처음부터 뚜렷한 목표와 방향을 정하고 써야 한다는 점은 같습니다. 어떤 글을 쓰든, 자료를 찾기 전에 먼저 질문을 만들어야 합니다. 질문을 잘 만들면 글은 이미 절반은 완성한 거나 다름없어요. 논문은 그보다 더합니다. 문장 기술보다 주제 설정과 자료 해석이 중요해요. 대학생들이 시험 대신 제출하는 리포트는 논문보다 수월합니다. 논문은 조금이라도 새로운 것이 있어야 하지만 리포트는 관련 정보를 찾아서 잘 요약하고 주관적 견해를 살짝 덧붙이는 정도로 충분하거든요. 논문 쓰기에 관해서 받은 질문 중에 이런 것이 있었습니다.

　논문 쓸 때 주제 잡는 것도 어렵지만 목차를 짜고 순서를 정하는 게 가장 어렵습니다. 먼저 차례를 정하고 글을 써야 하는지 아니면 글을 먼저 쓰고 목차를 짜야 하는지요?

　석사 논문을 쓰고 있습니다. 논문은 주장이 뚜렷해야 한다고 믿지만 자꾸 관점이 흔들려 사실 관계만 나열하거나 양비론으로 마무리해 버릴까 고민입니다. 중국 시진핑 정부가 벌이는 '사회주의 핵심 가치관 실천 운동'이라는 게 우리 70년대 국민교육헌장 보급 운동과 비슷하게 전개되고 있어요. 학교에서 암송하고, 웅변 대회를 열고, 대입 논술을 출제하는 식입니다. 이 캠페인을 중국 특유의 시민 의식 회복 운동으로 평가해야 할까요, 아니면 전체 주의적 지배 이데올로기 주입 기도로 보아야 할까요?

논문은 구조가 다 비슷합니다. 제목을 쓰고 차례를 적죠. 서 론에 연구주제와 연구방법을 선보이고 본문을 쓴 다음 결론과 요 약을 붙입니다. 마지막은 참고문헌 목록이죠. 차례와 본문 중에는 차례부터 쓰는 게 맞습니다. 논문 주제를 정했으면 관련 자료를 찾아 읽고 필요한 정보를 대강 정리해서 본문의 내용과 흐름을 구 상합니다. 그렇게 구상한 것을 소주제로 나누고, 핵심 단어를 중심 으로 소제목을 적으면 그게 바로 차례입니다. 차례를 만들려면 본 문에 대한 구상을 먼저 세워야 한다는 것이지요.

차례를 한번 정했다고 해서 끝까지 그대로 가는 것은 아닙니 다. 차례에 맞추어 본문을 쓰다 보면 글이 처음 구상했던 것과 다 르게 갈 수 있거든요. 그저 다르게 갈 수 있는 정도가 아니라 십중 팔구 다르게 간다고 보면 맞을 겁니다. 처음에는 생각하지 못했던 쟁점이 생기기도 하고, 기존 연구서와 데이터를 보면서 판단을 바꾸기도 합니다. 그러면 당연히 차례를 수정해야 합니다. 이런 수정 작업은 한 번으로 끝나지 않아요. 결국 무엇부터 시작했든, 실제로는 본문과 차례를 나란히 번갈아 손보면서 쓰게 됩니다. 처음에 했던 구상과 그 구상에 따라 만든 차례, 둘 모두 임시적이라는 것이죠.

자료를 찾을 때는 지도교수에게 도움을 청하는 게 우선입니다. 중요한 문헌 몇 가지라도 추천해 줄 겁니다. 그 문헌의 각주와 참고문헌 목록에서 관련 자료를 더 찾을 수 있습니다. 그런 것 없이 그냥 찾으려면 국립중앙도서관이나 대학교 도서관, 국회도서관 홈페이지에 접속해서 키워드로 검색하는 수밖에 없죠. 연구하려는 주제와 관련 있는 키워드로 자료 제목을 찾고, 그 자료의 목차를 들여다보면 필요한 것인지 여부를 웬만큼 판단할 수 있습니다. 정확하게 확인하고 활용하려면 직접 가서 열람하거나 대출해서 읽어 보아야 하지만요.

통계 데이터는 통계청 홈페이지나 국가통계포털(KOSIS), 정부 부처 홈페이지 자료실을 이용하면 됩니다. 원본 통계가 아니라 목적에 맞게 해석하거나 가공한 '메타데이터'가 필요하면 국책연구소와 기업연구소, 시민단체 자료실을 이용하는 게 낫습니다. 왜 그런지 모르겠지만, 정부 기관은 '메타데이터'를 공개하는 데 소극적이거든요.

중국의 '사회주의 핵심 가치관 실천운동'을 거론한 질문에 대해 말씀드립니다. 논문은 무엇보다 주장하는 바가 뚜렷해야 합니다. 그 주장이 타당한지 여부는 그 다음 문제라고 할 수 있죠. 사실 관계만 나열하거나 양비론으로 가면 논문이라고 하기 어렵습니다. 논문에는 어떤 것이든 창의적이고 독자적인 요소가 있어야 하니까요. 학문은 다수결로 옳고 그름을 가리는 게 아니지 않습니까? 논문에서 펼친 주장이 반드시 다수의 지지를 받아야 하는 건 아닙니다. 따라서 굳이 양비론을 취할 이유는 없죠.

중국 정부의 '사회주의 핵심 가치관 실천운동'은 하향식 대중동원 캠페인이 맞다고 봅니다. 중국 경제는 사실상 국가자본주의 체제에 가까워요. 자본가 개인이 아니라 국가가 자본 축적의 가장 강력한 주체라는 것이죠. 마르크스주의하고는 별로 관계가 없어요. 정치도 '프롤레타리아트 독재'가 아니라 '공산당 독재'입니다. 머리 좋고 말 잘하고 권력투쟁에 능한 엘리트들이 공산당독재 안에서 자기네끼리만 민주적 의사결정을 하는 '집단적 철인통치'라고 할 수 있죠. 중국 정부는 '신민주주의'라고 하지만 원칙적으로 볼 때 이것은 민주주의가 아니라 중국 스타일의 개발 독재입니다.

물론 이런 판단이 반드시 옳다는 건 아닙니다. 어느 쪽이든 주장을 분명하게 하는 게 좋다는 이야기입니다. 논문을 이렇게 쓰려면 다음 절차를 활용해 보시기 바랍니다.

① 주제를 명확한 형태의 질문으로 만든다.
② 그 질문에 대한 답을 찾기 위해 논문 주제와 관련한 기존의 연구 결과를 살펴보고 그 현황과 성과와 한계를 요약 정리한다.
③ 기존 연구 결과를 반박, 보완, 수정, 극복하는 데 필요한 사실, 가설, 이론, 해석을 제시하고 서술한다.
④ 논문에 담은 연구 결과의 학술적 의미와 가치를 정리한다.

간단하지요? 어렵게 생각하지 마십시오. 대학 학부 과정 리포트는 낮은 단계의 논문, 또는 논문을 쓰기 위한 기초 작업이라고 보면 됩니다. 리포트를 쓰는 대학생은 ①과 ②만 하면 됩니다. 주어진 참고자료를 읽고, 이해하고, 핵심 내용을 발췌 요약하는 것이지요. 더러 주관적인 해석이나 견해를 덧붙여야 하는 경우도 있지만, 그런 경우에도 중요한 것은 주어진 자료의 내용을 정확하게 이해하고 요약했는지 여부입니다.

리포트 쓰기와 관련해서 한 가지만 더 말씀드리죠. 앞에서 했던 텍스트와 콘텍스트 이야기를 돌아보시기 바랍니다. 리포트를 쓸 때는 요약 정리해야 하는 텍스트의 콘텍스트를 파악하려고 노력해야 합니다. 자기 색깔을 내는 것도 중요하지만 문장 스타일만으로 개성을 표현하려고 하면 성공하기 어려워요. 글쓴이의 개성과 색깔은 문장이 아니라 콘텍스트에 대한 넓고 깊은 이해를 반영하는 독자적 해석에서 드러나야 합니다. 문장에 집착하면 해결책이 없습니다. 문장의 스타일에는 좋고 나쁨을 가리는 객관적 기준이 없거든요.

논문이나 리포트가 단지 학점을 따고 학위를 얻는 수단인 것은 아닙니다. 우리는 그런 것을 쓰면서 텍스트와 콘텍스트를 파악하고 이해하는 능력을 키웁니다. 읽고, 보고, 생각하고, 글을 쓰면서 자기 자신과 타인을, 사회와 세상을, 관계와 삶의 의미를 더 깊고 넓게 이해하게 됩니다. '책만 보는 바보'는 없습니다. '책이 무슨 소용이야' 하면서 책과 현실을 분리하는 낡은 이분법에 빠지지 마십시오.

표절 시비에 대한 두려움 따위는 잊어버리십시오. 인용이 많다고 해서 글의 가치가 줄어드는 게 아닙니다. 정보의 출처를 정확하게 밝히면 글에 대한 신뢰가 오히려 높아질 수 있습니다. 굳이 밝힐 필요가 없다고 스스로 판단한 것은 과감하게 인용 표시를 생략하되, 그렇지 않은 것은 최대한 표시한다는 원칙을 가지고 임하면 됩니다. 혹시 누가 표절 의혹을 제기하면 인용 표시를 생략한 이유를 설명하면 됩니다.

표절은 허세를 부리려는 헛된 욕망의 산물입니다. 글로 누구한테 허세를 부리려는 생각이 없는 사람이라면 표절 문제로 고민할 필요가 없다고 생각합니다.

만화를 배우던 무렵. 습작을 한다고 종종 학원을 빼먹었다.

너 왜 학원 안 나와?

기가막힌 아이디어가 떠올라서 작품을 만들고 있어.

공모전 낼 거야…

우주를 여행하던 우주선이 어떤 행성에 불시착했는데 냉동 캡슐에서 주인공 혼자만 살아남은 거야.

여기가 어디지?

냉동 캡슐 알지? 영화 〈에이리언〉보면 나오는

주인공은 사막처럼 황폐한 이 행성을 탐험하며 흉측한 얼굴의 외계인들과 싸우게 되지.

잡아라

이 외계 중들을

그림에서 〈매드맥스〉 느낌이 난다.

형도 〈매드맥스〉 봤구나!

♪

모험 끝에 주인공은 충격적인 사실을 알게 돼.

세상에 이곳은?

이게 이 작품의 하이라이트야!

알고 보니 그 행성이 지구지?

핵전쟁 후의…

어떻게 일었어?

영화 〈혹성탈출〉 이잖아.

원숭이가 인간을 지배하는 영화

내 만화에는 원숭이 안 나오는데

1편 마지막 장면이 쓰러진 자유의 여신상을 발견하는 건데 명장면이지.

다들 표절로 생각할 거야

내 첫 번째 습작 단편만화 〈연착〉은 표절 우려가 있어서 세상의 빛을 볼 수 없다.

201

제9장

비평은 누가 비평하지?

신문 사설을 읽으시나요? 오피니언 페이지에 나오는 칼럼은요? 사설과 칼럼은 주장을 펼치는 글입니다. 대개는 누군가의 잘못을 지적하거나 좋지 못한 사회현상을 분석 비판하거나 책, 영화, 노래, 연극 같은 문화예술 작품을 평가하죠. 이런 글을 모두 묶어 '비평(批評)'이라고 하겠습니다. 비평은 사람과 사물과 현상의 선악(善惡), 시비(是非), 미추(美醜)와 가치(價値)를 평하는 글이에요. 온오프라인 신문에는 세상 모든 것에 대한 칼럼과 사설이 올라옵니다. 보도기사가 사실을 주로 전한다면, 비평은 쓴 사람의 주관적 판단과 주장을 보여 줍니다. 물론 보도기사가 오로지 사실만 전달하는 건 아니지만요.

좋아하는 칼럼니스트가 있나요? 싫어하는 칼럼니스트는요? 그 사람들이 쓴 비평을 읽고 감동을 받거나 분노를 느끼면 어떻게 하십니까? 인터넷이 등장하기 전, 그러니까 종이신문이 정보 유통을 주도하던 시절에는 신문사로 전화를 하거나, 편지로 독자의견을 보내거나, 구독 신청이나 절독 신청을 했죠. 집에서 신문을 구독하지 않는 사람이 많은 지금은 가장 흔하게 쓰는 방법이 인터넷 댓글 달기일 겁니다. 직접 트위터나 페이스북에 짧은 논평을 올리기도 하죠. 그런데 생각해 보셨는지 모르겠네요. 이런 글도 모두 비평이거나, 남이 쓴 비평에 대한 '메타비평'이라는 것을요.

〈조선일보〉 주말뉴스부장 한현우 기자가 〈간장 두 종지〉라는 칼럼으로 세인의 입길에 오른 일이 있었습니다. 흥미로운 비평이니 지금이라도 인터넷에서 찾아 읽어 보시기 바랍니다. 이 칼럼 덕분에 저는 모르던 사실을 알게 되었습니다. 〈조선일보〉와 〈동아일보〉 기자들이 각각 태평로를 대각선으로 건너는 수고를 마다않고 경쟁 회사 근처 식당에서 밥 먹는 걸 좋아한다는 것, 그리고 조선일보사 근처에는 중국음식점이 네 곳 있다는 겁니다.

날씨가 추워서 길을 건너기 귀찮았던 어느 날 한현우 부장은 일행 셋과 함께 조선일보사 근처의 중국음식점에 가서 탕수육과 면요리를 시켰습니다. 그런데 사람이 넷인데 간장 종지는 두 개만 나왔나 봅니다. 종업원한테 간장 종지를 더 달랬더니 '간장 종지는 2인당 하나'라는 대답이 돌아왔답니다. 이런 불친절한 처사에 열이 받아 '환청까지 듣게 된' 한현우 부장은 그 이야기를 칼럼으로 써서 분을 풀었습니다. 다시는 그 집에 가지 않겠지만 음식점 이름은 밝히지 않겠다고 자비를 베풀기까지 했죠. 그런데 조선일보사 근처 다른 중국집 이름 셋을 거명하면서 그 집은 아니라고 덧붙였습니다. 결국 간장종지를 2인당 하나만 준 그 중국음식점이 어디인지 적어도 〈조선일보〉와 〈동아일보〉 임직원들은 다 알게 되었겠죠. 이 칼럼이 일종의 갑질 아니냐는 비판을 들을까 걱정이 되었는지, 한현우 기자는 '어떤 경우에는 을이 갑을 만든다'고 미리 해명까지 해 두었습니다. "내가 널 한 대 치는데, 그건 네가 맞을 짓을 해서 그런 거야! 넌 맞아도 싸!" 그런 뜻입니다.

이 칼럼을 비평한다면 여러분은 뭐라고 쓰실 겁니까? 사람들의 비평이 어땠는지 알고 싶다면 포털사이트에 가서 댓글을 확인하시기 바랍니다. 해도 해도 너무 했다 싶었던지, 평소 동업자를 좀처럼 비판하지 않는 다른 신문사 기자들이 이 칼럼을 비평하는 칼럼을 여럿 썼더군요. 어디 저도 한 번 비평해 볼까요? 〈간장 두 종지〉 칼럼은 기술적인 면에서 아주 잘 쓴 비평입니다. 왜냐고요? 비평다운 비평은 아래 네 가지 조건을 갖추면 된다고 저는 생각하기 때문입니다. 이 칼럼은 모든 조건을 다 갖추고 있습니다. 그래서 잘 쓴 비평이라는 겁니다.

1) 무엇에 관한 글인지 주제가 분명하다.

2) 필요한 정보를 적절한 논리적 맥락으로 말이 되게 엮었다.

3) 주제와 무관한 것을 끌어들이거나 엉뚱한 곳으로 가지 않고 처음부터 끝까지 주제에 집중했다.

4) 꼭 맞는 단어와 표현, 자연스럽고 쉬운 문장으로 주장을 명확하게 전달했다.

이렇게 쓴 비평은 독자가 쉽고 분명하게 이해할 수 있습니다. 비평은 최소한 독자가 읽고 이해할 수 있어야 합니다. 그래야만 공감하든 비판하든, 반응을 보일 수 있으니까요. 독자의 폭풍 공감을 받는 비평만 잘 쓴 게 아닙니다. 폭풍 비난도 잘 쓴 비평이라야 받을 수 있습니다. 〈간장 두 종지〉 칼럼은 잘 쓴 비평의 조건을 모두 갖추었습니다. 그런데 이 비평은 기술적 완벽함이 반드시 독자의 마음에 감동을 일으키는 것은 아니라는 사실도 함께 보여 주었습니다.

저는 집에서 일간신문을 둘 구독합니다. 비슷해 보이지만 알고 보면 다른 점도 많은 신문입니다. 아침밥상에서 제가 하나, 아내가 하나 들고 읽지요. 저하고 성향이 비교적 잘 맞는 신문인데도 오피니언 페이지를 볼 때마다 욱하는 심정이 되곤 합니다. 비평을 비평하고 싶은 욕구 때문이죠. 다른 분야 비평도 그렇지만 특히 서평과 정치사회 비평을 볼 때 그런 증세가 심해집니다. 저는 '기자'가 언론인에게 가장 명예로운 이름인 줄 알았는데 그게 그렇지 않은가 봅니다. 비평을 쓰는 분들의 직함은 그냥 기자가 아니라 '전문기자' '선임기자' '대기자' '○○부장' '○○위원'인 경우가 많더군요. 외부 필진은 대부분 박사, 교수들이고요.

사실이 아닌 것을 사실처럼 쓰거나, 중요하지 않은 사실을 중요한 사실로 취급하거나, 중요한 사실을 누락하고 무시하거나, 사실에 대한 해석이 앞뒤가 맞지 않거나, 개인적 취향에 객관적 진리의 옷을 입혀 내보낸 비평을 볼 때마다 그 비평을 비평하고 싶은 욕구가 치솟습니다. 그런들 무엇 하랴 싶어서 마음을 거두긴 하지만 의문은 그대로 남습니다. 비평은 도대체 누가 비평하나? 비평가는 누구한테 평가를 받는가? 비평가들은 서로 좀처럼 비평하지 않는데, 누가 그들에게 비판을 면제받는 특권을 주었다는 말인가? 그런 의문입니다.

저도 비평을 합니다. 지금은 하지 않지만 예전에는 신문 기고를 했습니다. 요즘은 방송 토론에도 가끔 나가고, 예능인지 시사교양인지 판단하기 어려운 토크쇼에도 출연합니다. 인터넷 팟캐스트 방송 '노유진의 정치카페'에서 '유시민의 타임라인'이라는 이름으로 2년 동안 매주 정치사회 문제를 비평하기도 했죠. 저는 비평을 면제받는 특권을 원하지 않습니다. 그래서 청취자 게시판을 꼼꼼히 살핍니다. 온갖 비판과 욕설이 다 있어요. 댓글 다는 분들, 저는 다 읽으니까 마음껏 비평하십시오.

어쩌다 역사교과서 국정화를 주제로 한 프로그램 JTBC 〈밤샘토론〉에 출연했는데, 거기서 제가 한 말에 대한 비평이 온라인에 많이 올라왔더군요. 그런데 눈에 띄는 논평이 두 개 있었습니다. 비평하는 사람들끼리 서로 비평하면 좋겠다는 뜻에서 저에 대한 논평을 제 쪽에서 논평해 보겠습니다. 그분들이 실명을 들어 논평했으니 저도 그렇게 하는 게 공정한 일이겠죠? 2015년 11월 15일, JTBC 〈밤샘토론〉이 끝난 바로 그날 SNS에 올라온 논평입니다.

논평1. 사실상 유시민의 말은 하이에크의 말. 이 상황이 의미심장하다.

논평2. 이런 유시민의 논리에 열광하는 사람들이 많기에 이명박과 박근혜가 당선된 것이리라. 뉴라이트가 만든 '재인식'이 시장에서 졌으니 승복하란 유시민의 논리는 곧 '재인식'이 만약 시장에서 승리하면 인정해야 한단 논리다. 시장에서 성공한 삼성과 현대와 기타 재벌의 혹독한 착취와 악행을 우리는 용인할 수 없으며, 해서도 안 된다. 유시민은 그 마지노선을 진보의 이름으로 서슴없이 넘어서고 있다. 난 결코, 결단코 이런 주장에 동의할 수 없다.

논평1은 경희대학교 교수이자 문예비평가인 이택광 씨, 논평2는 《88만원세대》의 공저자인 박권일 씨의 글입니다. 그분들이 SNS에 올린 이 비평이 얼마나 널리 퍼졌는지는 모릅니다. 언론이 '진보 논객'으로 대접하는 두 분은, 제가 신문을 읽다가 비평을 비평하고 싶은 욕구를 느끼곤 하는 칼럼니스트입니다.

논평1은 살짝 비꼰 냉소적인 비평입니다. 하이에크가 누구이며 어떤 주장을 한 철학자였는지 모른다면 이 논평의 의미를 알기 어렵습니다. 알아들을 사람만 알아들으라는 것이겠죠? 하이에크는 20세기 중후반에 활동한 자유주의 철학자입니다. 경제 영역에 대한 국가의 개입은 어떤 것이든 모두 전체주의로 귀착한다고 주장함으로써 경제적 신자유주의와 '작은정부론'의 철학적 토대를 제공한 인물이에요. 제가 〈밤샘토론〉에서 하이에크와 비슷한 말을 한 건 사실입니다. 사상의 자유시장과 공정한 경쟁을 옹호하면서 국가의 개입을 강력하게 비판했으니까요. 그러나 하이에크가 경제적 자유시장을 수호하려 한 반면 저는 사상의 자유시장을 수호하려 했다는 점에서 형식논리는 같지만 내용은 많이 다릅니다. 하지만 논평1의 앞문장은, 뭐 그렇게 볼 수도 있을 거라고 생각합니다. 논리 구조는 같으니까요.

그런데 뒷문장을 보면 그 이야기가 아니라는 걸 알 수 있습니다. 이 상황이 의미심장하다니, 도대체 무슨 뜻일까요? 아마도 둘 중 하나겠죠. 첫째, 유시민은 하이에크와 같은 신자유주의자다. 진보가 아니다. 너희들, 그런 줄 몰랐지? 둘째, 유시민이 신자유주의자의 논리를 무기로 삼아 자유민주주의자를 참칭한 전체주의자를 공격했다. 적의 무기로 적을 공격하다니, 좀 멋있지 않냐?

평론가 이택광 씨가 말하고 싶었던 것은 어느 쪽일까요? 저는 첫 번째일 거라고 짐작합니다. 제 말은 '사실상 하이에크의 말'이 아니기 때문입니다. 저는 그날 주로 존 스튜어트 밀의 《자유론》과 헨리 데이비드 소로의 《시민의 불복종》을 '인용 표시 없이' 인용했습니다. 그런데도 제 말을 하필이면 하이에크와 연결한 것으로 보면 우호적인 논평은 아닌 것이죠. 그는 하이에크를 싫어하거든요. 두 번째일 가능성도 이론적으로는 배제할 수 없지만 확률은 매우 희박합니다. 그런데 이택광 교수는 평론가입니다. 어떤 말을 하고 싶었든, 비평을 이런 식으로 모호하게 해서는 안 됩니다. 문화평론가는 텍스트를 해석하는 사람인데, 평론가 자신이 이렇게도 저렇게도 해석할 수 있는 비평을 쓰면 독자는 어쩌라는 말인가요?

이제 논평2를 보겠습니다. 이 논평은 처음부터 끝까지 사실 오인과 논리적 비약의 연속입니다. '이런 유시민의 논리'가 무엇입니까? 요약해 보죠. "《해방전후사의 인식》('인식'으로 줄임)이라는 책이 좌편향이라면서 뉴라이트 지식인들이 《해방전후사의 재인식》('재인식'으로 줄임)을 썼다. 그런데 출판시장에서 《인식》은 성공했고 《재인식》은 실패했다. 《재인식》 필자들은 책을 더 잘 써서 독자의 공감을 받으려고 노력해야 옳다. 그런데 뉴라이트를 자처하는 그들은 시장에서 경쟁하지 않고 정치권력의 품으로 달려갔다. 국가권력을 동원해 자신들의 이론을 교과서에 담아 국민에게 강제로 먹이려 한다. 지식인으로서 비겁한 행동이 아니냐." 그게 제 논리였습니다. 이것이 어떻게 "시장에서 성공한 삼성과 현대와 기타 재벌의 혹독한 착취와 악행을 용인하자"는 논리와 같다는 거죠?

사람들이 재벌을 비판하는 이유가 뭡니까? 공정한 규칙에 따라 정정당당하게 경쟁해서 시장의 승자가 되었기 때문인가요? 그게 아니죠. 정치권력과 유착해 부당한 특권으로 부를 축적했기 때문에, 국가권력을 불러들여 노동자를 탄압했기 때문에, 독점력을 이용해 소비자를 착취하기 때문에, 불법과 탈법을 휘둘러 협력 업

211

체를 수탈하기 때문에, 불공정 거래행위와 문어발 확장으로 영세 상공인들의 터전을 집어삼키기 때문에 재벌을 비판하는 것 아닌가요?

경제 이론으로 말하면 책은 '차별적 독점 상품'입니다. 어떤 책이 다른 책을 대체할 수는 있지만 완전히 대체하지는 못한다는 뜻입니다. 사실 어떤 책도 다른 책과 완전히 같지는 않아요. 대학 교수가 승진에 필요한 점수를 받으려고 기존의 책을 '표지 갈이'한 경우가 아니라면 말입니다. 출판시장은 '차별적 독점상품'인 책들이 독자의 호감을 얻기 위해 치열하게 다투는 경쟁시장입니다. 그래서 제조업이나 유통업에 비해 대자본이 마냥 힘을 쓰기는 어려워요. 작은 출판사도 실력만 있으면 생존할 수 있습니다.

이러한 경쟁시장에서 《재인식》이 《인식》에게 패배한 것은 공정한 경쟁의 결과입니다. 따라서 이 경쟁에서 이기고 싶다면 뉴라이트가 독자들의 마음을 얻기 위해 더 노력해야 합니다. 박권일 씨는 이 이야기를 "재벌의 혹독한 착취와 악행을 용인하자"는 주장이라고 해석했는데, 저는 그렇게 해석할 수 있는 주장을 하지 않았습니다. 한마디로 억지 해석이에요. '마지노선'이란 게 뭔지는 모르겠지만, 저는 진보의 이름으로든 제 자신의 이름으로든 재벌의 악행을 용인하자고 주장한 적이 없습니다.

제가 〈밤샘토론〉에서 펼친 논리는 하이에크가 아니라 밀과 소로의 것이었습니다. 자유주의자라고 해서 다 같은 자유주의자는 아닙니다. 하이에크는 보통 '자유주의자(liberal)'가 아니라 '자유지상주의자(libertarian)'라고 합니다. 만사를 시장에 맡기자는 광신적 시장예찬론자인 것이죠. 그런데 역사교과서를 국정화하려는 시도의 저변에는 자유주의가 아니라 개인을 국가에 복속시키려는 전체주의사상이 깔려 있습니다. 저는 그 사람들이 말로는 자유민주주의를 내세우지만 사실은 교육을 통해서 '자발적으로 국가를 위해 살아가는 국민을 양성'하려는 전체주의사상을 펴고 있다는 사실을 지적하고 싶어서 그 토론에 나갔던 겁니다.

전체주의자와 싸우기 위해, 저는 표현의 자유와 사상의 자유시장을 옹호한 밀에게 의지했습니다. 국민이기 이전에 인간으로서 생각하고 행동해야 한다고 주장한 소로의 말을 '인용 표시 없이' 인용했습니다. 그게 무슨 잘못인가요? 상대가 비행기로 공격하면 지대공 미사일을 쏴야 하고, 상대가 잠수함으로 공격하면 기뢰나 어뢰로 맞서야 합니다. 상대의 논리가 무엇이든 상관없이 자신이 좋아하는 무기로만 싸운다면 멍청한 것 아닌가요? 진보주의가 멍청함을 필수요소로 한다는 말은 들어 본 적이 없습니다.

저는 자유주의 철학과 논리로 역사교과서 국정화를 비판하는

데 집중했습니다. "당신들이 상품의 자유시장을 주장한다면 사상의 자유시장도 인정해야 하지 않느냐? 자유는 분할할 수 없다. 전면적으로 보장되든가 전면적으로 억압당하든가, 둘 중 하나뿐이다. 자유주의자는 이렇게 믿는다. 상품거래는 자유시장을 보장하고 사상의 자유시장은 없애 버리겠다니, 당신들이 말로만 자유를 예찬할 뿐 행동으로는 권력과 돈을 숭배하고 있다. 북한 권력층을 비판한다면서 사실은 그들과 똑같은 짓을 하고 있는 거다." 그렇게 주장한 겁니다.

이런 논리에 호응하는 시민들이 이명박과 박근혜 대통령을 만들었다고요? 무슨 근거로 그런 주장을 하는 거죠? 여론조사기관이 발표하는 조사 결과들은 저처럼 말하는 사람을 가리켜 '빨갱이' '종북좌파'라고 욕하면서 역사교과서 국정화에 찬성하는 시민들이 이명박 박근혜 정권을 만들었다는 사실을 명확하게 보여 주고 있지 않습니까?

두 논평에 대한 저의 논평은 이렇게 요약할 수 있습니다. "상투적이고 진부하다."《위건 부두로 가는 길》에서 조지 오웰은 이런 유형의 사회주의자를 가리켜 '성흔(聖痕)을 가진 사람'이라고 했습니다. 무슨 뜻이냐고요? 어떤 네티즌이 논평1과 논평2에 대해 쓴 비평을 소개하는 것으로 대답을 대신합니다. 제가 하고 싶었던 말을 저보다 훨씬 '고급지게' 표현한 비평인데, 딱 한 문장만 보여드리겠습니다. 비평에 대한 비평은 바로 이렇게 하는 겁니다.

'진보'라는 성스러운 말을 아무나 쓰면 안 되기에, 진짜 진보인지 아닌지를 가리는 데 깨알 같은 정성을 쏟는 '진보주의자들'보다 권력의 개들을 토론 프로그램에서라도 제압할 줄 아는 자유주의자가 나는 더 좋다.

여러분도 비평을 하시나요? 아마 그러실 겁니다. 대한민국은 교육이나 정치에 대해서만큼은 누구나 '전문가 수준'의 비평을 하는 나라이니까요. 물론 말로만 비평하는 사람도 많죠. 하지만 인터넷에 댓글을 달고 SNS에 짧은 글을 올리는 분도 많습니다. 짧아도 비평은 비평입니다. 블로그에 올린 서평과 독후감, 맛집 탐방기, 여행기, 영화 감상평, 스포츠 관전평 같은 것은 언론인과 평론가들이 쓰는 비평과 다를 게 없죠. 게다가 단순한 비평만 하는 게 아니라 비평에 대한 비평도 많이 합니다.

비평 이야기를 하는 김에 책을 많이 읽는 분들이 관심이 많은 서평에 대해서 잠깐 말씀드리겠습니다. 서평은 정치, 경제, 영화, 스포츠, 연극 등 다른 분야 비평과 근본적으로 같습니다. 서평 쓰는 방법을 익히면 다른 분야 비평도 잘 할 수 있어요. 꾸준히 서평을 쓰는 지식인들이 있습니다. 소설가 장정일 씨는 이미 오래 되었죠. 《장정일의 독서일기》 시리즈와 《장정일의 공부》는 책을 이해하는 데도 좋을 뿐만 아니라 장정일이라는 작가를, 나아가 책과 더불어 살아가는 즐거움을 아는 데도 도움이 됩니다. 그의 시각과 논리에 동의하든 하지 않든 상관없이 말입니다. 평화학자이며 여성학자인 정희진 씨도 여러 신문과 잡지에 서평을 씁니다. 《정희진처럼 읽기》라는 책도 냈죠. 두 분의 서평은, 배합 비율과 색깔은 다르지만 책 자체에 대한 '정보'와 그에 대한 나름의 '해석' 둘 다 제공합니다. 어떤 분야, 어떤 주제든 비평을 할 때는 그렇게 해야 합니다.

책을 좋아하는 사람들은 신간 소개나 서평을 눈여겨봅니다. 서평엔 무엇을 담아야 할까요? 이 질문에 어떻게 대답하느냐에 따라 그 사람이 쓰는 서평은 달라질 것입니다. 저는 서평이라면 두 가지를 반드시 담아야 한다고 생각합니다. 책에 대한 '객관적 정보'와 비평하는 사람의 '주관적 해석'입니다.

서평은 책 자체를 정확하게 소개해야 합니다. 누가 무엇에 관해 쓴 책이며 그 특성은 어떠한지, 책에 대한 핵심 정보를 제공해야 합니다. 소로의 《시민의 불복종》을 읽고 블로그에 서평을 올렸다고 생각해 봅시다. 그 책을 읽은 사람만 서평을 보는 게 아닙니

예전엔 시청자들이 TV를 보다 화가나면 방송국에 전화를 했지.

뉴스가 왜 이래?!

NEWS 9

방송국에 전화해야겠어!!

회선이 부족해서 통화는 '용건만 간단히' 해야하는 시절에 항의 전화가 폭주하면 업무가 마비됐어.

보도국

네네, 의견을 전달하겠습니다.

따릉!

네, 따다릉!

네, 따르릉

삐-

누구 전화 좀 받아!

시청자 항의 전화를 받으면서 뭔가 잘못됐다는 걸 비로소 몸으로 느끼는 거야.

국장으로 안되겠군. 사장 바꿔!

...

보도국장

그런데 요즘은 인터넷 게시판에 회원 가입하고 로그인해서 댓글 다니까 너희들은 스트레스 안 받고 좋나 보더라.

안 보면 그만~

서버 다운되면 열 받는 건 네티즌~

평온하다…♬

그래서 형이 전화하기로 했다. 서로 몸으로 좀 느껴보자고

도저히 못참겠다.

어, 내가 도지사… 아니 시청잔데

이름이 누구요? 지금 전화받는 사람…

이름이 누구요? 관등성명…

217

다. 오히려 무슨 책인지 모르면서 서평을 보는 이가 더 많을 겁니다. 일단 어떤 책인지 최대한 객관적이고 정확하게 소개해야 읽는 이가 관심을 갖게 됩니다.

서평은 또한 책을 읽은 소감, 해석, 평가를 담아야 합니다. 그게 없으면 책 소개일 뿐 서평은 아닙니다. 우리는 다른 사람이 쓴 서평을 읽으면서 같은 텍스트를 다르게 해석하는 시각을 만나게 됩니다. 생각의 차이를 확인하고 어느 쪽이 타당한지 따져 보면서 사유의 폭과 깊이를 더해 나갑니다. 바로 이것이 서평이 지닌 가치이며 서평 쓰기에 도전하는 분들이 고민하는 문제입니다. 제가 받았던 서평 관련 상담 신청 두 가지를 소개합니다.

인터넷 매체의 영화분야 시민기자로 글을 씁니다. 남에게 꼭 추천하고 싶은 영화에 대해 쓰는데요, 너무 주관적으로 쓰면 독자가 믿지 않을까 걱정합니다. 그렇지만 객관적인 척(?) 쓰다 보면 글이 밋밋해집니다. 영화뿐 아니라 책, 전시회 등 무언가를 감상하고 남들에게 추천하는 글을 쓰는 요령 같은 것이 혹시 있을까요?

《국가란 무엇인가》를 읽고 서평을 써야하는데 서평을 처음 써 보는 것이라 어떤 방식으로 책을 읽어야 할지 방향을 잡기가 힘듭니다. 서평과 독후감은 다른 것인데 서평을 쓰기 위한 글 읽기 방식이 따로 있나요?

사례를 보면서 이야기해야 정확하게 전할 수 있을 것 같아서 2015년 7월 4일 〈한겨레〉에 나온 정희진 씨의 서평을 보여드립니다. 시몬 드 보부아르의 《제2의 성(性)》을 다룬 글인데, 완성도를 해치지 않으려고 저자의 허락을 받아 전문을 실었습니다.

역사상 가장 오래된 범죄. 여성에 대한 폭력은 나를 포함한 '여자의 일생'의 일부다. 몇 주간 인터넷을 달구었던 진보 남성의 폭력. 알고 있던 사건도 있었는데, 내가 아는 한, 실제 상황을 모두 보고한 피해자는 없었다. 여성에 대한 폭력은 통념보다 훨씬 광범위하고 심각하다는 얘기다.

폭력은 불법이다. 합법적 폭력인 공권력조차 허용 범위는 대단히 좁다. 폭력을 당했으면 가해자가 누구든 경찰에 신고하면 된다. 피해자의 신원이 공개될 일도 없고 '범인'의 진정성을 놓고 공방전을 벌이는 것은 더욱 이상한 일이다. 사건을 조사하고 가해자를 처벌하는 것은 사법 체계가 할 일이다. 하지만 여성이 피해를 신고할 수 있다면 이미 가부장제 사회가 아닐 것이다. 인권 의식

향상으로 신고율이 높아져도 걱정이다. 검경이 가해자를 제대로 처벌할까? 강간 신고율이 왜 6% 미만이겠는가.

지금처럼 피해자가 자신의 사회적 경력, 인간관계 심지어 목숨을 걸고 사건을 알리는 이유는 간단하다. 국가와 사회의 도움을 받지 못하기 때문이다. "더한 놈도 있는데, 왜 나만?"에서부터 "피해자 말은 사실과 다르다"까지. '용의자' 입장에서는 억울할 수 있다. 하지만 이러한 상황은 "당신들 자신 때문"이라고 말하고 싶다. 사건이 경찰서로 가지 않고 인터넷에서 터진 것은 역사의 부메랑이다. 억울하면 5천 년간 누적된 '아버지의 역사'를 공부하라. 그런 사람이 남성 페미니스트다. 가해자가 페미니스트로 갱생할 기회는 얼마든지 있다.

이번에 제기된 사건들의 내용과 불법의 정도는 동일하지 않다. 폭력의 물리적 심각성만 강조될 때, 진짜 구조는 실종된다. 여성 대상 폭력의 특징은 가장 죄질이 나쁜 사례가 법으로는 가장 문제가 없는 경우가 많다는 점이다. 그런 의미에서 이번 '집단 신고' 중 가장 인상적인 사건은 웹툰 작가 강도하의 1:1 팬미팅, '도하걸 모집(시즌1, 시즌2…)'이다. 성추행은 이 과정에서 (필연적으로) '파생'된 것이다.

어떤 사람은 유명세(稅)를 치르지만, 어떤 이는 유명세(勢)를 적극적으로 행사한다. 출판관계자들의 호소에 따르면, 일부 남성 저자들은 "조금만 뜨면 망가진다"고 한다. 특히 예술가연 하는 이들과 진보 남성. 이들은 책이 조금 팔린다 싶으면, 독자가 아닌 본인이 '독자와의 만남', '~콘서트'를 요구한단다. 이를 유명 인사 등극의 기회로 삼고 연애나 섹스 같은 남성성 실현의 기회로 생각하는 것이다. '더' 심각한 행동으로 고발당할 남성들이 줄줄이 대기 중이다.

'신남성'이라는 말은 없다. 일제시대 '마르크스 걸'부터 '신여성', 당대의 '~빠', '된장녀'까지. '도하걸'은 이 정치학의 절정이다. 가부장제 사회에서 여성의 지위는 아버지, 남편, 애인 등 남성과의 관계에서 정해진다는 믿음이다. 남성만 인간이므로 제1의 성. 여성은 남성의 소유, 부속, 기호이기에 제2의 성이다. 그나마(?) '도하걸'에 들 수 있는 제2의 성은 젊고 예뻐야 한다. 성적 소수자나 아줌마는 '제3의 성'이다.

'~걸'은 여성이 자기로 인해 의미를 갖는다는, 조물주 망상이다. 진보? 지금은 중세이고 그는 중세의 신이다. 물론 새삼스럽지는 않다. 남성은 '마르크스주의자'인데 여성은 '마르크스 걸'이다. '모던 보이'도 있다고? 맞다. 이것이 타자성의 본질이다. 모던의 주체는 서구이므로 식민지 조선의 남성은 모던할 수 없다. 모던(서구)

의 '보이'인 것이다.

위 이야기는 《제2의 성》이 본 2015년 한국 사회다. 1949년 이 책이 처음 출판되었을 때 프랑스 지성계는 싸늘했지만 대중의 호응은 엄청났다. 사르트르의 알제리 독립투쟁 참여와 파농과의 관계를 못마땅하게 생각했던 보부아르가 나도 못마땅하지만, 이 책이 현대 페미니즘의 서장임을 부정하는 이는 없다. 실존주의 철학 입문서로도 훌륭하고 사례가 풍부해서 서양의 종교와 문학을 두루 접할 수 있다.

여성주의는 양성 이슈, '여혐 대 남혐' 식의 대칭 언어가 아니다. 여성주의는 '인간'과 '인간의 여자'로 나누는 권력에 대한 질문, 즉 인간의 범주에 관한 인식론이고 《제2의 성》은 그 역사를 압축한다.

책 자체에 대한 '정보'와 비평가의 주관적 '해석'을 모두 담아야 한다는 기준에 비추어 보면 이 서평은 해석에 치우친 것처럼 보입니다. 책에 대한 정보가 뒷부분에 짧게 나오거든요. 정희진 씨의 글 스타일이 그런 때문이기도 하지만, 《제2의 성》에서 보부아르가 펼친 논리를 소위 '젊은 진보 논객'들의 데이트 폭력이라는 현재의 사건을 다루면서 여기저기 풀어 넣었기 때문이기도 합니다. 전문적으로 글을 쓰는 작가여서 이런 '기교'를 발휘한 것이죠. 이러한 고난도 기술을 구사하기 어려운 경우라면 책 자체를 충실하게 압축 소개하는 데서 시작하는 게 현명합니다. 아울러 '정보'와 '해석' 중에 '정보'에 적어도 절반의 무게를 싣기를 권합니다.

이유는 간단합니다. 그 책을 읽지 않은 사람이 읽은 사람보다 훨씬 많거든요. 아무리 유명한 책이라 해도 읽은 사람이 더 많은 책은 거의 없을 겁니다. 예컨대 위 서평을 읽은 〈한겨레〉 독자와 네티즌들 중에 《제2의 성》을 읽은 사람이 몇이나 될까요? 시몬 드 보부아르라는 이름은 다들 알죠. 장 폴 사르트르와 했던 그 유명한 계약결혼에 대해서도 들어 보았을 테고요. 그렇지만 《제2의 성》을 읽은 이는 많지 않을 겁니다. 저도 대학생 때 서클 세미나 하면서 읽어 본 뒤로는 펼친 적이 없습니다. 벌써 38년이 지난 옛일이에요. 세부 내용은 기억나지도 않습니다.

정희진 씨는 평화학연구자이고 전문 작가니까 이렇게 해석을 많이 넣어도 사람들이 서평을 관심 있게 읽습니다. 이 서평에 자극을 받아 《제2의 성》을 읽어 봐야겠다고 마음먹는 독자도 있을 겁니다. 서평이 독자에게 책을 알리는 효과를 내는 겁니다. 하지만 전문 작가가 아닌 사람이 해석에 치우친 서평을 쓰면 독자의 관심을 받기 어렵습니다. 그래서 '정보'에 적어도 절반의 비중을 두라고 권하는 겁니다.

영화 비평도 그렇습니다. 저는 영화 그 자체를 제대로 요약 소개하지 않은 채 기묘한 영화미학 이론이나 주관적 소감만 늘어놓은 영화 비평은 별로 좋아하지 않습니다. 대상 그 자체를 모르고 비평에 감정을 이입할 수는 없는 노릇이잖아요. '스포일링'이라는 비판을 받지 않는 선에서 영화의 기본 정보와 중요한 콘텍스트는 알려 주면서 비평해야 한다는 것이죠. 특히 새로 개봉하는 영화에 대한 비평은 관객을 영화관으로 불러들이거나 그 반대의 효과를 냅니다. 그런 힘이 있는 비평이라야 가치가 있어요. 자신이 얼마나 유식한지, 철학적으로 얼마나 심오한지, 얼마나 화려한 글 솜씨를 지녔는지 과시하려고 쓴 것 같은 영화 비평은 독자를 짜증 나게 할 뿐입니다.

축구 관전평, 맛집 탐방기, 여행 칼럼, 연극 비평, 미술 비평도 다 마찬가지입니다. 글쓴이 스스로 예술가라고 생각하면서 쓰는 경우라 해도 남들이 알아주면 좋잖아요? 더 좋은 삶을 살고 더 나은 세상을 만들기 위해 타인과 소통하고 공감하고 싶어서 쓰는 글이라면 더 말할 나위도 없고요. 지금은 만인이 글을 쓰는 세상이고, 누구나 마음만 먹으면 비평을 쓸 수 있고, 남의 비평에 대한 비평도 쓸 수 있는 환경이 마련되어 있습니다. 말씀드린 비평쓰기의 원칙에 따라 글을 써 보십시오. 한 줄 댓글만 쓸 때보다 인간과 세상을 보는 눈이 깊어질 겁니다. 보고 듣고 느낀 것에 대해 수준 있는 비평을 쓰면서 산다면 자신의 인생이 깊고 풍부해지는 느낌을 가지게 될 겁니다. 제대로 비평하면서 사는 인생을 응원합니다!

월간지 〈샘터〉에 연재만화를 배달 갔는데

원고 배달 왔어~

1997년 당시, 벽돌 만한 외장하드 (1GB)

동갑내기 긴 머리의 왕눈이 미녀 박기자가 영화를 보러 가자고 했다.

안 바쁘지?

영화 보러 가자!

역시, 서울 여자들은 다르군~

~콜!!

처음으로 기자 시사회에 갔다. 영화는 〈쥬라기 공원 2〉

시사회 큭.

공짜야

영화잡지에 만화를 그리다 보니 시사회에 갈 기회는 많았지만 거의 안 갔다.

月

하지만 오늘은 〈쥬라기 공원〉 이라는 거.

안 보면 손해~

조선희 편집장부터 막내 디자이너까지 영화잡지 씨네21 식구들도 다 왔고

몽땅 다 오면 잡지사는 누가 지켜요?

하다 보니 단체 관람이 되어버렸네~

씨네21

정훈이 안녕~

영화판에서 인연을 맺은 매체 종사자들이 그날 한꺼번에 다 모인 날이었다.

진숙이 누나 안녕~

친일 선배

최 팀장님 오셨네요

완선이 동네잔치네

스필버그 아저씨 잔칫날...

226

영화가 끝나고 영화평론가 전찬일 선배가 이끌어 근처 커피숍으로 갔다.

안 바쁘면 차나 마시고 가!

저기 다 모였어.

영화 평론가들과 영화 기자들은 〈쥬라기공원 2〉에 대한 신랄한 비평을 쏟아냈다.

이건 스필버그가 자신에게 보낸 셀프 모독이야!

음... 밑천이 달려서 내가 길 수 없는 토론이군...

특히, 공룡이 등장하지 않은 초반 20분의 지루함에 대해서는 이구동성으로 격정을 토해냈다.

역시, 전문가가 보는 관점은 다르군

내게 질문만 안 하길 바랄 뿐이야...

육식 공룡들 사이에 끼인 초식공룡이었던 나는 구석에서 오렌지즙을 홀짝거리며 조신하게 앉아 있었는데 결국...

정훈이 씨는 초반 20분 어떻게 봤어요?

즙!!

전... 공룡이 언제 나오나 손에 땀을 쥐며 기다리고 있었어요.

...

역시! 정훈이 반어적 풍자였어.

스필버그 당신의 공룡을 기다리다 숨이 멎겠어요! 하하...

난 진짠데...

227

제10장

세상에, 나도 글을 써야 한다니!

마무리를 지어야 할 시간입니다. 지금까지 글로 자신을 표현하면서 살아갈 때 부딪치는 여러 문제에 대해서 두서없이 이야기했습니다. 직업으로 글을 쓰는 사람의 생각이라서 독자들에게는 잘 와 닿지 않았을지도 모르겠습니다. 하지만 작가와 작가 아닌 사람 사이에 넘지 못할 담벼락이 있는 것은 아닙니다. 직업 글쓰기와 생활 글쓰기를 엄격하게 나누기도 어렵습니다. 우리는 정보통신 혁명이 삶의 환경을 빠르게 바꾸는 지식 기반 사회에 살고 있으니까요. 그런 점에서 볼 때, 독자들이 경우에 따라 참고할 수 있겠다 싶은 이야기 몇 가지를 하면서 책을 마치려고 합니다.

인터넷과 새로운 무선통신 기술이 말과 글로 소통하는 행위를 방해하던 장애물을 거의 다 치워 버렸습니다. 요즘은 지식과 정보가 빛의 속도로 온 세상에 퍼집니다. 유통 비용이 전혀 들지 않습니다. 제가 어렸을 때 집집마다 승용차가 있는 날이 올 것이라고 대통령이 약속했죠. 속으로 설마 했는데 정말 그렇게 되었습니다. 인터넷으로 지구촌 모든 곳을 연결해서 무선으로 정보를 주고받는 날이 올 것이라고 약속한 대통령은 없었습니다. 그렇지만 어느 사이 너나없이 컴퓨터, 카메라, 녹음기, 전화, 라디오, 텔레비전을 한 몸에 장착한 스마트폰을 들고 다니면서 스물네 시간 정보를 생산 교환하는 세상이 되어 버렸습니다.

글 쓰는 사람이 예전에는 상상도 못 했을 만큼 많아졌습니다. 우리는 어쩌다 한 번 글을 쓰는 게 아니라 언제 어디서나 글을 씁니다. 예전에는 말로 하던 많은 것을 지금은 글로 하기 때문이죠. 말 그대로 '필담(筆談)'의 시대입니다. '이장님 방송'은 시골에만 남아 있고 인터넷 메신저와 휴대전화 문자, 카카오톡이 대세가 되었습니다. 공공기관과 기업의 내부회의까지도 인터넷 메신저나 인트라넷이 대신하는 추세입니다. 대통령과 장관들이 대면보고를 받지 않고 전자결재를 한다는 것은 곧 글이 말을 밀어냈다는 것을 의미합니다. 말보다 글이 더 중요한 소통 수단이 된 것이죠. 대가족과 작은 지역공동체가 있던 생활 공간을 다양한 동호회가 차지했고, 동호회 내부 소통 역시 말보다는 글이 맡고 있습니다. 다들 일터에서는 업무 때문에 글을 쓰고, 일터 밖에서는 자신을 표현하려고 글을 씁니다. 이런 상황에서 혹시 필요할지 모른다는 생각에 앞에서 다루지 못했던 자잘한 이야기를 마저 나누려고 합니다.

이미 말씀드린 것처럼, 글을 잘 쓰려면 문장 쓰는 기술, 글로 표현할 정보, 지식, 논리, 생각, 감정 등의 내용, 그리고 독자의 감정 이입을 끌어내는 능력이 필요합니다. 어느 것이 제일 중요할까요? 독자의 감정 이입을 끌어내는 능력입니다. 사람으로 치면 글 쓰는 기술은 외모입니다. 롱다리, 브이라인, 에스라인, 빨래판 복근 같은 것이죠. 내용은 사람이 가진 것이에요. 체력, 돈, 재능, 지식입니다. 감정 이입 능력은 성격, 마음씨, 인생관이라고 할 수 있죠. 사람들은 흔히 외모를 부러워하고 돈과 지식을 선망하지만 행복한 삶을 사는 데 결정적으로 중요한 것은 성격과 마음씨와 인생관입니다.

옳은 말인 것 같지만 현실은 다르다고요? 네, 그렇습니다. 많은 사람들이 정말 귀한 것을 잊고 삽니다. 바로 그렇기 때문에 행복하지 않은 것이죠. 얼굴이 예쁘다고, 돈이 많다고 해서 사랑하고 사랑받으며 기쁘고 행복하게 살 수 있는 게 아닙니다. 마음이 고와야, 생각이 바르고 가치관이 뚜렷해야 원하는 인생을 살 수 있습니다. 사람들이 그렇게 살지 않는다고 해서 이 말이 틀린 게 아닙니다. 글쓰기도 인생과 같습니다. 마음이 제일 중요합니다.

마음이 먼저입니다

일상적으로 쓰는 글은 무엇보다 '유머코드'를 살려야 합니다. 다른 사람을 행복하게 하려면 자신부터 행복해야 합니다. 글로 사람을 웃게 만들고 싶으면 글 쓰는 사람 자신이 웃으며 살아야 합니다. 어떤 선생님이 화장실 사용법에 대해 학생들을 지도해 달라는 공지문을 쓰다가 혹시 동료 교사들이 불편해 하지 않을까 걱정이 들었습니다. 좋은 표현을 찾으려고 고민하다가 저한테 초안을 보냈는데, 한번 보시겠어요?

바쁘신데 번거로운 말씀드립니다. ㅜㅜㅜ 제가 4층 남자화장실을 자주 사용하는데, 버려진 휴지로 인해 지저분합니다. 몇몇 학생들이 휴지를 함부로 사용하고 세면대, 소변기, 바닥 등에 버립니다. 현장 적발하면 주의를 줄 수 있는데, 해당 학생들을 찾기가 쉽지 않습니다. 담임선생님들께서 조종례 시간에 화장실 사용에 대한 훈화 말씀을 해 주시면 고맙겠습니다. 아무개 드림.

어떻습니까? 동료들의 기분을 배려하는 글쓴이의 마음이 보이나요? 제 눈엔 잘 보이지 않습니다. '바쁘신데 번거로운 말씀 드립니다.' '훈화 말씀을 해 주시면 고맙겠습니다.' 이런 것은 공손하긴 하지만 기분이 좋아지는 말은 아닙니다. 번거로운 일로 부탁을 할 때는 두 가지가 중요합니다. 첫째, 되도록 짧고 명확하게 씁니다. 둘째, 읽는 사람이 웃을 수 있도록 씁니다. 그러려면 메시지를 최대한 압축하고 유머를 집어넣어야 하겠지요. 살짝 손을 보았습니다. 조금 나아졌나요?

선생님, 부탁 하나 들어주세요. 4층 남자화장실이 지저분해요. 학생들이 세면대, 소변기, 바닥에 휴지를 버립니다. 지키고 서서 감시할 순 없죠. CCTV를 설치할 수도 없고요. 그저 담임선생님들만 믿습니다. 조례 종례 시간에 한 수 지도해 주시기를 앙망합니다. 꾸~벅. 말 못하는 화장실을 대신해서 아무개 드림.

마음에 드시나요? 제 유머코드가 좀 썰렁하긴 하지만 슬며시 웃음이 나오긴 하리라 믿습니다. 더 발랄한 유머를 쓰면 더 좋겠죠? 그런데 동료 교사들한테 화장실 사용 관련해서 학생지도를 부탁하는 것쯤이야 크게 부담되는 일은 아닙니다. 누구한테 돈을 달라고 하는 건 좀더 어려운 일이에요. 한번은 아이들 가르치면서 경영도 하는 동네 학원 원장이 수강료를 걷는 게 아이들 가르치는 것보다 더 힘들다고 하면서 보내는 사람과 받는 사람 모두 불편하지 않게 문자메시지 쓰는 방법을 문의했습니다.

돈 달라는데 반가워할 사람이 누가 있겠습니까? 그렇지만 학원 수강료를 주고받는 것은 지극히 자연스러운 거래입니다. 거래를 하는 동네학원 원장과 학부모들이 다 행복하려면 어떤 상황이어야 할까요? 학부모들은 이렇게 느껴야 합니다. "아, 또 학원비를 내야 하는구나. 힘드네. 하지만 잘 가르치고 또 아이도 열심히 공부해서 성적도 올라가니까 아깝지 않아." 원장은 이렇게 느껴야 하고요. "아, 또 학원비를 받아야 하는구나. 학부모들이 힘들 텐데. 하지만 내가 열심히 잘 가르쳐서 아이들 성적이 올라가고 있으니 난 떳떳해."

생활 글쓰기의 열쇠는 문장 기술이 아니라 마음입니다. 만약 자신이 제공하는 교육 서비스에 대해서 자부심과 확신이 없다면 글 쓰는 기술로는 해결할 수 없습니다. 어떻게 안내문을 쓰든 불편한 마음은 사라지지 않을 테니까요. 만약 자부심과 확신이 있다면 비로소 글쓰기 문제가 됩니다. 자연스러운 거래라고 할지라도 인간적 존중과 감사의 마음까지 실을 수 있다면 좋은 일이니까요. 이 경우 안내문 쓰기에서 제일 중요한 것은 감사의 마음을 표현하는 것, 그리고 최선을 다해서 아이들의 지적 능력을 북돋우고 있다는 믿음을 전하는 것이라고 하겠습니다. 우리는 보통 문장 쓰는 기술을 고민하지만, 문제를 해결하는 열쇠는 마음인 경우가 많다는 것이지요.

보고서와 회의록

관공서든 민간기업이든, 보고서를 한 장으로 쓰는 곳이 많은가 봅니다. 저한테 '원페이퍼 작성법'을 물어보는 분이 많더군요. 상세한 내용을 담은 긴 보고서를 한 장으로 줄일 때 어떤 식으로 작업해야 하는지 모르면 괴로울 수 있지요. 정반대 고충을 겪는 사람도 있어요. 원페이퍼는 어렵지 않은데 분량이 많은 심층보고서 또는 상세보고서 쓰는 일을 힘들어 하는 것이죠.

집 짓기와 비교하면 이해하기 좋을 겁니다. 원페이퍼는 지붕과 벽체가 없고 기초와 골조만 있는 집입니다. 문제의 핵심, 본질, 기본 구조만 보여 주는 것이지요. 보고서 목차는 다 비슷해요. 제목은 주제 또는 해결해야 할 문제가 무엇인지 알려 줍니다. 내용은 목표, 상황, 원인, 대처 방안, 기대 효과와 부작용, 부작용 최소화 방안 순서로 쓰는 게 보통이지요. 원페이퍼는 상세보고서를 축약한 것으로, 업무 범위가 넓고 해야 할 의사 결정이 많으며 업무에 대한 지식과 경험이 풍부한 고위급 책임자를 위해 만듭니다. 그런 사람들은 골조만 보면 지붕과 벽체, 적합한 인테리어와 가구까지 다 보거든요. 원페이퍼를 만드는 원리는 제거와 압축입니다. 제거해도 되는 것을 다 제거하고, 반드시 전달해야 하는 메시지를 최소 분량으로 압축하는 것입니다.

먼저 인테리어와 가구를 제거합니다. 그 다음 벽체와 지붕을 뜯어냅니다. 그러면 기초와 골조만 남습니다. 떼어 내지 말아야 할 것을 고르는 기준은 단순합니다. 집이 무너질 위험이 있으면 그대로 둡니다. 제거하면 집의 구조를 알 수 없게 되는 요소도 그냥 두어야 합니다. 그렇게 다 떼어 내고 남은 것을 최대한 압축합니다. 상세보고서는 반대로 하면 됩니다. 먼저 원페이퍼를 만들어 보고서의 기초와 골조를 세웁니다. 그 다음에 지붕을 올리고 벽체를 세우고 도배를 하고 가구를 들여놓는 식으로 하는 것이죠.

원페이퍼든 상세보고서든, 쓸 때는 독자의 눈으로 살펴봐야 합니다. 보고서는 보통 윗사람이 읽습니다. 쓰는 사람보다 나이가 많고, 경험도 많고, 시력은 나쁘고, 업무 범위는 넓고, 의사 결정권은 크고, 일반적으로 변화에 둔감하고, 결정해야 할 문제는 많습니다. 그런 사람의 시선으로 문제를 살피면서 보고서를 써야 합니다. 읽는 사람이 잘 아는 문제는 간단하게, 중요한데 잘 모를 수 있는 것은 자세하게 써야 합니다. 지적 호기심이 적은 사람이라면 원페이퍼에 가깝게, 지적 호기심이 왕성한 사람이라면 상세보고서에 가깝게 쓰는 편이 현명합니다.

예전에 청와대가 〈국민과 함께 읽는 대통령 보고서〉라는 것을 공개한 때가 있었습니다. 대통령 주재 정책보고회에 중앙부처나 국정과제위원회가 제출한 보고서를 있는 그대로 공개한 것이죠. 대통령기록관(http://www.pa.go.kr) 홈페이지의 16대 대통령 자료에서 관심 있는 주제를 키워드로 검색하면 보고서 원문을 내려받을 수 있습니다. 국가원수가 받은 보고서니까 우리나라에서는 최고 수준이라고 할 수 있을 겁니다. 책으로는 《대통령 보고서》(노무현대통령비서실 보고서품질향상연구팀 엮음, 위즈덤하우스, 2007)를 추천합니다. 책을 만든 대통령이 오래전 이미 세상을 떴으니 정치적인 오해는 하지 않으시겠죠? 대통령 보고서 중에서 자신의 전공이나 업무와 관련성이 높은 것을 골라 원페이퍼로 줄이는 훈련을 하고, 원페이퍼를 다시 상세보고서로 복원하는 연습을 하면 도움이 될 겁니다.

회의록 작성은 중요한 업무입니다. 정부든 민간이든 모든 조직에는 회의가 있습니다. 기록을 남기지 않는 회의도 있지만, 의사결정을 하기 위해 여는 회의는 기록을 하는 게 보통이죠. 업무에 참고하려고 개인적으로 기록하기도 하고, 회의록을 쓰는 것 자체가 고유 업무인 경우도 있습니다. 그런데 메모도 열심히 하면서 논의 흐름도 잘 이해했다고 생각하지만 글로 정리하면 어쩐지 마음에 들지 않는 경우가 많습니다. 회의에 참여하지 않았던 사람이 정확하게 이해할 수 있도록 써야 한다는 것은 알지만 잘 되지 않아서 고민합니다. 그런데 물어볼 사람도 마땅치 않고 물어보기도 민망해서 속으로 앓는 경우가 적지 않습니다.

이런 분들은 무엇보다 먼저, 자신이 쓰려고 하는 게 무엇인지 점검해 볼 필요가 있습니다. 속기록인가 회의록인가? 이 둘은 근본적으로 다릅니다. 속기록은 모든 것을 기록하지만 회의록은 중요한 것만 기록합니다. 선택과 집중이 회의록의 생명입니다. 무시해도 되는 것은 과감하게 무시하고 중요한 것은 정확하게 기록해야 합니다. 회의록을 만드는 데 필요한 것은 글 솜씨가 아닙니다. 회의에서 오가는 수많은 정보 가운데 중요한 것과 그렇지 않은 것을 가려내는 이해력과 판단력입니다. 글쓰기 기술을 연마한다고 해결할 수 있는 문제가 아닌 것이죠.

회의록 쓰는 능력을 기르는 방법을 하나 말씀드립니다. 큰 조직의 중요한 회의는 속기사와 공식 기록자를 배치합니다. 인트라넷으로 생중계를 하거나 회의록 전문을 공개하는 회의도 많습니다. 이런 회의에 참석했을 때, 자신이 서기라고 생각하면서 회의록을 작성해 보십시오. 들리는 모든 말을 받아 적으면 안 됩니다. 귀기울여 들으면서 중요한 정보와 그렇지 않은 것을 구별하려고 노력해야 합니다. 선택과 집중의 원리를 최대한 적용해서 중요하다고 판단한 정보를 중심으로 회의록을 씁니다.

회의가 끝나고 나서 어떤 중요한 정보가 있는지 다시 확인합니다. 시간을 두고 조직의 상황이나 사업이 진행되는 것을 보면서 자신이 회의록을 제대로 작성했는지 살핍니다. 잘못 판단한 사항을 발견하면 왜 오판했는지 분석해 봅니다. 책을 많이 읽고 생각을 깊게 하면 텍스트 독해력이 좋아지는 것처럼, 회의에서 오가는 이야기를 주의 깊게 듣고 이해하려고 노력하며 시간을 두고 생각하면 이해력과 판단력이 나아집니다. 제 경험에 따르면 국회의원들은 상임위원회와 본회의에서 열심히 집중해서 듣기만 해도 유식해질 수 있습니다. 사회의 온갖 중요한 문제에 대한 입법 제안 이유 설명, 전문위원 검토 보고, 질의응답, 찬반토론이 오가거든요.

다른 사람의 말을 잘 알아듣는 사람은 그렇지 않은 사람보다 글을 잘 쓸 가능성이 더 많습니다. 어떻게 하면 다른 사람이 하는 말을 정확하고 깊이 있게 이해할 수 있으며, 중요한 정보와 그렇지 않은 정보를 가려낼 수 있을까요? 말하는 사람에게 최대한 감정이입을 해서 그 사람이 하는 말의 뜻과 분위기를 헤아리려고 하는 태도가 열쇠입니다. 보고서를 쓸 때와 마찬가지인 것이죠.

저는 공학을 모릅니다. 그렇지만 강연과 상담을 하다 보면 엔지니어도 만나게 됩니다. 그분들은 저마다 전문적인 지식과 기능을 가지고 있으며 다른 엔지니어와 교류하는 기회가 많습니다. 자기네끼리도 업무와 전공이 많이 다르면 의사소통에 문제가 생깁니다. 공학을 모르는 사람과 정보를 교환해야 할 때는 더 심각합니다. 정말 쉽고 확실하게 아는 문제를 거듭 설명해도 상대방이 알아듣지 못해서요.

과학기술이 발달하면서 전문 분야가 극도로 세분화되었습니다. 전공 분야 안에서는 전문용어로 대화하면 효과적입니다. 그렇지만 전공 울타리 밖으로 나가면 전문용어는 암호나 마찬가지가 됩니다. 정보통신 기술 분야만 그런 게 아닙니다. 경제학 박사가 다른 경제학 박사와 대화하는 일이 천체물리학 박사와 대화하는 것보다 더 어려울 때도 있습니다. 한 사람은 국제금융론 박사고 다른 사람은 노동시장정책론 박사인 경우입니다. 이것도 글 쓰는 기술 문제가 아닙니다. 마음과 태도의 문제인 것이죠.

엔지니어라면 다 알지만 보통 사람은 모르는 전문용어를 되도록 쓰지 말아야 합니다. 설명하는 방식도 바꿔야 합니다. 고객과 거래처 사람들이 생각하고 말하는 방식을 이해하고 모방하는 것이죠. 그 사람들 처지에서 자신이 쓴 글과 한 말을 보고 듣는 겁니다. 쉬운 일이 아니고 시간이 많이 걸리는 일입니다. 그러나 성공한다면 엔지니어와 엔지니어 아닌 사람의 세계를 오가면서 소통을 주선할 수 있을 겁니다.

글 쓰는 아이들에게 격려를

끝으로 젊은 부모들에게 말씀드립니다. 부모는 자녀가 글 잘 쓰는 사람으로 자라기를 바랍니다. 경남 고성과 하동, 전남 무안 같은 지방의 작은 도시에 강연을 갈 때가 있었습니다. 대부분 공공도서관 사서 선생님들이 초대한 강연이었죠. 초등학생 자녀를

데리고 온 분들이 적지 않더군요. 저로서는 조금 당황스러운 일이었습니다. 청중이 지나치게 다양하면 강의 눈높이를 정하기가 어렵거든요. 그런 분들이 질의응답 시간에 자녀 글쓰기 지도법에 대한 질문을 하는 건 당연한 일이겠죠? 자주 받았던 질문 중에서 전형적인 것 몇 가지를 추려서 소개합니다.

초등 3학년 아들이 책을 읽기는 하는데 물어보면 주제나 중요한 대목을 잘 모릅니다. 독서감상문도 암기한 것처럼 책 내용을 그대로 적어요. 어떻게 하면 책을 읽고 생각을 정리해서 글쓰기로 표현할 수 있을까요?

초등 4학년 딸아이는 책을 많이 읽고 논술 학원도 다닙니다. 그런데 일기는 못 써요. 중요한 내용은 간단하게 적고 안 적어도 되는 것은 길게 씁니다. 자기 생각은 '즐거웠다' '좋았다' '재밌었다' 이렇게 단순하게 표현하구요. 학교 시험은 올백인데… 아직 어려서 그런 걸까요?

초등 4학년 아들이 생각이나 주장을 글로 쓰는 것을 어려워합니다. 논술, 글쓰기, 말하기를 배우는 학원에 보내는 건 좋은 방법이

아닌 것 같은데, 책을 많이 읽기만 하면 되는 건지요?

대한민국 부모님들, 참 급합니다. 이제 겨우 열 살인데, 뭘 그리 서두르는지 말입니다. 두 가지를 명심하셔야 합니다. 첫째, 아이들한테는 글쓰기가 힘든 일입니다. 둘째, 글쓰기는 어른도 힘든 일입니다. 부모님과 선생님도 잘하지 못하는 일을 아이들이 잘해 주기를 원한다니, 말이 안 되죠? 글쓰기는 높은 수준의 집중력을 요구하는 두뇌 활동입니다. 책을 많이 읽고, 학교 시험 성적이 좋고, 논술 학원에 보낸다고 해서 반드시 글을 잘 쓰게 되는 건 아닙니다. 초등학생 때는 잘 쓰든 아니든, 일단 무엇이든 쓰면 칭찬해 주어야 합니다. 줄거리가 없고 뜻이 분명하지 않아도 됩니다. 관심을 가지고 지도하면 금방 실력이 늘 것이라는 기대를 버리십시오. 달팽이 거북이 걸음이라도 앞을 향해 나아가기만 한다면 성공으로 여기겠다는 소박한 결의만 가지고 아이들을 지켜봐야 합니다.

아이들은 왜 일기와 독후감 쓰기를 어려워할까요? 많은 에너지를 소모하는 힘든 작업이기 때문이지요. 놀이로 여긴다면 그나마 힘이 덜 들 텐데 일기와 독후감 쓰기는 놀이가 되기도 어려워요. 일기를 부모님이나 선생님이 본다는 사실을 아이들은 압니다. 평가를 받아야 하기 때문에, 그리고 내밀한 감정을 들키기 싫어서,

솔직하게 자기 자신을 표현하지 못합니다. 독후감 쓰기는 더 어려워요. 텍스트에서 중요하지 않은 것을 생략하고 중요한 것을 압축하는 능력을 발휘해야 하니까요. 어른들이 보기에는 간단한 것 같지만 결코 간단한 작업이 아닙니다. 우리 어른들도 독후감을 잘 쓰지 못하는 경우가 허다하잖아요?

글쓰기는 자기 자신의 생각과 감정을 문자로 표현하는 작업입니다. 장르가 무엇이든, 모든 글쓰기가 다 그렇습니다. 글쓰기는 또한 타인과 소통하는 작업입니다. 그러나 일기만큼은 예외입니다. 일기는 남과 소통하려고 쓰는 게 아니라 혼자 보려고 쓰는 겁니다. 그래서 타인의 시선을 의식하지 않고 자기의 감정과 생각을 솔직하게 표현할 수 있습니다. 시간이 흐른 후 일기를 보면서 과거의 자신과 소통할 수는 있겠지만, 그래도 일기는 어디까지나 소통보다는 자기표현을 위해 쓰는 글입니다. 따라서 자기의 생각과 감정을 정확하고 실감나게 표현해야 잘 쓴 일기라고 할 수 있습니다.

일기 쓰기로 글쓰기를 시작하는 사람이 많습니다. 일기는 특별한 훈련을 하지 않아도 자기의 생각과 감정을 있는 그대로 표현할 수 있는 장르여서 그런 것이지요. 일기는 정직하게, 꾸밈없이, 실감나게, 자기 자신의 언어로 자연스럽게 쓰는 게 정석입니다. 그렇게 쓰다 보면 같은 사람이 쓴 일기가 시간이 흐르면서 완연하게 달라집니다. 세상을 보는 눈이 넓어지고, 다양한 경험이 쌓이고, 어휘와 지식이 늘고, 감정이 깊고 풍부해짐에 따라 일기의 주제, 표현 방식, 문장 스타일 등 모든 것이 달라지기 때문입니다. 다음은 《우리글 바로쓰기》(이오덕, 한길사, 2009) 제5권에서 가져왔습니다. 초등학교 6학년 어린이가 쓴 글입니다.

성연이와 같이 오늘도 즐거운 마음으로 등교를 했다. 막 6학년 1반을 지나가려는데 교감선생님이 우릴 부르셨다. "야, 저기 저 것 좀 주워." 지금까지 교감선생님한테 걸린 게 몇 번째인지... '싫어요. 선생님이 주우세요'라는 말이 목구멍까지 올라왔지만 죽을 힘을 다해 참고 쓰레기를 주웠다. 그러고 나서 계속 속에 있는 말을 혼잣말로 중얼거렸다. "뚱뚱해 가지고, 지는 안 주우면서 왜 나보고 주우래? 인간성은 되게 더러운데 어떻게 교감이 됐지?" 교감선생님이 불렀다 하면 뒷말이 "쓰레기 주워"이다. 이러다가 교감 공포증에 걸리면 어떡해?

'모범적'인 일기는 아니죠? 교감선생님은 아마도 아이들이 좋은 습관을 익히도록 하려고 쓰레기를 줍게 했을 겁니다. 그런데 아이는 교감선생님 자신은 쓰레기를 줍지 않으면서 아이들한테 시키기만 하는 것을 비판했습니다. 이 글을 소개하는 것은 내용이 훌륭해서가 아니라, 이 어린이가 자신이 교감선생님에 대해서 느끼는 감정을 실감나게 표현했기 때문입니다.

그런데 학교에 제출하는 일기를 이렇게 썼다면 선생님이 뭐라고 했을까요? 상상에 맡기겠습니다. 그래서 진짜 일기는 본인만 보게 하라는 겁니다. 어린이가 쓰는 일기는 사회 통념에 비추어 바람직한 내용만 담을 필요가 없습니다. 문장이 정확하거나 훌륭하지 않아도 됩니다. 자기가 본 것, 겪은 일, 살아가면서 드는 의문, 그에 대한 생각, 느낀 감정을 정확하고 실감나게 표현하기만 하면 됩니다. 아는 게 많아지고 자신의 생각과 감정을 객관적으로 인식하는 능력이 생기면 내용은 저절로 높은 수준으로 발전합니다. 중요한 것은 자신의 생각과 감정을 솔직하고 정확하게 문자 텍스트로 표현하는 태도와 능력을 기르는 일입니다. 그래서 아래 방법을 권고해 드립니다.

1. 아이가 쓰는 일기를 보지 마십시오. 부모나 선생님이 일기를 보지 않는다는 것을 아이가 확신하면서 일기를 쓰게 하십시오. 예컨대 조그만 자물쇠가 달린 일기장을 사 주는 겁니다. 일기를 썼는지 여부만 주기적으로 확인하고, 쓰지 않았을 경우 쓰도록

자극하고 격려하는 것으로 충분합니다. 선생님에게 일기를 제출하는 것이 학교 과제라면 그런 일기는 별도로 쓰도록 하는 게 좋습니다. 꼭 필요할 때는 아예 '가짜 일기'를 쓰게 하고, 평소에는 아무에게도 보여 주지 않는 '진짜 일기'를 쓰게 해야 합니다.

2. 아이와 합의해서 가끔씩 아이가 선택해서 보여 주는 일기만 보십시오. 문장력도 보고 내용도 살피십시오. 그러나 내용에 대한 도덕적 훈계는 하지 마십시오. 자신의 생각과 감정을 잘 표현한 문장은 칭찬해 주고 그렇지 않은 문장은 더 실감나게 표현할 방법이 없는지 이야기를 나누십시오. 단, 의견을 말할 경우에는 점수를 매기거나 평가하는 것으로 비치지 않게 해야 합니다.

3. 부모님도 함께 일기를 써 보십시오. 누구에게도 일기를 보여 주지 않는다는 전제를 두고 쓰십시오. 그리고 부모님이 쓴 일기 중에 적당한 것을 골라서 자녀와 함께 보십시오. 되도록《우리글 바로쓰기》에서 가져온 일기처럼 솔직하고 실감나게 쓰시기 바랍니다. 글쓰기를 시작하는 아이들한테는 일기 쓰기도 결코 수월한 과제가 아닙니다. 부모님이 함께 한다는 것을 알면 어색함과 두려움이 덜어져 더 자연스럽게 쓸 수 있을 겁니다.

다음은 독후감 쓰기입니다. 독후감은 책 내용을 옮겨 쓰는 게 아니지만 시작은 그렇게 하는 경우가 많습니다. 잘못된 게 아닙니다. 책에서 읽은 특정 대목을 옮겨 쓰는 것을 '발췌'라고 하지요. 어떤 이유에서든 아이들은 자기 눈에 들어오는 대목을 발췌합니다. 여기서 '요약'으로 나아가려면 주관적 관심이 아니라 텍스트의 핵심이 무엇인지 객관적으로 파악하는 독해력이 있어야 합니다. 독후감을 쓰는 데 가장 중요한 것은 쓰는 능력이 아니라 읽는 능력입니다. 그런데 읽는 능력, 즉 독해력은 책 한 권을 읽었다고 해서 곧바로 향상되는 게 아닙니다.

책 한 권의 핵심을 요약하고 소감을 말하는 것은 운동으로 치면 뜀박질입니다. 뜀박질을 하려면 먼저 두 다리로 일어서서 걷는 법부터 배워야 합니다. 곧바로 독후감을 쓰라고 하기보다는 어떤 책의 몇 쪽 또는 일부를 읽고 요약하는 방법부터 익히게 하는 것이 바람직합니다. 한 권을 여러 개로 분책해서 하나씩 요약하게 하는 것이지요. 아이가 요약한 것을 가지고 부모님이 아이와 이야기를 나누면 됩니다. 책을 사 주고, 독후감 쓰라는 과제를 주고, 독후감을 보고 품평해 주는 방식으로 아이들에게 글쓰기를 가르칠 수 있다고 생각하면 오산입니다. 설마 하니 부모 노릇이 그렇게 쉽겠습니까?

거듭 말씀드리지만 글쓰기는 자기를 표현하는 수단입니다. 자기표현은 강제할 수 없습니다. 스스로 표현하고 싶어야 잘 표현할 수 있습니다. 독후감 쓰기를 의무로 만들지 마십시오. 아이가 감정과 생각을 있는 그대로 표현할 수 있도록 자유로운 환경을 만들어 주십시오. 아이가 쓴 글을 가지고 평가하기보다는 그저 즐거운 분위기에서 놀이 삼아 이야기를 나누십시오. 가르치려고 하지 말고 그저 북돋워 주기만 하십시오. 가르치려 들면 아이들에게는 억압이 됩니다.

우리가 아이들에게 글쓰기를 가르치고 싶어 하는 건 무엇 때문일까요? 단순히 시험 성적이나 입시를 위해서라면 아이들이 더힘들어 할 겁니다. 일기 쓰기, 독후감 쓰기, 편지 쓰기가 모두 나를 표현하고 남과 소통하는 길이라는 걸 이해한다면 글쓰기를 좀 더좋아할 수 있지 않을까요? 저는 세상의 모든 어린이들에게 큰 소리로 말하고 싶습니다.

여러분은 이 세상을 위해서 태어난 존재가 아니라 이 세상에 살러 온 존재입니다. 사람마다 가지고 태어난 특성과 환경은 다르지만 모두가 최선을 다해서 의미 있고 행복한 인생을 살아야 합니다. 노력하고 분투하고 즐기면서, 각자 자기답게 살아가기를,

그런 삶을 누릴 기회가 여러분 모두에게 찾아들기를, 그리고 살아가면서 하는 생각과 느끼는 감정을 글로 자유롭게 표현하며 살아가기를 아버지의 마음으로 기원합니다.

252

자서전 집필을 시작한 회장님.

제11장

정훈이의 표현의 기술

서른 무렵이었어요.

하루는 제 이름이 나온 신문의 기사를 읽고 있었는데

'중견작가 정훈이'라는 표현이 유독 눈에 띄었습니다.

중견이라…

신인 만화가라는 꼬리표가 사라졌어.

따리리리~~~

통신보안!! 만화가 정훈이 작업실입니다.

무엇을 도와드릴까요? 고객님~

월간 〈좋은생각〉
잡지 기자
김꽃달입니다.

저희 잡지에 젊은이들에게
꿈과 희망을 줄 수 있는 내용으로
'명사들이 들려주는 이야기'라는

칼럼이 있는데
혹시 원고를
청탁할 수 있을까요?

선생님께서 만화가가 되기까지의
과정 같은 거… 예를 들면

고생했던
무명시절 이야기도
좋을 것 같아요.

그런 거
없습니다.

전 무명시절이
없었어요.
고생한 적도

아… 그래도 남달리
노력하셨던 뭐 그런 얘기라도…

257

글쎄요···

딱히 남다른 노력을 했다고 말하기도 좀 그렇고

젊은 친구들에게 노력하면 나처럼 성공할 수 있다고 말하면 거짓말이죠. 전 그런 글을 쓸 자격이 없습니다.

저를 대역한 만화배우 남기남 씨가 좀 시니컬하게 연기를 했지만 그날 저는 정중하게 거절했습니다.

···

저는 〈아침마당〉 같은 TV 프로그램에 출연해서

아침마당

개사료가 싸길래 그걸 시리얼처럼 먹을 생각을 했죠.

···

무용담처럼 들려줄 만한 화려한(?) 무명시절이 없습니다.

어이쿠, 고생많았네

치카 치카

대입에 실패한 삼수생으로

또 떨어졌어...

군복무 전 5개월 남짓 만화학원에 다닌 후,

방위병 복무를 마치고

처음 응모한 신인 만화공모전에 입상하면서
만화가로 데뷔했습니다.

'자고 일어나니 스타가 되었더라'
라는 말처럼

나가요~

후릅~

순식간에 인생역전을 한 경우죠.

찰칵!!

핑!

핑!

솔직히 만화에 대한 열정이 없었습니다.

만화책을 애써 구해서 보거나
소장한 적도 없습니다.

만화가라고 하기에 부끄러울
정도로 본 만화책도 없어서

〈아르미안의
네 딸들〉
에서 말야

'그 만화 어떻게 보셨어요?'라는 사람들의 질문이
때론 부담스럽기도 했습니다.

웃! 피하자...

TOILET

그냥 딱, 남들 보는 만큼만 봤죠.
눈앞에 굴러다니면 읽는 정도?

키득! 키득!

어느 날 '나는 어쩌다가 만화가가 되었을까'라는 질문을
스스로에게 던졌습니다.

제가 '어쩌다가'라는 표현을 쓴 이유는 '왜'와 '어떻게'라는
두 가지 의미가 담겨 있기 때문입니다.

"만화에 열정이 있는 것도 아니고"
"피나는 노력을 한 것도 아닌데"
"난 어떻게 만화가가 되었을까?"
"재능의 금수저라도 물고 태어난 걸까?"
"행운의 여신이 내 뒷배고 말야..."
"아무리 노력해도 운이나 백이 없으면 성공할 수 없는 세상인데"
"너무 불공평한 거 아냐?"

그래서 저는 제가 살아온 과정을 한번 살펴보았습니다.
저도 모르게 이런 능력이 생긴 단서를 찾을 수 있지 않을까 해서요.

내 인생 추적하기

저는 1972년 서울에서 태어났습니다.
서태지와 동갑이고, 〈응답하라 1994〉의 내레이션처럼
아날로그와 디지털기기를 모두 경험한 세대이며,
PC통신과 인터넷 1세대이면서 X-세대이고,
교복자율화 응팔 세대이며,
반공교육 세대입니다.

다섯 살 때, 아버지께서 다니시던 공장이 창원공단으로
이전하면서 우리 가족은 창원으로 이주했습니다.

우리 집은 동양에서 제일 긴 직선도로인 창원대로 끝에 있는
회사 사택 아파트였습니다.

같은 넓이에 똑같은 모양의 집

기다란 복도에는 현관마다 아빠들의
출퇴근용 자전거가 놓여 있었으며

엄마, 아빠들은 '102호 아저씨', '401호 아줌마' 등 사이보그의 일련번호처럼
번호로 불렸고 그건 아이들도 마찬가지였습니다.

다들 재산이라곤 3종 세트마냥 200리터 미만의 냉장고, 14인치 텔레비전, 전화기가 전부였습니다.

텔레비전은 금성이냐 삼성이냐의 차이만 있었고

전화기는 백색이냐 흑색이냐의 차이였고,

아빠들의 자전거 모양은 같았지만, 색상은 다양했습니다.

초등학교 시절 저는 학년 대표로 미술대회에 매번 나갔습니다.

그림을 잘 그려서 나간 건 아니고 한 학년 두 반 남짓한 시골학교라 워낙 나갈 사람이 없으니까 나간 거였죠.

하지만 한 번도 미술대회에서 상을 받아온 적은 없습니다.

우리 학교 대표 일곱 명 중, 미술의 정훈이만 빼고 여섯 명 모두 상을 받는 쾌거를 이루었습니다!

학교 주변에는 황량한 논밭이 있을 뿐 만홧가게는 없었습니다.
그래서 만홧가게에서 만화를 보다 엄마한테 혼난 추억은 없습니다.
제게 만화란 TV 만화영화를 의미했고,
만화책은 아버지께서 매달 회사 내 신협에서 사다주신
소년중앙의 별책부록이 전부였습니다.

저는 공책이나 연습장에 만화를 그리거나 낙서하는 걸 좋아했어요.
책의 여백을 보면 참을 수 없는 충동을 느꼈죠.
그건 지금도 마찬가지입니다.

제가 좀 특이했던 건 또래 남자아이들이 〈마징가 제트〉 같은 로봇을 많이
따라 그렸는데 저는 윤승운, 길창덕, 신문수, 박수동, 김수정 선생님의
명랑만화 주인공을 많이 따라 그렸다는 정도입니다.

종종 만화 창작활동도 했습니다.

문방구에서 10원에 몇 장씩 파는
16절 갱지에

자로 칸을 나누고 연필로 그린 만화였죠.

순전히 저만 보고 즐기는 만화였습니다.

267

〈우주대모험 1999〉, 〈브이〉 등 TV에서 방영하는 외화를 보다가

필을 받으면 그 내용을 그대로 만화로 그렸죠.

하지만 언제나 1회로 끝이 났습니다.

중1때, 2본 동시 상영관에서 〈터미네이터〉를 보고 충격에 빠졌습니다.

그날 밤, 저의 야심작인 공상과학 장편 만화 〈터미네이터〉 제1회를 그리기 위해 랜턴을 들고 영화 포스터를 보면서 스케치했던 기억이 납니다. 누가 볼까 두려워 가슴을 콩닥거리면서요.

6학년 때 교실 게시판에 특이한 공고문이 붙었습니다.

만화 그리기 대회가 열린 거예요.

스케치북 여섯 장에 사인펜으로 쓱쓱 그린 제 만화의 제목은 〈아! 대한민국〉이었습니다.
정수라가 부른 당시 최고 인기 가요 '아, 대한민국'의 제목을 그대로 가져왔죠.

하늘엔 조각구름 떠 있고, 애드벌룬에 매달려 휘날리는 대형 태극기가 그려진 표지가 아직도 생생히 기억나네요.

시골에서 상경한 할아버지가

주인공 어린이와 함께 서울 나들이를 하면서

쓰레기를 함부로 버리고 무단횡단을 하는 등, 질서를 안 지키는 어른들을
혼내주는 그런 내용이었습니다.

그 작품의 하이라이트는
하라는 공부는 안 하고

화염병을 던지며 데모하는 장발의 대학생에게
할아버지가 지팡이를 휘두르며 혼내주는 장면이었죠.

장발의 대학생이 눈물을 흘리며
반성하는 장면을

저는 매우 감동적으로 그리려고 노력했습니다.

제 만화가 왜 〈아! 대한민국〉이었냐면요.
그때 주제가 반공방첩, 나라사랑, 효도하기,
공중도덕, 질서 지키기, 봉사하기, 바른생활,
환경미화, 자연보호, 불량식품 추방,
어른 공경하기 등이었는데

그것을 모두 담을 수 있는 건 대한민국 밖에
없다고 생각했기 때문입니다.

하지만 공고문에 나열된 그 수많은 주제 중
맨 마지막에 적힌 '...중 택 1.'
바로 그 **'택 1'**을 보지 못했기 때문에 〈아! 대한민국〉을 그렸던 겁니다.

저는 그 만화 한 편으로

교내 만화그리기대회 최우수상.
창원시교육청 최우수상.
경상남도교육감상.
그리고 문교부 주최 '전국학생만화그리기대회'에서
가작상을 받았습니다.

지역 예선을 거치면서 만화 한 편으로 상 네 개를 받았는데
그것이 초, 중, 고 통틀어 미술로 받은 유일한 상이었습니다.

상상놀이

80년대 초중반, 탤런트 조경환 님이 담임선생님 역을 맡고
5학년 5반 아이들의 학교생활을 담은
MBC 어린이 드라마 〈호랑이 선생님〉이 폭발적인 인기를 누렸습니다.

방학 때는 특집으로 일상을 벗어나 SF나 공포물, 타임머신 등
꽤 실험적인 에피소드도 많이 선보였습니다.

어느 날 갑자기 어른들이 사라지고
도시에는 아이들만 남게 된다는 설정의
에피소드가 있었습니다.

그날 이후, 전 오랫동안 이 한 가지 주제로
상상하기 놀이에 빠졌습니다.

꼬리에 꼬리를 무는 상상으로 매번 퀘스트를 던지고
문제를 해결하기 위해 또다시 상상하거나 자료를 찾았습니다.

아~ 심심해.

심심할 땐 곧잘 뇌를 가동시키면서
나 홀로 상상놀이에 빠졌습니다.

푸륵 푸륵!
푸르르릉···

고등학교에 들어가기 전까지 아마
그리고 혼자 놀았나 봅니다.

인류가 멸망하고 주인공 혼자 살아남는다는
설정의 영화 〈나는 전설이다〉를 본 후,

한동안 잊고 있던 이 놀이를 성인이
되어 다시 시작하게 되었습니다.

이번 주제는 '세상에 나 혼자 살아남는
다면?'입니다.
상상놀이의 시즌2가 시작된 거죠.

요즘은 인터넷으로 궁금증을 해결하기 쉬워져서
상상은 더 세련되고 섬세해졌습니다.

소형 발전기 매뉴얼을 구해서 사용법을 숙지해두자.

휘발유와 경유를 육안으로 구분하는 법은?

남편 뭐해?

지형도로 방사능 피해에서 벗어날 수 있는 곳을 찾는 중이야.

사람이 없어도 원자력 발전소가 자동 운전으로 일주일 정도는 버텨.

277

어릴 때부터 저는 놀이를 통해 상상훈련을 했습니다.
습관적으로 말이죠.
엉뚱한 상상하기와 지속적인 상상훈련은 만화가인
저에게 가장 큰 자산이 되었습니다.

쓸데없는 상상을 한다고 핀잔을 들을까 봐 상상놀이는
늘 비밀스러운 놀이처럼 혼자만 즐겼습니다.

상상은 무한한 자유를 누린다는 거
다들 동의하실겁니다.
하지만 우리는 사회적 통념으로 자기검열을 하면서
스스로 그 자유를 억압합니다.

자랄 때 늘 듣던 '쓸데없는 생각 말고 공부해라.'처럼
현실적인 생각이 상상을 억압하기도 합니다.

그러다 보니 엉뚱한 상상을 하는 것을 우습게 여기기도 하고
스스로 '내가 왜 이러나?'라며 잘못처럼 느끼죠.

저는 상상력이 뛰어난 편입니다. 상상이 제 만화의 동력원이니까
직업 만화가로선 아주 좋은 조건을 갖춘 셈이죠.

하지만 세상에 공짜는
없나 봅니다.

한쪽으로만 뇌를 발달시킨 탓인지 저의
수리 능력은 매우 뒤떨어지고

논리적, 이성적 사고력도
매우 떨어지죠.

지나친 상상력이 이성적 사고를 압도하면서
인생에서 대형 사고를 친 적도 있습니다.
그것은 나중에 자세히 소개할 겁니다.

연애편지

중학교 때는 3년 내리 반장을 하고
공부도 잘하는 모범생이었습니다.

그때가 제 인생의 황금기였죠.

왜냐면 창원에서 예쁘기로 소문난
여학생이 제 여자친구였으니까요.

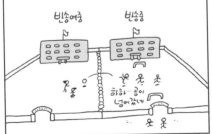

여자친구는 우리 학교에서 공을 차면
넘어가는 바로 옆 학교에 다녔습니다.

하굣길 버스정류장에서 거의 매일
얼굴을 볼 수 있었죠.

3년을 사귀면서 단둘이 만난 건 딱 두 번입니다.

그중 한번이 이별할 때였을 겁니다.

연애는 언제 했냐고요?

우린 3년 동안 중단 없이 편지를 주고받았습니다. 예쁜 꽃편지지에 한 장만 쓰면 정성이 부족해 보이니까 두세 장 빽빽하게 편지를 썼죠.

헤어지면 그동안 받은 편지와 선물을 돌려주는 게 국제관례인 양, 저 역시 헤어질 때 제가 받은 수백 통의 편지를 돌려주었고 또 돌려받았습니다.

한두 번 쓰다 보면 쓸 내용도 없을 것 같은데 그땐 할 말이 참 많았나 봅니다.

으흐흑…

연애를 한 건지, 집필활동을 한 건지 헷갈릴 정도로
연애편지를 재미있게 쓰려고 노력했습니다.

3년 동안 쓴 연애편지 수백 통에 주목합니다.

트레이닝. 연애편지는 글쓰기 훈련이었습니다.

매번 다른 내용으로 친구를 즐겁게 하기 위해
최대한 재미있게 쓰려고 노력을 한 거죠.
편지를 읽는 친구의 표정을 상상하면서요.

이것이 만화가가 될 수 있었던
또 하나의 중요한 요인이라고 생각합니다.

저도 모르게 글쓰기 능력을 키우고 있었던 겁니다.
그것도 가장 하고 싶은 일을 하면서 말이죠.

운명의 여신 1

제 고향은 고교입시과열이 심각한 비평준화 지역이었습니다.

중3이 되면 야간자율학습과 휴일 보충수업은 당연한 일이었고

심지어 교실에서 단체로 이불 깔고 자며 숙식을 해결하는 학교도 있었습니다.

고등학교 입학은 제겐 해방이었죠.

그때 운명의 여신이 찾아왔습니다.

286

록 음악의 여신. '헤비메탈'이 찾아온 것입니다.

친구들과 밴드 활동을 했습니다.
단지 듣는 것만으로는 참을 수 없었죠.
밴드의 이름은 '아파치'였습니다.

고교 시절 제 성적은
밑바닥을 기었고

사고도 많이 치는 비모범생이었습니다.

담배 피다 걸려, 일일찻집 주도하다 걸려...
엄마를 교무실로 모셔오는 소환술도 여러 번 시전했죠.

엄마
모셔 와!!

저의 고교시절은 밴드로 시작해

밴드로 끝을 맺었습니다.

대학요?

어떻게 됐냐?

당연히 떨어졌죠.

당연히

떨어졌지.

우리

모두

한 명도 붙은 놈이 없다니!!

이런… 의리 있는 놈들!!

졸업공연이 코앞이야.

우린 슬퍼할 겨를이 없어!

연습하자.

두둥 두둥

289

마산 시외버스터미널 옆에 있던 '한국관'이라는
나이트클럽을 빌려 마지막 졸업공연을 하고
우리는 음악을 접었습니다.
음악에 재능이 없다는 걸 우린 잘 알고 있었으니까요.

3년 간 부모님을 속이고 무사히(?)
밴드활동을 했는데

마지막
콘서트가
끝났다…

마지막 졸업공연날 결국 들키고
말았습니다.

이제 재수생의
비른길로
나아가야겠군.

흐흐

삐리리리리-

멤버 중 한명의 엄마가 대학까지 떨어지자
분을 참지 못하고 우리집에 전화를 하신 겁니다.

?

아드님이 지금
뭘 하고 있는지
아세요?

한국관에서
공연을
하고 있어요!

그날 처음 아버지께 맞았습니다.
아버진 대학에 떨어진 사실보다,
음악을 한 사실보다,
독서실 갔다고 거짓말을 한 것에
더 화를 내셨습니다.

심각한 상황이라 웃음이
터지려는 걸 참아야 했습니다.
고1 때 학교 중창단 활동을
한 적이 있는데

크흐흡!!···

부모님은 제가 '한국관'이라는 고풍스런 건물에서
중창단 공연을 한 줄 아셨던 겁니다.

노량진

중학교 졸업하면 고등학교에 진학하듯
대입에 떨어진 저는 재수학원에 진학했습니다.
재수를 했지만 또 떨어졌습니다.
친한 친구 열 명 중 대학에 떨어진 건 저 혼자였습니다.
부끄럽고 외로웠습니다.

전 고향 친구들과 연락을 끊고 야반도주하듯 서울로 떠났습니다.
저와 같은 처지의 수험생 5만 명이 꿈틀거리는 노량진에서
하숙을 하며 다시 대입을 준비했습니다.
공부하는 재미와 성적이 오르는 재미를 처음 느끼기도 했습니다.

제가 지내던 하숙집은 마치 지역 안배에 신경 쓴 것처럼 하숙생들이
지방별로 골고루 있었습니다. 지역감정 따원 없었습니다.
우린 모두 수험생이라는 공통의 운명이었으니까요.

1992년 5월 어느 날 밤, 서울역 광장.

빨리 피고 가자…

총각, 언니들이랑 연애 한번 하고 가!

…

저 담배만 피고 바로 갈건데요.

옛날 신문을 검색해보니 그날 민자당 창당 2주년을 맞아 대학생들의 규탄대회가 열렸던 것으로 보입니다.

오늘 대학생들 데모 한다고 장사도 못했어!

…

쳐 죽일 놈들! 어떻게 그놈들과 합당을 해!

그놈들 때문에 죽은 사람이 얼만데!!

?!

호객을 하던 할머니의 말은 뜻밖이었어요. 전 당연히 데모하던 대학생을 욕할 줄 알았거든요.

안 그래?

캭!

데모하는 학생들을 혼내주는 만화로 상까지 받고

데모 하지 마!!

김영삼의 삼당 합당을 구국의 결단이라고 믿었던 경상도 청년에게 그것은 뜻밖의 첫 경험이었습니다.

?

그해 겨울, 대통령 선거가 있었어요.
선거일 당일.
서로 크게 내색은 하지 않았지만, 프로야구 고향 팀을 응원하듯
하숙집에는 묘한 기운이 흘렀습니다.

하숙집엔 TV가 없었기 때문에
개표결과는 슈퍼를 들락거리며 전해 들었죠.

그날 김영삼 후보가 대통령으로 당선되었습니다.

담배를 태우기 위해 옥상으로 갔는데

옥상 한쪽 구석에 광주에서 온 돈봉이가 흐느끼며 울고 있었습니다.

의아하다는 표정으로 전주에서 온
형원이를 쳐다봤습니다.

자기 고향 후보가 대통령에 떨어진 게
그렇게 슬픈 일인 걸까?
저는 이해할 수는 없었지만 울고 있는 돈봉이의 뒷모습이
너무 슬퍼 보여 아무런 말도, 위로도 할 수 없었습니다.

이듬해부터 새로운 대입 제도인 수능이 도입되기 때문에
수험생들에겐 마지막이라는 두려움과 절박함이 있었습니다.
당시 하향지원이 대세였죠.

형!

원서 어디
낼 건지
결정했어?

안성 캠퍼스
영어

일단은·

바로
옆 동네네~

눈치작전 하기
좋겠다~

형도 눈치작전
할 거야?

흐흐···

원서 접수 마지막 날 아침부터 원서접수창구에
자리를 깔다시피 하고 창구를 주시했습니다.
당시 학력고사에선 지원율이 낮은 학교나 학과에
막판 지원하는 눈치작전이 성행했습니다.
눈치작전의 폐해 때문에 선지원 후시험 제도로
바뀌긴 했지만, 눈치작전은 여전했습니다.
과별로 접수창구가 달랐기 때문에 막판에
어느 과에 몰리는지는 충분히 예측할 수 있었죠.

마감이 임박하자 서서히 지원율의
윤곽이 드러났습니다.

마감 직전 원서를 접수했고
닫지마시오! 여기 한명있소~
노량진으로 돌아와서 저녁을 먹으며
TV로 원서 접수 결과를 지켜봤습니다.
밥 먹으면서 접수결과 봐야지
육개장
순두부
응용통계학과 경쟁률 5.3대 1…
헉!!
차림표
…
육개장
순두부
…
…

인생에서 대형 사고를 쳤어요.

앞서 예고했던, 지나친 상상력이 이성적 사고를 압도하면서 발생한 대형 사고였죠.

삼수 전기대 시험을 놓고 전 어이없는 도박을 했습니다.
지방 캠퍼스에 원서 넣으러 간 놈이 눈치작전 끝에 미달을 예상하고
서울 캠퍼스에 원서를 넣어버린 거죠.

아버지, 저 합격했어요!

놀라지 마세요. 사실 저 서울 캠퍼스에 원서를 넣었습니다.

뭐? 지방 캠퍼스가 아니고?

고등학교 내내 사고만 치던 대학도 못 간 삼수생 아들이 이런 꿈 같은 상황을 연출하고 싶었나 봅니다.

전기대 시험을 앞두고 저는 후기대 시험을 대비해야 했습니다.

후기대 D-48

전기대 D-3

운명의 여신 2

또 떨어졌습니다.

...

후기대 발표 날, 어머니는
드러누우셨고

답답한 마음에 집 근처 초등학교에
갔습니다.

...

'6타수 무안타'
제 초라한 대입 성적입니다.

...

고3 전기	OUT
고3 후기	OUT
재수 전기	OUT
재수 후기	OUT
삼수 전기	OUT
삼수 후기	OUT

점심시간 뛰어놀던 아이들이 수업에 들어가고
텅 빈 운동장을 바라보며 한참을 멍하니 앉아 있었습니다.
삼수 때 한 번 입영연기를 했기 때문에
이젠 군대에 갈 일만 남았습니다.
전문대라도 붙은 뒤 사수를 할까 고민도 했지만
수능시험을 볼 자신이 없었습니다.

만화책을
놓고 갔네?

만화책을
책꺼풀로
위장했군.

우리릭~

책은 일본만화 호조 츠카사의 〈시티헌터〉였습니다.
당시는 일본문화 수입금지시대였지만 〈시티헌터〉는
〈도시의 사냥꾼〉이란 제목으로 해적판이 나와 있었습니다.
친구들 사이에서 엄청나게 재밌다는 말은 전해 들었지만
학교 앞 만홧가게에선 볼 수 없었던
전설의 〈도시의 사냥꾼〉이 제 손에 들어온 겁니다.

방금 전까지만 해도 삼수 끝에 대학에 떨어져
세상 무너질 듯한 표정으로 절망하고 있었는데
어느새 만화책을 보면서 낄낄거리고 있더군요.

절망의 끝에서 깨달음을 얻은 순간이었습니다.
만화 같죠?

순수 고졸

고등학교 때까지 제 장래희망은 군인이었습니다.
성적이 안 돼서 육군사관학교를 지원할 수 없게 된 후부턴
제 또래 대부분이 그렇듯 '대학 진학' 말곤
미래에 대한 특별한 생각이 없었습니다.

수업시간 친구들을 주인공 삼아 종종 낙서수준의
만화를 그려 돌리기도 했는데
농담 반 진담 반으로 친구들이 만화가가 되라고 한 적은 있었어요.

밴드 졸업공연 팸플릿의 멤버 소개란에
'장래희망은 만화가'라고 쓰긴 했지만
그건 좀 있어 보이려고 그랬을 겁니다.

장래희망은 아니었어요.
군대 갔다 오면 생각은 또 달라질 수 있으니까요.

정훈 씨,
계십니까?

군인이 찾아왔습니다.

…

웁스!

입영영장이라고 생각했어요.

올 것이 왔군…

이게 뭐야?

그것은 '농어촌 및 취약지역 보충역 편입통지서'였어요.

72년생 2급 현역 입영대상자 중 전문대 이상 합격한 사실이 없는 순수 고졸자는 보충역. 즉, 방위병으로 편입시킨다는 통보였습니다.

…

'순수 고졸'

현역으로는 군대에서도
필요 없는 '잉여'가 되었습니다.
왠지 자꾸만 밀려난다는 씁쓸한 기분이 들더군요.

뭐지?
이 더러운
기분은…

차라리 잘됐어. 삼수한다고
뒤쳐졌는데 군대라도 짧게
갔다와야지~

스스로 위안하면서 전문대 시험을 포기했고
얼마 후, 방위소집 통지서를 받았습니다.

마음고생도 심할 텐데 바로 군대 가는 건 너무 가혹하다는 생각이 드는구나.

엄마랑 상의를 했는데

입대를 몇 달 연기하고 컴퓨터 학원 같은 데 다니면서 머리도 좀 식히고

...

자격증이라도 따서 뭔가 하나라도 배우고 들어가면 네 마음이 조금은 편하지 않을까 한다.

부모님은 제가 상처받을까 봐 걱정하신 모양입니다.

만화를 배우고 싶습니다.

전 만화가 김진태의 팬이었습니다.
그가 만화학원을 다녔다는 인터뷰 기사를 단서로
서울에 올라와 만화학원을 수소문 했습니다.
당시 만화학원은 생소했습니다.
보통 만화가가 되려면 만화가의 문하생으로 들어가
수련을 쌓은 후 데뷔하거나
만화잡지에서 열리는 신인 만화공모전에 도전하는 길 뿐이었습니다.

방위소집은 때마침 있었던 공무원시험에 응시하는 걸로
잠시 연기할 수 있었습니다.
거짓으로 응시하면 잡혀갈까 봐
순진하게 필기시험도 치고 면접도 봤죠.

정훈의 제자
정훈

'제일만화학원'
우리나라 최초의 만화학원인 제일만화학원은 독고탁 시리즈 이상무 선생님의
스승인 70년대 인기만화가 박기준 선생님이 운영하는 학원이었습니다.
학원에는 원로 만화가 두 분이 더 계셨습니다.

접수하는 날 학원에서 절 맞아주신 선생님은 60년대 TV드라마로 만들어졌던 만화 〈부엌숙이〉를 그리신 정훈 선생님이셨습니다.
신기하게도 저와 동명이었죠.

정훈2요?
선생님이 1이고
저는 2예요?

큭큭!

아니, 꺼벙이·철렁이처럼
사람 이름 뒤에 붙는
접미사 '이'

어른들한텐
평소 '정훈이'라고
많이
불렀을 거 아냐.

제 필명인 '정훈이'는 정훈 선생님께서 지어주신 이름입니다.
나름 특이하고 친근하다는 생각이 들었습니다.
십수 년 가까이 듣던 이름이니까요.

정훈이…

음…

학교 선생님들은 보통
외자 이름을 본명 그대로 부르기보단
끝에 '이'자를 붙여서 부릅니다.

정훈이!!
교무실로 따라와!

억!

종로 5가의 곱창집에서 아르바이트를 하면서
학원을 다녔습니다.

학원에서 처음 본 만화가의 도구와 재료는 신기했고
무엇보다 같은 꿈을 꾸는 친구들과
함께 있는 것이 너무 좋았습니다.

오랜만에 행복감이라는 걸
느껴본 시간이었습니다.

세상의 숨겨진
비밀들

역사에 관심이 많았습니다.
제 고교성적은 밑바닥이었지만
국사 과목은 늘 만점 수준이었습니다.
사범대학 시절 다른 과목 성적은 보잘것없어도
교련 과목만큼은 출중했다는 반신반인의 그분처럼.

역사에 흥미가 많은 학생도 진도가 구한말쯤 가면
흥미를 잃고 책을 덮어버린 다죠.
저도 마찬가지였습니다.
차라리 고대사가 좋았습니다.

스무 살 무렵, 저는 한국 고대사의
숨겨진 비밀을 찾기 위해 〈환단고기〉 같은
위서를 탐독했습니다.

네바다 51구역, UFO와 외계인, 달착륙 음모설, 파티마 제3의 비밀, 프리메이슨 등
음모론에도 아주 관심이 많았죠.

저는 학원에서 나이 많은 예비역 선배들을
잘 따라다녔습니다.

현재 대학에서 강의도 하고 군자역에서
만화학원을 경영하면서

교육자의 길을 걷고 있는 복필
형과는 단짝처럼 붙어 다녔고

삽화가이면서, 헨리 조지의 사상을 연구하며
성경적 토지정의를 위한 사회활동을
하고 있는

늘 배울 게 많은 진혁선배를
참 존경했죠.

하루는 진혁선배와 대학로에 있는 흥사단에서
강연을 듣고 저녁을 먹을 때였습니다.

319

TV에서 84년 일본을 방문한 전두환 전대통령의 자료영상이 나왔는데
히로히토 일왕과 나란히 서있는 모습이 꽤나 멋져 보였어요.

언제나 따뜻하고 친절한 선배의 얼굴이
그렇게 무섭게 변한 건 처음이었어요.

맞아 죽을 것 같았던 그 분위기에
아무 말도 할 수 없었습니다.

오늘 오면 우짜노?! 내 지금 마산 가는데…

혼자 자지 뭐…

어느 날 고향 선배의 자취방에서 잠을 자게 되었는데

멀뚱 멀뚱…

이제 야행성 동물 다됐쓰…

당시 베스트셀러였던 책 한 권을 발견했어요.

어?!

거꾸로 읽는 세계사

우와! 재밌겠다!

제목부터 내 책이다 싶은 이끌림에 책을 펼쳤는데 잠도 안 자고 단숨에 읽어버렸습니다.

…

커다란 충격을 받았습니다.

...

방송이나 신문에 나오는 얘기들은 진실이거나 최소한 거짓은 아니라고 믿었는데

거짓말!

테레비 나왔다니까!!

내가 알고 있는 상식도 진실이 아닐 수 있다는
생각이 들었습니다.
착하고 예쁜 여자를 쫓는 흉칙한 얼굴의 나쁜 악당이
사실은 지구를 구하는 조직의 일원이고,
그 예쁜 여자가 지구를 침략하려는 외계인이라는
만화영화의 반전처럼 말이죠.

숨겨진 고대사의 진실을 찾겠노라 매달렸는데
정작 내가 사는 현대의 역사도
거짓으로 감추어져 있을 거란 의심이 들었죠.

전 현대사를 학습하기 시작했어요.

정작 사람들이 숨기고 싶었던 역사는 따로 있었군...

교보문고

80년 광주에서 무슨 일이 벌어졌는지 전혀 몰랐던,
'김대중은 빨갱이'라고 믿었던
경상도 청년의 왜곡된 상식이 무너지는 데는
얼마 걸리지 않았습니다.

경남 남바 달고
광주 갔다가 붙잡혀서
김대중 만세 삼창하고
풀려났다카더라
~
푹하하… 진짜
웃기는
~ 동기네
…

보통 특이한 경험은 기억에
선명하게 남습니다.

요놈들
중학생 되더니
나이 좀
들어 보인다.

노태우 전대통령 취임식 날 열린 초등학교 반창회에서
'그놈이 그놈이다'라고 말씀하신 담임 선생님.

전두환이나 노태우나
그놈이 그놈이야.

대통령 각하께
놈이라뇨
~ 하하…

5.18 때 군생활을 광주에서 하셨다던
중2 때 국사 선생님의 말씀.

TV나 신문에서 얘기하는
광주사태는 모두 거짓말이야.

?

323

서울역에서 삼당합당을 욕하던 할머니

대통령 선거 다음 날 옥상에
숨어서 울던 돈봉이.

진실을 알게 되면서
기억의 퍼즐 조각이
하나하나 맞추어졌습니다.

학원 시절 전 극화를 하고 싶어서
극화체 그림을 연습했습니다.

선생님,
다 그렸습니다.

정훈아, 넌 명랑만화를
그리는 게 어떻겠니?

...

예?! 저는
극화가 하고
싶은데요.

넌 카툰에 재능이 있어.
표정도 살아 있고 대사 표현도
재밌고 글씨도 예뻐.

솔직히 명랑만화라면
지금 데뷔해도
괜찮을 수준이야.

!

연출 지도를 해주시던 이우봉 선생님은 제 인생에서
아주 중요한 이정표를 제시해주셨습니다.

당시는 명랑만화를 구시대 유물처럼 여길 때였습니다.
만화잡지에서 명랑만화의 영역은 거의 사라졌고
개그만화라고 해도 그림은 아주 화려했죠.

저는 그날 이후, 하고 싶은 것과 할 수 있는 것 사이에서
고민하기 시작했습니다.

고민할 시간은 충분했습니다.
왜냐면 학원을 다닌지 5개월 만에
소집통지서가 나왔으니까요.

보충역

신병교육대에 들어간지 한 달 후.
동사무소 방위가 되었습니다.

충! 성!

보충역 :
유사시에 현역병으로 충당하기 위하여
필요에 따라 소집 및 훈련에 임하는 병력.

저는 예비군 동대의 행정병이 아닌
동사무소의 병무보조였습니다.

창원 끝자락 인구 만여 명 남짓의 작은 동네라서
제 업무는 그리 많지 않았습니다.
동사무소 인원도 적다 보니 공무원 한 명이
여러 일을 맡았습니다.
그러다 보니 심부름과 잡일은 제 몫이었고
다른 직원들의 업무를 도울 때도 많았습니다.
시키지 않은 일도 만들어서 했죠.

사무장

사회복지

세무

병무

의료보험

동사무소 방위는
파견병 신분입니다.

관할 부대장이 향토예비군부대(읍·면·동대)나
행정기관의 요청에 파견을 하는 거죠.

창원특성지역경비단
751 관리대

...
→ 향토예비군부대
　（동대）

→ 동사무소 (병무계)

→ 시청 (병무계)

→ 지방 병무청

그래서 병무보조인 저는 동장의 지휘를 받아야 하지만
현실적으론 예비군 동대장에게 관리를 받았습니다.

너는
내 부하다!

대대장

동대장

내 명에
따른다

자넨
내 지휘를
받게 되어있어!

동장

...

간혹 그게 문제가 되기도 합니다.

뭐?! 일주일이나
훈련을 간다고?!!

대대 인사계
김상사제?

총무 효적
병무
무병위
담당

형님, 우리 바쁜데 와 자꾸
병무보조를 빼가요?! 내일
훈련 안 보냅니다. 그리 아이소!!

어제 회담에서 북측 대표는 전쟁나면 서울은 불바다가 된다며…

이러다 전쟁나는 거 아닙니꺼?

전쟁나면 우리는 우짭니꺼?

너희들은 예비군 소집해서 업무 인계하고 대대로 복귀해서 기동대 편입되겠지.

정훈 일병은 복귀 안 합니까?

배신자!

병무보조는 안 간다. 동에 장교 한 명 내려오는데 그 사람 따까리한다.

배신은 무슨.

라면 다 됐심더!

깔개! 깔개!

도시락 싸달라고 하기 민망해서 방위병들의 점심은 늘 라면이었습니다.

후루룩~ 쩝쩝… 후룩~ 후룩~

330

동사무소에서 제 점심은 제공했지만

점심은 요앞 식당에 시인하고 먹어라.

네

동대원들 생각에 차마 혼자 먹을 수는 없었습니다.

라면 끓이냐?

5분 있다가 올라 오이소~

니 내좀 도와주라. 같이 나가자.

사정을 아는 동직원들은

오데 가는데예?

종종 일부러 저를 멀리까지 데려가서 밥을 사주기도 했습니다.

좀 있으면 점심시간인데

고마 따라온나.

시청 병무 정기 감사

102보충대 가는 길
준비를 안내…

이 안내문 자네가 만들었나?

네.

현역입영통지서를 전달하다 보면 종종
같은 질문을 받습니다.

네, 병무계
정훈입니다.

저기요, 306 보충대
어떻게 가죠?

…

아… 그게…? 의정부에
있는 건데 말입니다.

병무청에
문의를…

입영일시와 부대명만 달랑 적힌 통지서를 주는
조국이 너무 야박하다는 생각이 들어서
입영하는 장병들에게 고맙다는 말을 적은
동장 명의의 편지와 함께
각 훈련소와 보충대로 가는 교통편과 준비물을 적은
안내문을 만들었습니다.

나라를 지키기 위해…
입영하는 당신께
깊은 감사를…

타닥!
타닥!

감사하러 왔다가 우리가
감사를 하고 가게 생겼어

큭큭…
그림까지
그렸네.

?

그때가 제 인생에서 가장 부지런하고
성실했던 시간이었습니다.

다다다
다다다…

일 잘한다는 소문이 시장님
귀에까지 들어가

?

시장실
입니다.

시장님의 격려 전화를 받을 정도였죠.

정성뿐, 열심히
일해줘서 고맙네!

?

옙!!
충성!

벌떡

제가 조직 사회에 엮인
공무원이었다면

아마 저는 직원들의 왕따였을지도 모릅니다.
쓸데없이 부지런하고, 없는 일도 만들어서 했으니까요.

어느 때인가 일 잘한다는 소리를 들었고
그래서 더 열심히 일했을 겁니다.

실패를 거듭하던 잉여의 '순수 고졸'은
뭔가 인정을 받고 싶었나 봅니다.

어른에 대한 환상이 깨진 것도 이 무렵입니다.

문민정부 출범으로 복직한 이주사 →

...

이주사 님, 시정 산업과에서 빨리 보고서 달랍니다.

부조리한 사회의 모순을 직접 보기도 했고요.

무슨 공문인데 난리야?

아침부터 이거 하나만 붙들고...

화장실에 갈 시간도 없을 정도로 바쁜 민원실 공무원도 있고

돌겠다...

동네에 달랑 세 개 뿐인 비디오 가게의 대여료 조사를 하루 종일 처리하는 공무원도 있었습니다.

봉봉이죠? 동사 무숩니다.

물가 조사차 전화 드렸는데

이주사 님, 비디오 가게 대여료 세 군데 다 1,500원이랍니다 -

정상빵, 왜 시키지도 않은 일을 해!!

...

영감님 저렇게 화내는 건 나도 처음 보네…

너 일부러 그랬지?

5분이면 끝날 일을 하루 종일 붙들고 있잖아. 주민세 때문에 다들 비상인데

그래도 다음부터 그런 짓 하지 마.

그런데 왜 동장도 사무장도 이주사한테 아무 말 안 해?

대학 동기들이 다 장. 차관 한다는데 뭔가 있을까 봐…

땅도 많고 빌딩도 있다면서 뭐 하러 공무원 다시 하는 거야? 나 같으면 월세나 받으면서 살겠다.

눈치 안 보고, 스트레스 안 받고

전에 회식 때 신주사가 똑같이 물어봤는데 대답이 걸작이더라.

집에서 노느니 동네 나와서 서류 만지작거리며 노는 게 재밌대…

노니까 스트레스는 안 받겠다 ~ 흐흐

할머니 동에서 쌀 가지고 왔어요~

336

쌀보다 사람 찾아온 걸 더 반가워
하시던 독거노인 할머니의

설거지도 못하고 계속 밥을 지어서
눌어붙은 밥솥.

거동도 불편한 그 할머니의 무료 버스
승차권을 꼬박꼬박 받아가는 집주인.

할머니
승차권
빌으러 왔어

본인 아니면
못 준다니까요.

할머니
도장

길에서 세상을 떠나 이름도
물어볼 수 없는 행려자.

고마워요.
요 바나나 좀
먹어봐요~

동네에서 제일 부유한 아파트에 사는 생활보호
대상자에게 쌀 배달을 가기도 했습니다.

우리집보다 부자네...
저런 집도 쌀을 줘야
하는 거야?

서류상으론
너무 완벽해

지정 취소
한번 시켰다가
진상부리고
난리도
~ 아니었다.

석달 꼬박 예비군훈련만 받아야할 만큼
훈련을 미룬 예비군도 있었고

그 예비군의 밀린 훈련이 말끔하게
처리되는 마법도 봤습니다.

제 상관인 동대장은 참, 유치하고
나쁜 사람이었습니다.

방위병을 머슴처럼 부리는 사람이었죠.

비 안 오는 날이 세차하는 날이고

동대장이 만나는 애 딸린 유부녀가 방문하는 날
대대장 순시 때나 할 대청소를 했고

그녀가 들어올 땐 도열해서 우렁차게 경례를 해야했습니다.

떠날 때는 정류장까지
에스코트를 했습니다.

참, 유치하죠?

3:3으로
바람이 났던
3인의 동대장들은
몇달 후 줄줄이
옷을 벗었다.

옆동대장이
블루을 며느리
에게 들킨 게
시발점이었다.

을지연습 향방작계훈련이란 게 있습니다.
며칠간 주야 교대로 예비군을 소집해
관내 주요 진지에 투입하고 일부는
동사무소를 지키는 훈련이죠.
예비군들이 동사무소 앞에 총 들고 서 있으면
그날이라고 보면 됩니다.
동방위들에겐 가장 큰 연례행사죠.

대항군이 언제 침투해서 동사무소 건물에
'폭파'라는 딱지를 붙일지 모르기 때문에

24시간 대기하면서 예비군을 통제합니다.

340

방위병 제도가 폐지되고 상근예비역으로 대체 될 무렵이라 인원 보충은 없었고
원래 TO는 아홉 명이었지만 실제로 동대엔 네 명이 근무했습니다.
따라서 훈련기간 내내 집에는 들어갈 수 없었죠.

동사무소
병무보조

예비군
동대원

무가린리병
(대대근무)

그때 우리는 먹지도 못할 식대를
훈련 예산에 편성해야했고

우리 네명
한끼에 2500원씩
잡고 세 끼에…

묵도 온할
밥값 계산을

먹지도 않은 밥을 먹었다고 사인을
해야했습니다.

참!

너희들도
저녁
먹어야지.

동대장이 매끼니 때 준
밥값은 천 원이었습니다.

라면
다섯 개밖에
못 사겠네…

심지어 예비군들이 후배들 고생한다며 준 밥값마저
그의 주머니에 들어갔죠.

아까 얼마 줬더노?
동대 운영비 하게
가져 온나.

그리고 예비군이
사온 음료수 뜯지 말고
내 차에 실어놔라.

어느날...

너희들 동장님 차 세차했냐?

동대장님 차 세차할 때 보니까 하도 더러워서...

차에 문제 있습니까?

동장님이 너희들 밥사주라고 돈 주셨다!!

만리장성 전화돌려! 탕수육 추가—

옛썰!!

신난다!

그날 우린 모처럼 화려한 점심을 먹었습니다.

...

동장이 돈 준다고 그걸로 밥을 사먹어?

동대 운영비로 넣어야지!!

...

디저트도 화려했죠.

동대장은 기름값도 안 주면서 사무실
난로가 따뜻해지길 바라는
사람이었습니다.

전 동사무소 기름을 몰래 훔쳐야 했고
복사지 같은 비품도 빼줘야 했습니다.

세상에는 훌륭한 지휘관들도 많겠지만
제가 사회생활에서 처음 모신 윗사람은 그런 사람이었습니다.

제 만화에는 나잇값도 못하고 유치한 행동을 일삼는
어른들이 자주 등장합니다.
처음 만화를 그리면서 선보인 중년 캐릭터
'씨네박'도 이 동대장을 모델로 했죠.

어른들의 세계는 종종 아이들이
상상할 수 없을 만큼 유치하다는 걸
알게 되었습니다.

데뷔작부터 20여 년 한결같이 제 만화는 한 가지 스타일이었습니다.

일본식 어투가 난무하는 행정서류에서나 봄직한 딱딱한 지문과 그 지문과는 따로 노는 그림들.

그리고 늘 유치한 어른이 등장하죠.

갓 성인이 된 방위병 시절에 각인된 세상의 모습을
40대 중반인 지금도 여전히 그리고 있는 셈입니다.

오늘 날 정치, 사회 전반에서 벌어지는 행태를 보면
제 만화에서나 다룰 법한 유치한 장면을
현실로 승화시키는 것 같아
만화가로서 심각한 위기 의식을 느낄 때가 많습니다.

소집해제.
백수가 되었습니다. 좋은 말로는 만화가 지망생이죠.
이제 소속된 곳도 없고 갈 곳도 없었습니다.

사귀던 여자친구는 이별을 통보했습니다.
제 무관심으로 힘들었다고 했습니다.
저는 여자친구가 힘들 때 있어주지 않았던 것입니다.
양심없는 놈이었지만 마지막으로 한번 매달려보고 싶었습니다.
하지만 백수인 제가 부모님께 서울에 간다고
말할 명분이 없었습니다.

때마침 만화잡지 〈영챔프〉에서 신인 만화공모전이 있었고
그걸 제출하러 서울에 간다는 핑계로 여비라도
마련할 마음에 만화를 그렸습니다.
막상 그녀와 헤어진다는 현실을 맞닥뜨리자
너무 힘들었습니다.
전 매일 밤 울면서 코미디를 그렸습니다.

하릴없이 누워서 리모콘을 쥐고 TV만 보다가
TV평론가라는 직업적 소명의식마저 갖게 된
백수 청년의 이야기를 그린 저의 공모전 수상작
〈리모코니스트〉는 그렇게 태어났습니다.

공모전에 제출하고 나서도 결과는 전혀 기대하지 않았습니다.

제출하기 전 몇몇 친구들에게 보여줬지만 아무도 웃지 않더군요. 명색이 코미디인데 말이죠.

외사촌 형님의 슈퍼에서 아르바이트를 하고

밤에는 습작을 하면서 또다른 공모전을 준비하고 있었습니다.

그날의 감격은 죽을 때까지 잊지 못할 겁니다.

때마침 아버지께서 집에 오셨습니다.

아버지는 회사를 퇴직하시고 금속가공기계의 드릴 비트나 톱날 등의 소모품을 납품하는 사업을 하셨습니다. 집에 창고가 있었기 때문에 물건을 가지러 오신 겁니다.

다음 날, 수상작 발표 소식과
제 이름을 단 만화가 실린 〈영챔프〉를 사 들고
아는 분이 운영하는 갈빗집에 갔습니다.
조촐한 가족 축하파티였죠.
하지만 그날 아버지는 사정상
참석하지 못하셨습니다.

349

도저히 밥을 먹을 수 없었습니다.
화장실로 달려가 숨어서 울었습니다.

저는 아버지를 원망하고 있었습니다.

무뚝뚝한 아버지는 표현을 잘 안 하십니다.
기쁨도, 슬픔도, 분노도 늘 같은 표정입니다.

배려도 참 듣는 사람 기분 나쁘게
표현하는 재주가 있으시죠.

학창시절 하도 사고를 많이 치다 보니
점점 아버지를 대하기가 어려웠습니다.
언제부터인가 아버지와 담도 쌓고 있었습니다.

얼마 후,

351

저는 한참을 망설이다 아버지의
사무실에 전화를 걸었습니다.

특별한 용무없이 아버지께
처음으로 전화를 드려본 날입니다.

그날의 어색한 침묵은 꽤 길었던 걸로 기억합니다.

최상의 〈표현의 기술〉

공모전에 당선된
제 작품을 눈여겨본 곳이 있었습니다.
막 창간한 영화 잡지 〈씨네21〉이었습니다.
처음으로 인터뷰란 걸 했습니다.
자고 일어나니까 스타가 되어 있더라는
말이 실감나더군요.
그때 오은하 기자가 조심스레 연재를 제의했어요.
"저희 잡지에 영화 패러디로 만화를
그려보실 생각 없으세요?"

운명이란 게 참, 묘하더군요.
불과 몇 시간 전, 공모전 수상 후, 인사차
〈영챔프〉를 방문했을 때
어떤 만화를 그려보고 싶냐는 질문에
영화, 드라마, 역사, 동화 이런 것들로 패러디를
그려보고 싶다고 했지만
출판사에선 유행의 끝물이라
아이템이 좋지 않다는 말을 들었거든요.

사실 그럴 만도 했어요. 당시 TV 개그 프로그램의
절반이 영화 패러디일 정도로 패러디가
엄청난 유행이었고 그도
이젠 식상해질 무렵이었습니다.

그 인연으로
저는 절 뽑아준 만화잡지사보다 먼저
〈씨네21〉에 만화를 연재를 하게 되었습니다.

정작 만화잡지사에는 방향을 못 잡아 번번이
제대로 된 만화를 그리지도 못하는 상황이었고
〈씨네21〉에 연재하던 만화는 점점 인기를 얻었습니다.

어렵사리 〈트러블 삼국지〉라는 만화를 〈영챔프〉에
연재하긴 했지만 인기도 바닥이었고
결국 제대로 된 완결도 하지 못했습니다.
그래서 〈영챔프〉엔 그게 늘 미안했어요.

데뷔한지 몇 년 후,

정훈이~ 오늘 점심 같이 먹자!

〈영챔프〉의 황민호 부장님과 점심을 함께 했습니다.

여기 뷔페 괜찮은데

고기가 짱이야. 고건 꼭 먹고 가야 해.

♪

짜식, 씨네21에선 잘 나가면서 우리 것은 신경도 안 쓰고 말이야~

죄송합니다…

꿀적 꿀적

널 보자고 한 이유는 말이야

스포츠 신문에서 작가를 한명 추천 해달라고 해서 내가 널 추천했다.

예?!

355

확정된 건 아닌데 뭐 원고료 입찰을 해야한다나?

입찰요?

그래서 금액 좀 맞춰 보자고 부른거야.

영챔프에 제대로 못그려서 죄송해 죽겠는데 이렇게 신경도 써주시고…

더 미안하게시리 …

내가 널 좋아하는 이유가 뭔지 아니?

…

넌 공모전 됐다고 처음 인사하러 올 때나 지금이나 우리 사무실에 들어올 때 모습이 똑같아.

늘 마감이 늦은 죄로 미안해서 쩔쩔매며 비굴모드로 들어갔는데 그런 모습이 마음에 드셨나 봅니다.

안녕하세요~

늦어서 죄송합니다~

우쒸!

급신! 급신!

살다 보면 실력이나 재능보단 인간관계가
더 중요할 때가 있죠.

대학 문턱도 못 넘었지만, 대학에서
겸임 교수로 활동한 적이 있습니다.

새로운 경험이고 경력에 도움이 된다
싶어서 불러줄 때 전 냅다 달려갔고

제가
가방끈이
짧아서…

그건
상관
없습니다.

컴퓨터애니메이션과에서 3년간
스토리 구성에 대해 강의를 했습니다.

시나리오 작가는
고객의
여행가이드

작품을 여행하는
관객의 감정 변화를
예측하고 가이드
하듯 이끌어갈
필요가 있어요.

그만두고 한참 후, 우연히 안 사실인데 제가 대학에 강의를 나갈 수
있었던 건 순전히 한 통의 메일 때문이었습니다.

유브
갓 메일!

You've
Got Mail

강의를 나가기 일 년 전쯤, 어떤 분의 메일을
받은 적이 있습니다.
만화가가 꿈인 직장인인데 어떻게 하면
만화가가 될 수 있는지 조언을 구하는 메일이었죠.

메일을 참 잘 쓰셨어요. 글에서 저와 동년배인
그 분의 감정이 전해지더군요.
마치 제 친구의 일처럼 느껴졌으니까요.
그래서 그 분의 상황에 맞게
제 경험과 현실적인 해법을 찾아
나름 최선을 다해서 답변을 보냈던 걸로 기억합니다.

후배야, 너 만화에
대해서 좀 알지?

이번에 애니메이션과 신설하는데
겸임으로 초빙할 만한 젊은 만화가
리스트 좀 뽑아줘!

대학의 기획처장이 과를 신설하면서 만화를 잘 아는 후배에게
문의했는데 제게 메일을 보낸 분이 바로 그 후배였습니다.
저를 추천하셨던 거죠.

이름도 기억하지 못하고 메일 계정도
사라져 연락처조차 알 수 없었지만
그분께 고마움을 꼭 전하고 싶군요.

두 가지 일화 모두 결과를 의도하고
행동한 것은 아닙니다. 기술도 아니고요.
하지만 깨달음이 있었죠.

때로는 재능이나 실력보다 사람과의 관계가 더 중요한 결과를
가져올 수 있다는 거죠.
그래서 지나가는 인연에도 최선을 다하려고 노력합니다.

한 장의 그림으로 사람을 웃게 하든,
한 줄의 글로 사람을 울게 하든,
한마디 말로 감동을 주든,
그냥 무심코 한 행동이든 간에

가장 좋은
표현의 기술은

'사람의 마음을 움직이는 것'입니다.

The End

제 이야기는 딱 여기까지입니다.

〈씨네21〉에서 20여 년 넘게,
영화를 소재로 만화를 그렸고
지금도 그리고 있습니다.

만화가가 된 이후의 삶을 살펴보았지만
저의 능력이나 표현의 기술은
성장기에 만들어진 함수에 변수가 추가되는 정도일 뿐
특별한 게 없습니다.

여전히 상상놀이를 하면서 매번 꼬리에 꼬리를 문
퀘스트를 스스로 던지고 나 홀로 탐색하는 모험을 즐깁니다.

제 인생과는 전혀 관련 없는 분야를 며칠씩 연구하면서
시냇물처럼 얕지만, 태평양처럼 넓은
잡동사니학의 권위자가 되기 위해 지식을 머리에 주워 담고 있으며

암울한 수준의 수리력과 빈약한 논리적 사고력에도 불구하고
수년째 컴퓨터 게임 프로그래밍을 무사히 공부하고 있고

많은 시간 뉴스를 보면서 정치와 사회에 관심을 두고
훈수질을 하면서 세상을 감시합니다.

그리고 유치한 어른이 되지 않기 위해 노력합니다.

만화가인 저의 표현의 기술은
저도 모르게 우연히 만들어진 것입니다.

저는 다만 그것을 빨리 발견하고
성장시켰을 뿐입니다. 운이 좋았죠.

재능이란
타고난 것일 수도 있고 아닐 수도 있습니다.
발견할 수도 있고 영원히 발견하지 못할 수도 있습니다.
노력으로 만들어질 수도 있고 노력해도 실패할 수 있습니다.

자식이 성공하길 바란다고 너무 어린 아이들을
조기유학이니 과외니 하면서
성적의 노예로 만드는 걸 보면
참, 안타깝습니다.

공부도 인간의 재능 중
하나일 뿐입니다.

공부의 재미를 알고, 성취감도 느끼고, 공부하는
요령도 아는 사람은 특별한 재능이 있는 거죠.

부모의 욕심에 공부에 매달려서
다른 재능을 발견할 틈도 없이
성장기를 보낸다면
정말 안타까운 일이 아닐까요?

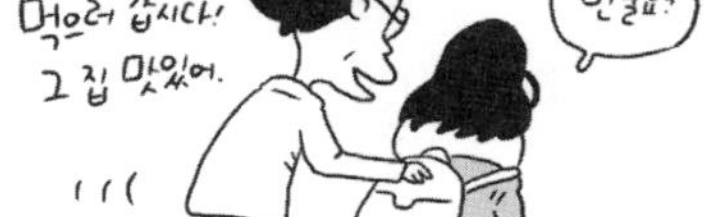
매운탕이나
먹으러 갑시다!
그 집 맛있어.
민물요?